ALLES MUSS RAUS

ACHIM SZYMANSKI

ALLES MUSS RAUS

ROMAN

Bibliografische Information der Deutschen Nationalbibliothek:
Die Deutsche Nationalbibliothek verzeichnet diese Publikation
in der Deutschen Nationalbibliografie; detaillierte bibliografische
Daten sind im Internet über http://dnb.dnb.de abrufbar.
© 2017 Achim Szymanski
Gestaltung und Illustrationen: Sidko, www.sidko.de
Portraitfoto: Mike Masoni, www.mikemasoni.com

Kontakt:
Achim Szymanski, Autor und Werbetexter
Wagmüllerstraße 19, 80538 München
Email: info@achim-szymanski.de
Webseite: www.achim-szymanski.de

Herstellung und Verlag: BoD -
Books on Demand, Norderstedt
ISBN 9783752852219

INHALT

1. DIE BEGEGNUNG MIT DEM CHRISTKIND 7

2. COLT BEER 24

3. LAUTER NÜTZLICHE HAUSHALTS-TIPPS 42

4. DER LOGO 55

5. ER WILL UNS ETWAS ZEIGEN 63

6. FENG SHUI MIT KINDERN 78

7. DIE SKIHOSE 82

8. DIE WOCHE 96

9. CKRANKHAFT SCHLESCHTGELAUNT IN
   ERWARTUNG DES FRÜHLINGS 107

10. DIE LICHTGESTALT 118

11. NUR MAL FÜR DEN PAPIERKORB 129

12. SAG MUTTI NICHTS 146

13. DIE NONNEN VON SAINT TOUPET 156

14. WITH A LITTLE HELP FROM MY
    ZAHNPASTA AL DENTE 174

15. MAGISCHE MOMENTE 192

16. DER KÖNIG DER WELT 205

17. BITTE KEIN VORSPIEL 213

18. SIEGER UNTER SICH 222

19. VOM BUTTERBROT, DAS AUF DIE
    TROCKENE SEITE FIEL 236

20. DER MANN, DER GUT SEIN WOLLTE 258

1. DIE BEGEGNUNG MIT DEM CHRISTKIND

„Hörst du, wie mein Handy piepst?
Sag noch mal, daß du mich liebst!
Schnell zum Abschied einen Kuss,
weil ich gleich ins Meeting muß.

Spürst du, wie mein Herzchen schlägt?
Der, der die Krawatte trägt,
mit der Glatze und dem Bauch,
ist mein Chef; den kennst du auch.

Tag, Herr Rössner, dankeschön!
Noch ein Kuss, dann muß ich gehen.
Nimm zum Abschied meine Hand,
schönste Frau im ganzen Land."

Herr Steinmetz war gerade erst seit ein paar Tagen in der Werbeagentur Rössner beschäftigt, da ließ man ihn bei der Weihnachtsfeier mit einer Gitarre in der Hand vor allen anderen auftreten, wie ein Affe mit Schellen auf dem Leierkasten eines blinden Mannes. Und dabei hatte er eigentlich nur Werbetexter sein wollen, nichts als Werbetexter – herrlich musste es sein, schriftliche Aufträge auf den Tisch gelegt zu kriegen, mit der Aufgabe allein zu sein, im Kopf dann Drehteams und Kamerakräne, Funkstudios und Fotomodelle zu bewegen, und nach getaner Arbeit friedlich still nach Haus zu juckeln.

Nun ließ er die Gitarre sinken wie ein glühendes Holzscheit, mit dem man in den Bergen und in ebensolcher Not bei Nacht um Hilfe rudert oder winkt. Sein Lied über die Liebe im Büro hatte die Männer erfreut, zumindest hoffte er es; zuweilen nestelten einige von ihnen an ihrem Schlips herum, während die anderen Gäste, vor allem die Weibchen, verlegen ihre Köpfe gesenkt hatten und ein bißchen beschämt aussahen. Weit entfernt schlug eine Uhr krachend acht, als würde sie mit einem Vorschlaghammer malträtiert. Mancher Bissen, der gerade aufgespießt zum Mund flog, blieb in der Luft stehen. Geduckt erwarteten die Gäste ein Zeichen des Mannes, den Steinmetz in seinem Lied gerade gepriesen hatte. Sie warteten, wie es immer schon der Menschen Art ist, wenn im Kalender an diesem Tag steht: „Nicht vergessen: Weihnachtsfeier, 20 Uhr, gut anziehen, nicht daneben benehmen."

Sie saßen da und nagten an ihrer Lebenszeit herum, bis am Kopfende des großen Tisches, hinter den dort aufgebauten Prachtkerzen, zwei Hände begannen, wie Gummischaufeln rhythmisch aneinander zu klatschen.

Stoßartig und befreit setzte dann ihr Beifall ein und stürmte auf Herrn Steinmetz zu; der gab sich mit dienerhafter Miene redlich Mühe, in ihn hinein zu tauchen.

„War doch schön, dieses Lied!", sagte man sich sogar noch, als der Applaus bereits davongeflogen war und dann ein Trio schwergewichtiger Damen aus der Buchhaltung einen Sketch vorführte, der im Fitnesscenter spielte. Auch die darauf folgende Dankesrede des Hausmeisters und eine Einlage aus dem Schwanensee, von dessen Tochter, 13, liebevoll getanzt, konnten nichts daran ändern: Steinmetz' Ode, da war man sich einig, war der Volltreffer des Abends gewesen. Einer der älteren Mitarbeiter, ein grauer Geselle, der am Rande in einem Sessel, so spielte es ihm jedenfalls die Retrospektive vor, die ganze Zeit über mit Strohhalmen an seinem Glas genippt hatte, zitierte sogar Roy Black und die kleine Anita: „Schön ist es, auf der Welt zu sein, wo Rössner doch so tolle Leute hat."

Die tollen Leute, das war er.

Die Feier war schon fortgeschritten und die Gesellschaft hatte bereits damit angefangen, vom Trunke angespornt aufgelöst in den Seilen abzuhängen, als etwas geschah. Jovial plaudernd war Herr Rössner persönlich durch die Anwesenden geschritten, in seinem Tross eine Sekretärin, die ihr feinstes Kleid, und ein Mitarbeiter, der eine Weste mit Hosenträgern trug, und hatte vor allem den Damen eine seiner berühmten, weichen Hände gereicht; ein Mann in den besten Jahren und in dunklem Anzug, der sein Haar gern etwas länger trug.

Herr Steinmetz ließ gerade ein Glas Prosecco durch seine Kehle rinnen, als ihm die sanfte Stimme in den Rücken schlug:

„Ach, ich wusste ja gar nicht, daß Sie so gut singen können, das ist aber wirklich ungewöhnlich."

Er fuhr herum, verschluckte sich und hustete.

„Ach, Herr Rössner, dankeschön! Hat es Ihnen gefallen? Es ist ja nicht das erste Mal, ich hab doch schon oft gesungen, bei Geburtstagen, bei Parties auch, und so.“

Rössner schmunzelte. „Weiter so, mein Lieber, weiter so. Aber sagen Sie mal, wie kommt das eigentlich, dass ich Ihr Gesicht nicht richtig einordnen kann? Sie arbeiten doch bei mir als, Moment, sind Sie Kundenberater, ja?“

„Nein, Werbetexter, seit drei Wochen, Chef.“

„Ach, nennen Sie mich doch nicht so, für Sie bin ich der Herr Rössner. Texter sind Sie? Was sind Sie für ein Sternzeichen?“

„Schütze, Herr Rössner.“

„Wirklich? Das hätte ich nicht gedacht. Viele meiner besten Freunde sind Schützen. Zielsicher und direkt nach vorn preschend, dabei fordernd und selbstbewusst, wenn ich mich nicht irre. Also ein Werbetexter, der singen kann, das habe ich ja noch nie erlebt. Ist was, Thorsten?“

Der Mann an seiner Seite sagte etwas leise, die Daumen in die Hosenträger gestemmt, Rössner lauschte.

„Stimmt, das ist eine gute Idee. Ich frag ihn mal. Eine Frage, äh, Herr… Seien Sie mir bitte nicht böse, wenn mir Ihr Name entfallen ist, meiner ist Rössner.“

„Steinmetz, Hans-Jürgen Steinmetz.“

„Ein Name, den man sich merken muss, nicht wahr? Ich habe da ein kleines Attentat auf Sie vor. Es ist bald Weihnachten; ist das nicht schon nächste Woche, Heiligabend?“

„Stimmt.“

Es stimmte wirklich.

„Ich lade nämlich Heiligabend immer ein paar Freunde zu mir ein", fuhr Rössner fort. „Es ist nichts Großes, wir sitzen nur ein wenig bei Glühwein und Stollen zusammen. Mögen Sie Stollen? Das könnte für Sie interessant werden. Ich weiß ja, es ist viel verlangt und vielleicht haben Sie Heiligabend schon etwas anderes vor, das würde ich natürlich verstehen."

Steinmetz nahm eine gerade Haltung an und hob förmlich den Mundwinkel zu einem Schmunzeln. „Ich komme gern."

„Dann freue ich mich sehr, sonst noch was? Thorsten?"

Mann Hosenträger verschränkte kopfschüttelnd Arme.

„Also wunderbar, ich erwarte Sie um acht. Und bringen Sie ruhig Ihre Gitarre mit."

Heiligabend war ein Tag voll Schnee. Die Autoreifen knutschten und knautschten sich ihren Weg über den bretthart gefrorenen Boden, und auch Steinmetz knirschte, als er seinen Wagen verließ und es lausig kalt war. Den Gitarrenkasten in der Hand, an dem seit Jahren ein unabkriegbares Jimi Hendrix-Foto klebte, ging er durch die Dunkelheit auf Rössners, von Tannen und verschneiten Büschen umstelltes Haus zu, das seltsam dunkel war. Hoch über ihm stand der Sternenhimmel, in dem nun Astronauten wie jeder Mensch, der sich unbeobachtet fühlte, schliefen und popelten, vielleicht onanierten sie sogar zur Feier des Tages und Bildern aus dem Internet; stille Nacht, heilige Nacht.

Ein Bewegungsmelder knipste das Licht an und ließ den Weg silbern glänzen wie den von Bethlehem nach

Kairo, den einst Maria, Joseph und Jesus, ihr Sohn, entlang gezogen waren, nebst einem Esel, der schon nach wenigen Meilen kaputt ging und immer wieder angeschoben werden musste.

Das Licht verwandelte das Haus in einen Prachtbau, der an eine stattliche Bürgermeisterkate in Friesland erinnerte, wie sie auf Sylt oder in St. Peter Ording standen. Ein langer Jaguar parkte im Schnee, dem Häubchen auf dem Dache nach seit Stunden, und seine Scheiben waren von Atem beschlagen.

Rössners Wagen war das nicht, der fuhr einen Mercedes. Steinmetz sah auf dem Kennzeichen eine Ebersberger Nummer, daneben ein Aufkleber, der verkündete, daß des Jaguars Besitzer Teil des „Dumpf Bier Action Team" sei, also Mitarbeiter einer Biermarke, die besonders schnell blau machte und einen nach zwei Gläsern torkeln und die jeweils besten Freunde beschimpfen ließ. Auch das war nicht Herrn Rössners Stil, obwohl Steinmetz gehört hatte, daß er im Privatleben zu harten Getränken neigte.

Somit war die Kampagne, die Rössner für diesen Kunden hatte entwickeln lassen, eigentlich gegen seinen Geschmack gewesen, aber man hatte ihm mit Geld gedroht. Infolgedessen warben in den warmen Monaten, denn in den kalten ging ja niemand vor die Tür, für Dumpf Bier große Plakate, auf denen das Brandenburger Tor zu sehen war, das allerdings auf dem Kopf stand - „so sieht die Welt nach einem Dumpf Bier aus!", hatte Rössner persönlich dazu schreiben lassen und den Besitzer der Brauerei sogar zu einem Kinofilm überredet, der mit umgedrehter Kamera gedreht wurde.

Die Welt vor einem Dumpf Bier war Steinmetz lieber, auch wenn er in ihr keine halbe Stunde später auf einem Podium hockte, wie Reinhard Mey im Schein eines einzigen, teuren Scheinwerfers saß, während ringsum Feuerpunkte Zigaretten waren.

* * *

„Hallo und guten Abend", begann er, „mein Name ist Steinmetz, ich komme von weit her und war schon in allen Firmen und Städten. Im Osten fraßen mich die Raben, im Süden kniffen mich die Knaben, im Westen schlugen mich die Schwaben, im Norden stahl man mir die Gaben. Ich war zum Beispiel einmal in New York. Kennt jemand New York, die aufregende City an der amerikanischen Ostküste? Kaum zu glauben, aber wahr, hier stehen die höchsten Häuser der Welt! Berühmt ist New York auch für seinen American Way of Life. Geheimtip: Die Freiheitsstatue!"

Easy writing nannte er solche Texte; die Kunst, allgemein bekannte Tatsachen durch werbliche Stilelemente möglichst eingängig als neu zu verkaufen, und zwar so, daß es der Zuhörer merkte. Anscheinend merkte es aber niemand, daher fuhr er nach einer Pause fort:

„Und München erst mal! Die bekannte Stadt am Nordrand der Alpen hat viel mehr zu bieten als das berühmte Herzerl! Wer hier wohnt, hat die Qual der Wahl; es gibt nur Entweder Oder. Für coole Drinks und heiße Häppchen ist ebenso gesorgt wie für Dancing, Flirts und jede Menge interessanter Gespräche. Wer super gut drauf ist, läuft hier total relaxt ein, denn gute Laune ist unter Garantie wieder mal typisch!"

Nach einer Minute des Wartens, in der man die Eiswürfel im Glas schmelzen hörte, fragte jemand: „Typisch wofür?"

Es war wie immer; keiner mochte ihn.

„Für München. Eine herrliche Stadt, kennen Sie die? Zum Beispiel… den Viktualienmarkt?"

„Kenn ich, find ich überhaupt nicht gut!"

„Schade", sagte Steinmetz und zog seine Gitarre aus dem Koffer. Wie immer schmiegte sie sich, Teufel noch mal, eng an den samtigen Boden der Kiste. Er schlug einen Akkord, ließ das Instrument erklingen und beugte sich wieder zum Mikrophon. Jemand im Hintergrund gackerte; es war Carsten Dumpf, der Sohn des Brauereibesitzers, der seinen Vater heute hier vertreten sollte.

„Ja, ich bin also viel herumgekommen", sagte seine Stimme, die nun zusehends fester wurde. An dem, was folgte, hatte Steinmetz zwei Tage lang gefeilt, natürlich neben dem Job, „schick mich doch, wohin du willst, ich kenn jeden Flecken."

Und er begann sein Lied.

> *„In Rio, in Tokio, in Hamburg,*
> *in Moskau, Paris und Shanghai,*
> *in Frankfurt und in Berchtesgaden,*
> *in Potsdam und in der Türkei.*
>
> *Es weiß der Mohr im Morgenland,*
> *im Walde der Indianer, die Schokofrau am*
> *Palmenstrand und auch der Brasilianer:*

Herr Rössner ist ein kluger Mann, der sehr
gut" (hier pfiff Steinmetz) „und denken
kann! Er hat ein wunderbares Haus,
viel Macht und schmeißt oft Leute raus.

Es weiß im Lande jedes Kind,
dass Rössners gute Menschen sind.
Drum singen wir mit frohem Mut:
Die Rössners, die sind einfach gut!"

„Mir gefällt die freche Art des jungen Mannes", ließ
sich eine Frauenstimme vernehmen. Rössners Gemahlin, dachte er eine Sekunde lang, dem die tiefdekolletierte, mit einem Schmollmund versehene und mit
Klunkern behängte Walküre schon zu Anfang des Abends
ins Auge gefallen war, „ist er nicht putzig, der Kleine?"

„Herrn Rössners Frau Irene heißt
und gern mit Ihrem Mann verreist!
Ach, gerne legt' ich meine Hand
an ihres weichen Busens Rand!

Doch Frau Irene, bitte sehr,
verdient doch nur ein Mann wie er -
ein Mann, der nie dem Trend nachrennt,
und den ein jeder Rössner nennt!

Und seh ich in der Gäste Schar,
auch manches früh ergraute Haar,
so manche alte Lederhaut, und manchem,
dem vor gar nichts graut,

So gibt es unter diesen Leuten,
doch zwei, die mir sehr viel bedeuten!
Herr und Frau Rössner, vielen Dank,
für Arbeit, Lohn und Speis und Trank.

Ich bin ein Sänger, der nur singt,
was leis' in seinem Herzen klingt.
Ich dank dem Herrn für jeden Tag,
an dem Herr Rössner mich noch mag."

Dieser passte ihn, als der Beifall verklungen war, am Rand der Bühne ab und machte deutlich, dass sein Teil der Party nun gelaufen war, was ihn betraf, wenn auch zu aller Zufriedenheit:

„Hm, das war wirklich wunderbar, noch mal danke. Sie müssen entschuldigen, ich will mit meinen Freunden nun etwas allein sein."

„Aber es hat Ihnen gefallen?", fragte Steinmetz.

„Selbstverständlich, Sie sind doch ein Könner, jetzt können Sie gehen. Ist noch was?"

„Und Ihre Frau?", erwiderte Steinmetz hartnäckig, „hat es ihr auch gefallen?"

„Sicher. Irene, komm mal her." Rössner zog sein Weib schmunzelnd am Arm. „Na, was sagst du zu unserem Musikus?"

„Sie wollen schon gehen, Herr Steinwetz?", antwortete sie und begann, mit den Augen zu klimpern. „Hartwig, das ist aber gar nicht nett! Die interessantesten Leute haben immer so wenig Zeit!"

Bei diesen Worten hatte Rössner begonnen, seine rechte Braue warnend hoch zu ziehen.

„Ja, aber leider muss ich dringend los", antwortete Steinmetz, den die Mimik eingeschüchtert hatte,
„Weihnachten, Sie wissen ja, ich muss zur Bescherung."

„Hartwig, darf ich ihn morgen kommen lassen?"

Ihr Mann nickte.

„Dann machen Sie mir doch die Freude und besuchen Sie uns wieder, morgen nachmittag um drei! Da
schauen nämlich meine Freundinnen vorbei, lauter ex-
klusive Damen. Unsere Männer sind auf dem Golfplatz,
und wir vertreiben uns da allein die Zeit."

„Also dann bis morgen!", fügte Herr Rössner hinzu
und schob ihn zur Pforte, „und noch was, ganz frohe
Weihnachten, mein Lieber, und kommen Sie gut nach
Haus."

* * *

Hinter der Tür, in der kalten, sternenklaren Nacht,
traf Steinmetz auf einen Betrunkenen; es war der junge
Herr Dumpf, der sich dort gerade im Schnee übergeben
hatte und eine leere Flasche Cognac umklammert hielt.

Es stellte sich heraus, dass ihm der parkende Jaguar gehörte und dessen beschlagene Scheiben von einer
jungen Frau her rührten, die anscheinend schon geraume Zeit in seinem Inneren verbracht und auf den Sohn
des Brauereibesitzers gewartet hatte. Sie war ein kleiner,
unförmiger Fellmantel, der wahrscheinlich ein Vermögen gekostet hatte, am Oberteil von blonden Haaren
bedeckt.

„Komm, Carsten!"

Die Hälfte des Kunden war bereits im Wagen verstaut, als sein Arm nicht mit einsteigen wollte und sie sich Steinmetz zuwandte.

„Helfen Sie mir doch", sagte sie leise, „er ist schon wieder hackedicht. Glaub kaum, dass er noch fahren kann."

„Wir müssen ihn fragen", befand Steinmetz und rief dem Betrunkenen zu: „Herr Dumpf, können Sie noch fahren?"

Ein müdes Winken war die Antwort, gefolgt von tonlosem Blick aus glasigen Augen. Und so kam es, dass Steinmetz zu Heiligabend eine Blondine ohne Führerschein und einen, mit einer selbstverpassten Vollnarkose beschäftigten Mann in einem fremden Wagen nach Hause fuhr und sein erstes Abenteuer erlebte.

„Ich habe gehört, was Sie gesungen haben", das war der Anfang einer Unterhaltung in jenem stillen kleinen intimen Raum, in dem ein Mann am Lenkrad drehte und ihn vom Nebensitz aus eine Frau im Pelzmantel ansah, „singen Sie immer so?"

„Nur wenn es einen Grund gibt. Und heute gab es einen."

„Haben Sie schon mal eine Platte gemacht?"

„Ich hatte noch nicht das Vergnügen, Frau Dumpf."

„Frau Dumpf?" Sie lächelte und schüttelte den Kopf. „Ich bin nicht seine Frau."

„Aber er ist doch Ihr Mann, oder?"

„Das auch nicht. Wär ja blöd, wenn's so wäre."

„Entschuldigung, wer sind Sie denn?", fragte Steinmetz ruhig.

„Warum wollen Sie das wissen"

„Weil ich ein einfacher Mensch bin. Ich will nur erfahren, mit wem ich durch die Gegend heize", erwiderte er. „Und wer nicht Dumpf heißt, muß einen anderen Namen haben."

Carsten Dumpf stöhnte auf dem Rücksitz, als wäre er in einem Alptraum.

„Ach, halt doch dein dummes Maul!", rief die Blondine nach hinten.

„Sie wollten mir noch Ihren Namen sagen."

„Wann?"

„Eben, gerade."

„Wirklich? Also gut. Ich heiße Christkind, Elisabeth Christkind. Und Sie?"

„Steinmetz. Sind Sie... Sie sind aber nicht mit dem echten Christkind verwandt, oder?"

„Weiß ich nicht."

Mit dem Christkind unterwegs ... Carsten Dumpf wohnte weit draußen, am Rande des Berge, zu deren Füßen die Brauerei lag: Alles verschneit. Die roten Rücklichter des Jaguars sahen aus, als würden sie Löcher in den Schnee brennen. Hier, auf dem flachen Land, standen keine Schneemänner am Wegrand, die stolze Karotte als Nase in die Nacht erhoben und Besen unter dem Arm; nur weit und weiter Felder ohne Namen, hastig vom weißen Taschentuch des Winters bedeckt. Schneeflocken fielen und fielen vom Himmel wie Parmesankrümel von der Anrichte, auf der Gott zum Geburtstag seines Sohnes Nudeln machte. Nur vereinzelt rauschte ein aufgedonnerter Kleinwagen vorbei, in dem die Jugend des Landes mit rotem Gesicht aus dem Familienkreis in eine unbekannte Disco floh; ansonsten herrschte Nacht und schwarzes Glatteis.

Das Christkind hatte eine Zigarette angesteckt und stocherte damit in der Dunkelheit herum. Es hatte herausgefunden, wie sein Vorname lautete, und nannte ihn immer wieder, als wolle es sich daran gewöhnen; zwischen Sätzen wie „ist das nicht eine herrliche Nacht?" und „da vorn rechts und dann links" tauchte nun öfter das Wort auf, das ihm ein Pfarrer in langem Mantel oder so, er hatte es sich niemals näher vorgestellt; ihm schien beinahe, als lerne das Christkind seinen Namen auswendig:

„Hans-Jürgen, ich darf doch Hans-Jürgen sagen?"

Vereinzelt fiel ihm ein, was sich in den letzten drei Wochen alles ereignet hatte. Zum Beispiel die Kleiderschrank-Kampagne vom Verband Deutscher Schlafzimmermöbelhersteller e.V. Die Menschen kauften zu wenig Möbel und knallten sich die Buden kaum noch so mit Interieur und Krimskrams voll, daß es der Möbelindustrie gereicht hätte; es ging darum, sie zum Erwerb weiterer Holzkisten und Wattesofas zu bewegen, indem man speziell den Ehefrauen von den Vorteilen eines zweiten Schlafzimmers, und sei es ein provisorisches, vorschwärmte:

Heim torkelt der betrunkene Mann,
der kaum noch gradaus gehen kann,
und findet lallend dann sein Bett
im Gästezimmer. Das ist nett!

Die armen Schweine, die sich in klamme, die Rückseite malträtierende Kojen zwängen und ohne Wams im nagelneuen Schlafschrank verstauen sollten, hatten ihm stets leid getan; aber er hatte die Kampagne vorschlagen müssen, weil immer mehr Kaufentscheidungen von Frauen ausgingen, die froh sein mussten, wenn sich ihre abgefüllte bessere Hälfte nicht ausgerechnet neben ihnen ausnüchterte, so hatte es Rössner zumindest erklärt.

* * *

Das Haus des Sohns von Dumpf Bier wirkte, als sei es unter dem Einfluß eines ganzen Hektoliters davon gebaut worden. Herr Steinmetz, der diesen Mix aus schlechtem Geschmack und zuviel Geld nur in afrikanischen Diktaturen erwartet hatte, sah fassungslos Kristalleuchter, die nicht mal auf alt getrimmt waren, und Möbel mit goldenen Pfoten. Während das Christkind…

Ja, was machte das Christkind eigentlich?

Es hatte den Mantel abgelegt und C. Dumpf in die stabile Seitenlage gebracht, damit ihm nicht der Heldentod der Rockmusiker widerfuhr. Er würde sich morgen an nichts erinnern und bemüht sein, den Kopf wieder klar zu kriegen und herauszufinden, ob und wie er sich im Zustand jenseits der Vernunft daneben benommen oder gar jemandem etwas versprochen hatte. Die Wange in ein Kissen gedrückt, hullerte er nun so fleißig, daß man ihm den Blindarm hätte herausnehmen können, ohne daß er es merkte.

„Vielen Dank, Hans-Jürgen. Müssen Sie nun gleich wieder los?"

„Ein bißchen Zeit hab ich noch", entgegnete er.

„Und dann, wo müssen Sie hin?"

„Na ja, in die Stadt."

„Ich verstehe", sagte das Christkind traurig, „Sie wollen ja Weihnachten feiern."

Er überlegte.

„Nein, da ist nichts zu feiern, ich bin Single. Was soll ich schon tun? Mich vor den Fernseher knallen; die Nacht von Heiligabend, da kann man nicht viel machen. Die Kneipen sind geschlossen und in den Restaurants stehen Tannenbäume. Wer Kinder hat, hat ein geschenktes Buch neben den Weihnachtsbaum gelegt und sieht zu, wie sie am Spielzeug drehen."

„Und was kommt im Fernsehen?"

„Die großen Sender strahlen Spielfilme aus, die sie durch Werbung unterbrechen. Da schaltet man hin und her und fängt schließlich an, zu futtern. Die weichen Lebkuchen und Marzipankartoffeln sind die ersten, die dran glauben müssen, gefolgt von Mon Cheri und dem Krachen des Nussknackers. Bisweilen gibt es auch Dinge, die nur zum Schauen aufgebaut sind; Krippen und Weihnachtsgedecke, Kerzen und Lametta. Die sieht man lange Zeit an und läßt sich von ihnen in Stimmung bringen. Wissen Sie, dass ich als Kind immer aufs Christkind gewartet hatte?"

„Und jetzt bin ich hier", antwortete die Blondine amüsiert.

„Ja", sagte Steinmetz, „jetzt sind Sie hier."

„War ich denn gut zu Ihnen gewesen, Hans-Jürgen?"

„Gut?"

„Ja, hab ich Ihnen immer alles gebracht?"

„Sie waren das doch gar nicht", meinte er. „Das

Christkind, das ich mir vorstellte, sah anders aus." Er lächelte sie an. „Nähere Anhaltspunkte erhielt man von Verwandten. Es hatte lange, goldene Haare…"

„Ich hab sie mir abschneiden lassen."

„Und ein goldenes Kleid."

„Gold ist out."

„Es kam durchs Fenster oder Schlüsselloch. Ich weiß nicht, wie es die Geschenke transportierte."

„In einer Art Rucksack", erwiderte die Blondine, „erzählen Sie mir mehr von Weihnachten, Hans-Jürgen. Bringen Sie mich bitte in festliche Stimmung, ich hab das verdient. Und bitte singen Sie nicht mehr."

„Gut, wenn es also sein muss, da gab es in Galiläa einen Mann, der hieß angeblich Joseph, aber bitteschön, welcher Araber oder Israele heißt denn heute Joseph?"

„Dann hieß der eben anders", beschloß Elisabeth Christkind, „aber ich weiß auch so, wie's weiter geht. Ich wette, wir beide finden in hundert Kilometern Umkreis keinen, der diese Geschichte nicht kennt."

Sie machten den schwarzen Kasten an, aber wenn Mann und Frau zusammen Fernsehen, heißt das noch überhaupt nichts. Sie flößte ihm mit einem Glas Eierlikör gute Laune ein: So ließ es sich leben, die Füße am Bildschirm voll brennender Konserven wärmend und eine jüngere Frau am Rande, die längst schon den Pelzmantel verlassen und sich in einem wehenden, weißen Kleid angesiedelt hatte.

* * *

2. COLT BEER

heute im ZDF: Es singen im Fernsehen die Nachrichten Lieder, von Ziffern und Fakten. Auf treten hier Leute mit Brillen und Kragen und kalten Gesichtern; die Meere gleichen blauen Scheiben, doch wichtiger sind Kontinente. Politiker klagen über ihre Leiden, Sorgen, die Probleme und die viele Arbeit, die sie haben. So singen in Kisten Gesichter allerorten, es schlafen die Katzen vor jenem Schirm, auf dem sich fleischige Besucher zeigen, die sich nie unterhalten, ohne es vorher geprobt zu haben.

Sind denn die Pferde schon drinnen? Brutzelt hier etwa ein Huhn oder Hund? Weltweit kauert eine Spezies vor der Kiste. In seiner Jurte stiert ein Mongole auf die staatlichen Verlautbarungen. Reihum verdorren währenddessen ihre Frauen auf geblümten Laken oder in der Hängematte.

Hatte sich Steinmetz gedacht und überlegt, zum schnurrbärtigen Alfonso, zum Beglücker der Fernsehwitwen weltweit zu werden. Und nachdem ihm dieser Gedanke einmal entfleucht war, mußte er geduldig auf eine Gelegenheit zu warten, bei der er seine Vermutung am lebenden Objekt austesten könnte, obwohl er ja gar keinen Schnurrbart hatte.

Sie sollte sich ihm bald schon bieten.

„Ach, übrigens, wir haben ein Problem. Da ist so ein Dings, wo ich meine, ist ja, kann man sagen… Jedenfalls ist das meine Meinung."

„Muß ja auch deine sein. Hast ja keine andere."

Steinmetz war es gewohnt, den stammelnden, in einem Anzug gefangenen Mann, der von Beruf Etatdirektor war, was gut klang, in der Tür seines Büros abzukanzeln.

„Hier", erklärte sein Gegenüber schließlich und reichte ein Blatt, „ein Memo für dich, weil ich ja gewissermaßen, also du bist das ja."

„Eben, tat tvam asi!"

„Wie bitte?"

„Das kann ich mir denken. Du weißt von nix, hau ab!"

Memo: „Hallo Herr Steinmetz! Heute abend kommt im Fernsehen Fußball. Das Meeting 20 Uhr entfällt. Habe gerade ihre neue Kampagne gesehen. Bis morgen früh brauche ich eine neue Lösung. Bringen Sie mehr Witz in die Bude / Bitte die Kaffeemaschine nach der Arbeit abstellen. Danke, Rössner."

* * *

Um 19 Uhr begann sich das Büro schlagartig in den Flur, das Treppenhaus und die Tiefgarage zu entleeren. Scharen zwitschernder Sekretärinnen stöckelten vorbei, gefolgt von gebückt gehenden, jungen Kreativen in Parkas. Gleichzeitig kam ein kräftiger Wind auf, und ein paar Regentropfen klatschten von außen an die Fensterscheibe.

Als Steinmetz noch einmal hinaus sah, brach vor

ihm die Nacht herein. Kinder, wie die Zeit vergeht!

Behutsam schlich er durch die Räume des verwaisten Ateliers. Nicht einmal die Reinzeichner, sonst unermüdliche Kettenraucher und stets bei allem die Letzten, saßen noch vor ihren Bildschirmen, auf die sie akribisch genau zu starren pflegten. Spuren von Leben gab es auch nicht mehr im Zimmer des Chefs. Dort kringelten sich ausgedrehte Zigaretten neben nassen Kaffeerändertassenstapeln. Und in dieser Sekunde ertönte der Anpfiff! Millionen von Frauen verdrehten die Augen, zogen vielleicht sogar einen Flunsch und verdrückten sich in die Küche, während Männe wie ein afrikanischer Götze mit baumelnden Eiern auf dem Sofathron grunzte. Bereit mir ein Essen, du Schlampe! Oder was sie sonst meinten.

Anders bei Rössner Werbung. Auch wenn man in der Agentur allein war, gab es hier kein Geheimnis zu entdecken und nichts, was nicht längst bekannt war. An der Wand lehnten schwarze Präsentationspappen, letzte Überbleibsel eines arbeitsreichen Tages; ihm bekannte Menschen hatten darauf mit giftigem Sprühkleber, also unter Einsatz ihres Lebens, Papiere befestigt, die sie vorher müh- und gemeinsam erst aus einem unwilligen Computer, dann aus der noch viel widerspenstigeren Druckmaschine gezerrt hatten. Manch buntes Bild war dort zu sehen. Eine vollbusige Frau mit Bierglas, darunter ein beschwingter Satz Richtung „ich nehm's, wie's kommt und tu, was ich will".

Aber ganz allein war Steinmetz doch nicht. Gegen halb zehn fand er am Kopierer eine durchaus ähnlich aussehende, ihm schon einmal aufgefallene Praktikantin, wohl vom Schicksal auserlesen, seine Gesellschaft zu teilen. Ihre Brüste traten aus der Bluse hervor wie aus einem Briefschlitz, darunter eine unförmige Jeans, wie sie die Ostler tragen.

„Hallo, Herr Steinmetz! Hey, was tun Sie hier? Ist Fußball nicht Ihr Ding?"

Er schüttelte den Kopf. „Nein, nein, ich bin an einem Hang aufgewachsen, da rollte der Ball immer runter. Und als ich mit sieben zum ersten Mal auf dem Fußballplatz stand, wußte ich gar nicht, was das war. Wir hatten ja auch keinen Fernseher!"

Sie fuhr mit dem Kopieren fort, ohne ihn eines Blickes zu würdigen.

„Außerdem hab ich nie kapiert, was man mit dem Ball tun soll. Ich fand es eher gemein, dass ihn die anderen mir immer wegnahmen. Und was machen Sie noch hier? Ist doch sonst keiner da!"

„Ja, aber gleich kommt mein Freund."

Der kam auch wirklich und war ein harmloser Golffahrer. Ein kurzes Schmatz zur Begrüßung, ein kritischer Blick auf Steinmetz, dann wehte sie mit ihrem Mantel aus der Tür und verschwand.

Wieder gehörte ihm das ganze Atelier.

An der Tür von Rössners Büro lehnte ein Golfschläger und meinte: „Je älter die Männer, desto kleiner die Bälle." Rössner erzählte bei jeder Gelegenheit vom Golfplatz, und wen er da alles getroffen hatte. Jede Menge Geschäftsführer, Vorstände und Gründer von Unternehmen. Alles smarte Burschis, die sich dort Angebereien zuriefen und mit Equipment protzten.

Wenn man eine Nacht durchwacht, ist es Kaffee,

der einen am Leben hält und zum pausenlosen Gang aufs Klo zwingt. Und das einzige, was einen außer Haus treibt, sind Zigaretten. Erstaunlich, wieviel Menschen rauchen, dachte Steinmetz. Auch in Nervenheilanstalten, er hatte mal eine besucht, war Rauchen das einzige, was die Zeit verkürzte. Die Zigaretten sind die Uhr des Nachtarbeiters.

* * *

Schlag anderthalb Päckchen später ging der Mond als pelzige Scheibe auf und beleuchtete mit käsigem Gesicht ringsum das Land und den Kreativen, der noch am Fenster stand und zusah. Der Kreative. Das Wort hat was von einem Irren. Meistens, schien es Steinmetz, wurde es benutzt, um andere abzukanzeln. Die Kreation, das klang in 90 Prozent der Fälle wie das Tollhaus, die Beklopptenabteilung, gegen die der ernsthafte Kontakt, der den Kunden beriet und ihm alles mögliche empfahl, stets ankämpfen musste. Kreativsein war in den Augen dieser rechnenden Kundenberater etwas, das jeder konnte, und daß es Kreative überhaupt gab, war wohl ein Versehen der Schöpfung.

Im Vorüberdenken fiel ihm die optimale Zeile für die Anzeige im Programmheft der Love Parade ein: „Dumpf Bier is the only drug." Das war's. Kein Sinn, länger darüber nachzudenken. Für diesen Spruch würde er durchs Feuer gehen, wenn es kein allzu heißes Feuer war. Teufel noch mal, er war nun seit zwei Monaten bei Rössner Werbung und wusste Bescheid. Und wenn ihn nicht alles täuschte, war er, wenn auch noch unentdeckt, einer der wenigen wirklich guten Werbetexter in diesem Lande.

Dafür gab's sogar einen Beweis. Vor drei Wochen, als Rössner krank [Ziegenpeter] und die Hälfte der Belegschaft in Ferien war, hatte man ihn in der Probezeit zum Filmdreh nach Südafrika geschickt; ein fernes Land, in das sonst nur erfahrene und renommierte Kreative reisen durften, um mindestens eine Fotoproduktion zu betreuen [Marmelade vor Sonnenaufgang], bestenfalls aber einen richtigen Film. Süüdaafricka! War das ein Leben! Da pickte ihn die Filmproduktion, die die 1,5 Millionen Euro, die das kostete, ja schließlich irgendwo lassen mußte, in einer Limousine am Flughafen auf. Da war stets jemand da, der Brötchen schmierte, und auch Getränke massenhaft vorhanden; allerdings gab's beim Dreh keine schönen, sondern nur praktische Mädchen, die Pferdeschwänze auf dem Kopf und Zangen an der Hose trugen, mit denen sie auf Geheiß des Regisseurs Kabel zerkneifen konnten. Der wiederum war ein lustiger Geselle, dessen Freund Steinmetz gern gewesen wäre, weil es dann „immer was zum Ficken" gegeben hätte, wie er immerzu verkündete, und es machte dem Freude, mit einer Handbewegung im Berufsleben Kamerakräne, im Privatleben aber Helfershelfer und Fahrer in Bewegung zu setzen. Steinmetz bemühte sich bei seiner Rückkehr, in der Agentur den Aufenthalt als so anstrengend wie möglich zu schildern, aber im Grunde hatte er meist nur im Weg gestanden.

Südafrika war zu schade, um das Denken davon abzuwenden. Das Kap der Guten Hoffnung sah aus wie Ostfriesland, nur daß dort Affen herum turnten und, statt Bauern auf Traktoren, dicklippige Männer mit offenem Mund am Straßenrand standen; ähnliche Dunkelhäutige wie die, die am Markt in Capetown alles Mögliche feilboten, solange es nur Masken und sonstiges Holzwerk war. Vom Lion's Head, einem Berg am Rande der Stadt, sahen sie nach Sonnenuntergang herab auf schwarze Flecken im Lichtgewirr der Großstadt; das waren die Townships, schmutzige, gefährliche Viertel voll Müll, in denen Einheimische ohne Strom hausten. Und erstaunlicherweise schienen hier dieselben Sterne wie in Deutschland, anscheinend waren sie mitgeflogen – vom Kreuz des Südens keine Spur.

So schwelgte Steinmetz vor dem Fenster eine halbe Stunde in dem, wovon der Mensch zuviel hat und was ihn nicht weiter bringt, nämlich in Erinnerungen. Und dazu zählte auch der Gedanke an ein kühles Kapstädter Bier, das die dortigen Diener stets mit dem Vermerk „Cold Beer, Sir!" servierten ... – das war's!

Gab's das überhaupt schon?

Steinmetz schrak zusammen; und wenn er nicht schon gesessen hätte, er hätte Platz nehmen müssen auf irgendwas, zum Beispiel dem Papierkorb.

Colt Beer, Wahnsinn.

* * *

Die Idee einer völlig neuen Biermarke hatte begonnen, in seinem Kopf zu zucken und zu zappeln. Colt Beer wegen „Cold", was Kellner sagen, wenn sie ein besonders gutes und frisches Bier brachten, und wegen der Waffe, die natürlich auf dem Etikett Platz finden müßte. Vielleicht gab's dann zu jeder Flasche Colt Beer auch noch ein Halfter, in dem die Ballermänner sie glücklich spazieren tragen konnten.

Er beschloss, diesen Einfall zunächst einmal für sich zu behalten. Konnte ja sein, dass sich einmal die Gelegenheit bot, einem Kunden persönlich, zum Beispiel J. Dumpf von Dumpf Bier, davon zu erzählen! Ihm könnte er die Idee verkaufen, die bestimmt Millionen wert war, denn „gib mir ein Colt Beer" würde ja im internationalen Markt noch besser klingen: „Joe, gimme that Colt Beer!"

That was it!

Dann eine Welt darum stricken, am besten mit Cowboys; was bei Marlboro funktioniert, würde auch hier klappen. Im Funk wilde Schießereien, bei denen der mit Colt Beer gewinnt. Im Kino geraten zwei Cowboys in Streit, ziehen ihre Colts, bzw. die Colt-Bierflaschen, und bequatschen alles bei einer Tasse Gerstensaft miteinander. Das gab's noch nie. Und im Handel?

Der Handel war ein unbeliebtes Thema bei Herrn Steinmetz, vor allem, weil er in seiner Alltäglichkeit so nahe war. Der Handel bestand für ihn aus namenlosen Hansels in Kitteln und Chefs, die morgens Kästen aus dem Laster wuchteten, fluchend an Registrierkassen rumschraubten und den Rest des Tages über riefen: „Frau Sauer! Die Kasse!" Aber der Handel gehörte nun mal dazu wie Zwiebelschneiden zum Kochen. Na gut, dann würde man in einem Gewinnspiel eine Hundertschaft Aldi- und Edeka-Verkäufer nach Arizona schicken, inklusive Wettschießen und Rodeoreiten, oder nach Hollywood, ab in die Welt des Films, John

Wayne, Kakteen und Promotions mit Pferden – „ja, lieber Partner im Handel, mit etwas Glück stellt Dir Colt Beer einen ganzen Tag lang ein echtes Pferd mit Betreuungsteam vor die Tür! Damit das auch jeder mitkriegt, unterstützen wir das alles mit aufmerksamkeitsstarken Promotion- und Abgabe-Artikeln" – fragte sich nur, was Dumpf dazu sagen würde.

* * *

Jonathan Immanuel Dumpf. „Dumpf Bier… rat ich dir", stand als Werbeslogan auf jedem seiner Plakate. Er war der älteste Sohn einer uralten Bierbrauerfamilie, sofern die überhaupt uralt wurden, was sich Steinmetz kaum vorstellen konnte, weil die meisten von ihnen wohl an ständiger Trunkenheit litten und früh an Schweinshaxenverfettung starben. Jahrzehntelang hatte der schwergewichtige Rüpel seine Firma stur wie ein bayerischer Pfingstochse durch Kriege, Pleiten, Pech und Pannen vorangeführt, einen Maserati gefahren und so wenig Hals, dass ihm der Bart wie ein Rollkragenpullover aus dem Brusthaar wuchs. Dazu weiße Haare, eine Trachtenhose und eine Uhr an einer Kette.

Und der soll Colt Beer verstehen? So etwas Unbayerisches?

Dann eben zur leidigen Konkurrenz, dachte Steinmetz. Aber wenn das raus kommt, bin ich meinen Job los. Wär was für Heinecken oder Budweiser. Hah!

Beim Gedanken, seinen Namen in Verbindung mit solch großen, weltweit hochverehrten Biermarken zu sehen, fand er sich plötzlich in New York wieder. Seltsame Sache, eines Tages in vielleicht fünf Jahren auf dem Dach eines Wolkenkratzers zu stehen und, mittlerweile schwer reich geworden und mit Sicherheit Zigarren paffend, hinunter zu blicken und den Freunden von der durchwachten Nacht erzählen, in der ihm der Einfall zu Colt Beer gekommen war. Herr Steinmetz, wie würde er dann aussehen?

Nun ja, schwer war das nicht vorzustellen: Eine teure Designerhose, darüber ein billiger, aber schwarzer Pullover, darüber eine jugendlich geschnittene Jacke und in irgendeiner Form auch sein Gesicht, mit dem Dreitagebart und sonst wenigen Haaren. Aber in Amerika kann man ja aussehen, wie man will; jedenfalls laufen hier alle in einer Art Freizeitkleidung herum, und richtige Künstler ziehen eh nur schwarzes Zeug an, Schuhe, Gürtel, Hemden und Socken aus Leder. Hans-Jürgen würde er natürlich nicht mehr heißen, sondern einfach nur noch „Jurgen", weil die Amis schon von selbst ein ü daraus machten ...

Aber halt!

Mehr als ein Name und eine Vermarktungskonzept war Colt Beer ja noch gar nicht. Es koste, was es wollte, er müsste diese Idee schützen lassen! Also gleich von Anfang an einen Anwalt mit ins Boot nehmen, dachte Steinmetz und fand, dass das sehr professionell klang. Und Titelschutz. Auf jeden Fall das Ding als Gebrauchsmuster anmelden und in die ominöse Markenliste oder Rolle eintragen, die irgendwo in Portugal herum liegen sollte. Mach ich gleich morgen, eine laue Nacht; was wohl die anderen tun?

Mit dieser uralten Frage der Menschheit stand er am

Fenster und blickte hinaus auf die Straße und die anderen Häuser. Es war wenig los, weil wohl die meisten vor dem Fernseher hingen und danach ins Bett gehen würden. Schwarz hing die Nacht wie ein nasser Sack über dem Leben. Es wölkelte.

Aus einem anderen Fenster sah er den Mond, der hell und brav am Himmel schien. Er drückte es auf und ließ sich von der warmen Luft umschmeicheln, die der Wind der Nacht bedächtig herein blies. Weit entfernt hupte ein Auto. Wenn es noch Tiere da draußen gab, das Büro lag mitten in der Stadt, wenn da draußen zwischen den Häusern noch Tiere lebten, dann waren sie klein und unscheinbar. Die Spitzmaus, Katzen, Ratten, Vögel und vielleicht irgendwelche Molche. Auch die schliefen jetzt. Und ihre Frauen? Steinmetz hatte den Gedanken an den schnurrbärtigen Alfonso der Fußball-Strohwitwen schon längst wieder vergessen. Er würde hier bis zum bitteren Ende aushalten, am Schluss ein Machwerk aus Ideen und gnadenlos zu Ende durchdachten Werbemaßnahmen abgeben, und sich dann irgendwo aufs Ohr hauen.

* * *

Er mußte eingenickt sein, als er das Gefühl hatte, daß ihn jemand beobachtete. Es verging sofort wieder, aber eine Stunde später [zähes Kauen auf dem Bleistift, Kaffee trinken und erneutes Schreiten durch die leeren Räume] klingelte sein Telefon.

„Rössner Werbung, guten Abend, kann ich etwas für Sie tun?"

„Ach, das ist ja ein Ding!", sagte ein Stimme am anderen Ende, „ist die Zentrale umgeleitet?"

Steinmetz, der sofort das ruhige, leise Chefgebell erkannt hatte, nahm automatisch Haltung an:

„Jawohl, Herr Rössner, ich bin der Einzige, der da ist. Hier ist Hans-Jürgen Steinmetz!"

Die Stimme schwieg, wahrscheinlich dachte auch Herr Rössner darüber nach, wer Steinmetz eigentlich war.

„Ach so, Sie sind das", meinte er dann, „wie läuft's denn so, wird die Kampagne gut?"

Colt Beer, dachte er und nutzte den Schwung seiner Idee, um zu antworten: „Absolut super, Herr Rössner! Ich werde morgen -"

„Sagen Sie jetzt lieber gar nichts. Das ist der traurigste Anruf meines Lebens; wissen Sie schon, was passiert ist?"

„Nein, weiß ich nicht", antwortete er.

„Ist Edith da?"

Frau Chefsekretärin, melde gehorsamst, hat einen Ausritt unternommen, Herr Major! Melde jehorsamst, wird jeden Aujenblick zurück sein: „Nein."

„Mensch, gehen Sie ein bisschen mehr aus sich raus, Sie sind doch Kommunikationsfachmann, da darf man nicht kurz angebunden sein! Bitte seien Sie so nett und rufen Sie mal Edith an, ja?"

„Ja."

„Und sagen Sie ihr: Dumpf ist gestorben!"

„Dumpf ist gestorben", wiederholte Steinmetz brav und fragte erschrocken: „Ja, und meine Kampagne?"

„Es tut mir alles sehr, sehr leid", antwortete Rössner,

„also dann, tschüss. Ich erwarte alle morgen um elf zur Krisensitzung in meinem Büro. Sie auch, Steinwetz."

„Steinmetz."

* * *

„Ja, also tschüss. Jonathan Dumpf", sagte Rössner mit getragener Stimme am nächsten Tag vor versammelter Mannschaft, „mein lieber Freund Jonathan Dumpf ist gestern abend nach der Verlängerung überraschend an einem Herzanfall gestorben. Bumm, so kann's gehen, schrecklich. Also, ich brauch jetzt erst mal einen Schnaps. Will jemand auch einen?"

Es waren vielleicht drei, höchstens vier Leute, die Hände hoben; Steinmetz war nicht darunter.

„Trinken wir auf Jonathan Dumpf, einen echten Brauer von Schrot und Korn. Und, nebenbei bemerkt, ein wirklich rasend netter Kerl!"

Später kamen dann Details heraus. Wie es sich Steinmetz gedacht hatte: Eine fette Leber, zu fettes Essen, zu vieles Trinken, zu wenig Bewegung, wahrscheinlich gar kein Sex mehr, das Saufen, bis der Arzt kommt, hatten ihn umgebracht.

„Ja, und dann hat ihn seine greise Witwe im Keller gefunden, da war er schon eine Stunde lang tot."

„Eine komische Witwe ist das, die ihren Mann eine Stunde lang im Keller allein läßt", meinte einer leise, „normalerweise sind Frauen doch von Haus aus mißtrauische Menschen."

„Wie dem auch sei", erklärte Rössner, „wir müssen jetzt aufpassen, daß wir die Sache mit Dumpf Bier nicht vergeigen. Das ist einer unserer größten Kunden, da hängen Gehälter dran und Wertschöpfungsfaktoren. Den Laden erbt der einzige Sohn, Carsten Dumpf. Er war zu Weihnachten bei mir zu Gast, aber ich habe ihn, offen gesagt, kaum wahrgenommen. Kennt den jemand?"

Sie schüttelten den Kopf.

„Wie alt ist der denn?", fragte Steinmetz aus privatem Interesse.

Rössner blickte auf.

„Ja, gute Frage, vierundzwanzig oder dreißig, schätze ich."

„Dreißig ist er", meldete sich Edith zu Wort. Auch an diesem Dienstagmorgen war die Chefsekretärin wieder brav zur Arbeit gekommen, hob eine Akte und bedeutungsvoll ihren Zeigefinger: „Ich weiß alles über ihn!"

„Toll, Edith", sagte Rössner mit gequetschter Stimme, „also, da bin ich ja gespannt. Hat er Kinder, worauf steht er, was für einen Wagen fährt er, spielt er Golf?"

„Ja."

„Ja was?"

„Unverheiratet, keine Kinder -"

„Schwul?", fragte er besorgt.

„Kann sein. Fährt einen Jaguar."

„Na, das ist doch schon was! Und Golf?

„Nein, kein Golf."

„Schade. Nun ja, kann ja nicht jeder Golf spielen", meinte er wie ein aztekischer Adliger und fuhr fort: „Ich grübele und grübele schon die ganze Zeit über, wie man ihm in dieser Zeit persönlicher Not eine Freude machen kann. Wir wissen viel zu wenig über ihn. Wie steht er zur Agentur, und was für eine Werbung will Karl Dumpf?"

„Carsten."

„Carsten? Seltsam, wer ist Carsten?"

„Dumpf. Nicht Karl, Carsten. Carsten Dumpf."

„Danke, Edith. Ihr seht, dass dieser Todesfall mich ziemlich mitnimmt. Aber lasst es uns aus dieser Warte sehen: Ein Wechsel im Management der Firma ist immer schwierig, aber auch eine gewaltige Chance. Macht mir doch mal in einer halben Stunde Vorschläge, wie man Karl Dumpf bei unserem ersten Treffen richtig beeindrucken kann. Und wenn er schwul ist, nehmen wir Herrn Schulz mit" – den agenturbekannten Schönling.

Es lief auf eine wohlfeile, aber ratzfatz gestaltete Glückwunschkarte hinaus, die eigentlich doch mehr ein Beileidsschreiben war. Im Grunde bestand sie aus dem gemeinsamen, offiziellen Foto der Agentur, doch quer über ihren Köpfen lief ein Schriftzug: „Wir stehen zu Ihnen. Das Dumpf Bier-Team von Rössner Werbung."

„Jeder muss unterschreiben!" Mit eisenharter Unerbittlichkeit überreichte Edith allen einen Stift, der in Gold- oder Silberfarbe schrieb, wenn man ihn ständig schüttelte, „nur den Namen, keinen Kommentar!"

Diese überdimensionale Postkarte wurde in einen teuren Rahmen gesteckt, der, zusammen mit anderen Utensilien in einer echt klasse alt aussehenden Cognac-Kiste seinen Platz fand. „Ich glaube, da tun wir alles rein, was Spaß macht", hatte Rössner befohlen, „irgendwas davon gefällt ihm sicher."

Steinmetz kam es vor, als würde man Grabbeigaben

in die Kiste geben.

Eine Flasche Whisky, guter Wein, ein Handy, auf dem Rössners Nummer einprogrammiert war, eine Ladung Post it-Zettel mit dem Aufdruck „Carsten Dumpf" und ein teurer, wie ein Daimler Benz der 50er Jahre, als schwarze Zigarre erscheinender Füller.

* * *

Zur Delegation, die den neuen Häuptling besuchen sollte, gehörten nur drei: Rössner, Edith und der besagte Agenturschönling Herr Schulz. Edith hatte eine halbdurchsichtige Bluse angezogen, ohne dadurch schöner zu werden und es zu merken. Rössner trug seine Geschäftsführerrüstung – der schwere, schwarze Anzug über der dezenten Krawatte und, das war seine neueste Marotte, ein mit Kreditkarten gefülltes, etwas affig wirkendes Herrentäschchen, in dem er, um eine Funktion gegen die Peinlichkeit zu setzen, seine Pfeife spazieren trug; er hatte beschlossen, nach dem Golfspielen nun auch noch das Pfeiferauchen zu erlernen. Herr Schulz trug eine Art knapp sitzendem Taucheranzug, also eine enge Hose, ein tailliertes Hemd und ein Jackett, das seiner Hüfte eine besonders maskuline oder feminine Linie gab; Steinmetz war sich da nicht sicher, als er sie die Agentur verlassen sah.

„Also, schwul ist der nicht!", sagte Edith später mit gespreizter Stimme, „eine Frau merkt so was!"

„Ja, und wie ist er sonst?", fragte Steinmetz und kam sich, weil er an Colt Beer, Elisabeth und seine Karriere dachte, hinterhältig vor.

„Ach, ganz sympathisch!"

„Und ist der modern oder eher wie sein Vater?"

„Wenn ich das wüsste! Das zeigt doch ganz bestimmt die Zeit."

Schließlich wurde es ihm klar, dass Colt Beer eigentlich doch keine Idee war, die gut nach Bayern passen könnte. Dort bestellte ja kein Mensch „one cold beer", so daß der ganze Gag, das Geniale an der Sache, statt dessen ziellos in der Gegend zwischen Waldkraiburg und Poing verpuffen würde. Und wieder sah er sich am Rande des Wolkenkratzers stehen. Damit ihm keiner auf die Schliche kam, rief er von seinem Taschentelefon aus einen bekannten Anwalt an.

Doch die Welt lief anders, als er dachte. Erst einmal war „Colt" ein geschütztes Warenzeichen aus dem Land des alle Möglichrn; natürlich, die Amis. Das Land mit den skrupellosesten Anwälten der Erde. Die würden das wohl kaum verkaufen. Und außerdem gab's oder gibt's, der Anwalt hatte im Internet nachgesehen, bereits ein Bier namens „Colt 45", wenn auch nur dort drüben; aber so war das in der Welt der Globalisierung, wenn in einem Land etwas daneben ging, war die Sache auch für jedes andere im Eimer.

Zu allem Überfluss fragte ihn der Anwalt, ob nicht schon andere vor Steinmetz auf diese Idee mit Colt Beer gekommen wären; die Firma Colt sei schließlich so alt wie der Wilde Westen, da nähm es nicht Wunder, wenn in deren Archiv und Tresoren, natürlich alle bewacht von Männern mit Colts, nicht auch eben genau diese Idee vielleicht um die Jahrhundertwende herum bereits gelagert worden wäre. Obwohl sich das Steinmetz, ehrlich gesagt, nicht vorstellen konnte.

Und sein Traum zerbrach in viele kleine Mosaiksteinchen.

Was soll's, man lebt auch ohne New York gut.

So war ihm viel erspart geblieben. Und wenn am Ende seiner Tage dann mit freundlicher Unterstützung von Dumpf Bier sein Lebensfilm vor ihm ablaufen würde, würde der zwar auch mit Werbung gespickt sein, aber statt der Stadt am Hudson Szenen aus Europa zeigen, oder aus Südafrika, von Meetings und Kongressen, Hotelzimmern und Zimmern, von Sonnenöl und Stränden, Schneeschaufeln und Taschentüchern, Kaffee und Badezimmern, Fahrten im Auto und den paar Flügen, die Herr Steinmetz pro Jahr machte.

* * *

3. LAUTER NÜTZLICHE HAUSHALTS-TIPPS

Hans-Jürgen Steinmetz spielte eine Rolle, da war er sich sicher. Eine Rolle in einem Spiel, in dem er eine von mehreren, unwichtigen Randfiguren war; eigentlich gab es nur Randfiguren, bis auf Rössner und seine Gemahlin.

Dieser Rössner, 55, hatte vor 20 Jahren, also in seinem Jahre Nummer fünfunddreißig, den Mut besessen, eine eigene Werbeagentur zu eröffnen, die wie er hieß und ihm aufs Wort gehorchte. Seither war ihm ganz schön der Bauch über die Hose gequollen, aber sein welliges Haar tat alles, um davon abzulenken. „Ich bin nicht dick, ich bin schön dick" – solche Sätze waren es wohl, die er und seine Frau Irene sich jeden Tag zuwarfen, vermutete Steinmetz:

„Ach Hartwig, du bist immer noch ein stattlicher Kerl!"

„Jawohl, Irene, da hast du ganz recht. Wenn ich ehrlich sein soll, sage und schreibe 10 Millionen Euro haben wir schon. Sieht man mir gar nicht an, was?"

Seine immer leicht ins Bräunliche gehende Hautfarbe ließ Rössner in der Agentur vital erscheinen und meistens in einem Sakko stecken, das so aussah, wie es klang, wenn man das Wort wie einen Sack aussprach: Sacko.

Genug der einleitenden Worte. Steinmetz hatte sein

Büro, mehr so ein Zimmerchen, in einem Winkel der Agentur aufgeschlagen, von dem aus man einen, wenn es einen interessierte, faszinierenden Blick auf die von Autos übersäte, sechsspurige Straße hatte. Ein grauer Schreibtisch, das ebenso graue Häuschen eines Computers darauf stehend, der Fußboden war gleichfalls unter einem grauen Teppich verschwunden.

Hier lebte und arbeitete Steinmetz und knackte manchmal stundenlang wie ein Eichhörnchen die Nüsse schwerer, ab und zu auch neuer Aufgaben. Er entwickelte eine Kampagne für ein Hustenbonbon, die ein erfolgreicher Werbefeldzug werden konnte: Hundert als Schneemänner ausstaffierte, schwergewichtige Schauspieler fuhren auf Skiern den Berghang hinunter, manche zeigten mit Karottennasen sogar gekonnte Trick-Skieinlagen, als wäre das etwas, womit man angeben konnte.

„Der Winter kommt, es kommt die Hustenfront", hatte Steinmetz dazu gedichtet, „doch keine Sorge, der Eukalyptus-Bär schlägt sie alle zurück. Sobald der Husten kommt, ab in den Mund damit. Eukalypus, so schmeckt Gesundheit."

Den Rest der Zeit über, und das war eigentlich der größere Teil, lief, ging oder spazierte er dann, wenn er unter Druck stand, durch das Büro und freundete sich mit den anderen an, die dort arbeiteten. Wie gesagt, er hatte dabei stets das Gefühl, dass er eine Rolle spielte und eine wichtige, aber eben nur am Rand dumm herum stehende Randfigur war. In einem Spiel, das Rössner und Gemahlin mit dem Rest der Welt spielten, womit natürlich vor allem er selber gemeint war:

Steinmetz, eher klein als groß. Der Bartwuchs, den er beharrlich seit drei Tagen kultivierte, fehlte dafür auf seinem Kopf. So fühlte er sich in einer Welt, die seiner Meinung nach von Haaren als Symbol viriler Männlichkeit so sehr strotzte, dass nahezu alle, die wichtig waren, sich ein Toupet an schüttere Schädel klebten und verkniffen des Lebens freuten – da fühlte er sich mit der Pläte pausenlos verachtungswürdig und war froh, dass Rössner ihn trotzdem anscheinend lieb gewonnen oder besser, sich an ihn gewöhnt hatte.

Wie Rössner selbst trug er die meiste Zeit des Tages über schwarz. Schwarze Hose mit zwei kraushaarigen Beinen drin, darüber einen Pullover oder manchmal ein schwarzes Hemd; aus den Klamotten kam er praktisch nie raus. Es konnte ja sein, dass plötzlich ein Kunde in die Agentur herein schneite, ohne ihnen, wie sonst üblich, telefonisch eine Vorwarnzeit gegeben zu haben. Hätte er, Steinmetz, dann ganz normale Jeans getragen, seiner Vorliebe für karierte Hemden nachgegeben und in diesem Aufzug die Agentur betreten, eben.

In einem solchen Outfit saß er mittags meist mit den Kollegen beim nahegelegenen Italiener: Pizza, Nudeln, Sauce. Während sich die anderen jeden Tag nach der Spezialität des Hauses erkundigten, studierte Steinmetz die Weinkarte und entschied sich einmal für einen trockenen Pinot Grigio, den er dann gezielt und schnell herunter kippte. Und nun überschlugen sich die Ereignisse: Vor jedem baute sich ein Teller mit dampfenden Nudeln auf, und die ziemlich roten Ravioli in der blubbernden Tunke gaben sich auch keine Mühe mehr, appetitlich zu sein. Fünf Minuten später waren alle fertig;

dann ging man zu Fuß durch zugeparkte Straßen, hörte Schuhe auf den Bürgersteigen hallen. In der Agentur hängte sich Steinmetz sofort unter die Kaffeekanne und lieferte sich einen heftigen Kampf mit der Müdigkeit, die der Wein über ihn auszubreiten versuchte. Jetzt nur nicht hinsetzen, sonst schläft man gleich ein! Nie wieder, schwor er sich, würde er zum Mittagessen, ganz gleich, was passiert, Wein trinken, und auch nie mehr Bier.

Doch schon am nächsten Tag wurde er auf eine harte Probe gestellt.

* * *

Rössner in voller Breite in Steinmetzens Zimmer: „Na, mein Lieber, wie geht's Ihnen denn?"

„Gut", erwiderte Steinmetz und heftete abwehrend ein „wahnsinnig viel zu tun!" daran.

„Was soll ich sagen, prima! Dann kommt Kohle aufs Konto", freute sich Rössner, den es auch zu Haus wohl amüsierte, wenn unter ihm die Putzfrau schrubbte und bohnerte, „das mit dem Eukalyptus-Bär nehmen Sie ja hoffentlich nicht schwer. Das passiert immer wieder, daß sich der Kunde für eine andere Agentur entscheidet. Dabei sein ist alles; haben Sie denn nachher schon was vor?"

Gemeinsam gingen sie zum Italiener, der sich wie ein Ölfisch in der Pfanne heranschlängelte und in seiner jämmerlichen Art begann, eine ganze frisse Fiss anzupreisen, eine frisse Lotte, die ganz friss vom Markt in Salbei mit Salzkruste ...

„Danke!", murmelte Rössner, „für mich Spaghetti mit einem Hauch von Olivenöl."

„Für mich auch", rettete sich Steinmetz.

„Und wasse wollen trinke?"

„Ein Glas Wein. Für Sie auch, Steinwetz?"

„Nein", erwiderte eine unfrohe Kreatur, die nicht zu leben wußte und sicher bald rausflog; rasch hinzufügend: „Lieber ein Bier."

Rössner wollte mit ihm anstoßen; ein Umstand, den Steinmetz gern als Liebeserklärung aufgefasst hätte, wären da nicht die unzähligen anderen Male gewesen, bei denen er Rössner mit anderen das Klick-am-Glas-Spiel hatte treiben sehen. Und zwei Klick weiter begann Rössner von Ilona zu erzählen.

Ilona, und der Name musste unter ihnen bleiben, Ilona war das neueste Projekt eines bekannten Zeitschriftenverlags und sollte, wie der Name vermuten ließ, als Damenblatt der weiblichen Zielgruppe klar machen, wie man wohnte, wenn man konnte. Aus diesem neuen Magazin, das bisher nur auf dem Reißbrett existierte, sollten auch weniger Betuchte erfahren, wie die Reichen und Schönen ihre Umgebung gestalteten, und der Verlagsleiter persönlich, der Chef des Ganzen, hatte Rössner, den er beim Golfspielen getroffen und von seiner Agentur hatte schwärmen hören, aufgefordert, unverbindlich, aber verständlich mal darüber nachzudenken.

„Sie verstehen, für eine mittelständische Agentur wie Rössner Werbung ist das eine Chance, die man nutzen muß. Ich hab auch schon eine gute Idee gefunden. Wissen Sie noch, wie Helmut Markwort damals Focus auf den Markt gebracht hat? Ein einziger, genialer Schachzug hat alles klar gestellt. Er hat seine Zielgruppe einfach Info-Elite genannt; Info-Elite, so will jeder angesprochen werden. Was halten Sie davon, wenn wir Ilona auch so nennen – das Magazin für die Wohnelite? Denken Sie mal drüber nach, in vier Tagen muß ich ihm in Freiburg die ersten Ansätze zeigen."

* * *

In der Agentur boxte Steinmetz gegen die Dämonen des Schlafes, dessen graue Gesellen ihn einluden, das Haupt auf den Tisch zu betten. Freiburg kam ihm in den Sinn, die ferne Kleinstadt, in der das Verlagshaus gegründet worden und vermutlich immer noch von seinem Gründer besessen war; weit vom Schuss, in einer Gegend, in der vermutlich so wenig Kultur herrschte, dass schon das nahe Straßburg wie eine Metropole schien. Kauzig würden sie da ihre Winzerfeste feiern, die Freiburger, und ihren Arbeitgeber fürstlich verehren. Ilona für die Wohnelite; fast meinte er, dahinter die weiche Hand einer Millionärsgattin zu spüren, die ihren Geschmack von der Welt bestätigt haben wollte, weil sie es leid war, ihn immer nur vor Männe und geladenen Gästen zu präsentieren.

Am Mittwoch parkte die Gemahlin ihren kleinen Porsche ein und residierte dann in vollem Ornat im Konferenzzimmer.

„Sie kennen ja meine Frau!", entschuldigte sich Rössner zur Begrüßung, „ich glaube, Irene hat auch jede Menge prima Ideen zu unserer Aufgabe beizusteuern. Außerdem habe ich die Vermutung, dass Ilona nicht einfach nur so auf den Markt kommt. Wartet nur ab, da steckt bestimmt Frau Herder dahinter, das ist ihre Idee. Herr Steinwetz! Was ist Ihnen eingefallen?"

„Ilona für die Wohnelite", begann er, „ist eine tolle Idee."

„Na siehst du, Irene, da hab ich doch gleich das richtige Gespür für gehabt."

„Aber", fuhr er fort, „das Wort Wohnen klingt ziemlich behäbig, und Elite hört sich wie ein Joghurt an."

„Stimmt!", prustete Irene Rössner heraus, „den hab ich auch schon gegessen!"

„Wie würde es besser klingen?", fragte Steinmetz blickschweifend die Welt. „Wie wär's mit einer anderen Formulierung, die Ihren sehr guten Vorschlag, Herr Rössner, aufgreift und weiterentwickelt – Ilona für die Geschmacks-Elite? Oder noch viel besser, Top-Geschmacks-Elite?"

„So was als Titel? Das ist viel zu lang!", rief Irene Rössners kneifende Stimme dazwischen, „das kann sich doch keiner merken! Warum nennt Ihr die Zeitschrift nicht einfach weiter Ilona?"

„Hm, das Blatt, das heißt doch sowieso weiterhin Ilona, Liebling", erklärte ihr Mann sanft. „Weißt du, wir suchen jetzt nach einem richtig knackigen Slogan fürs Ganze, ein einfacher Spruch, in dem alles drin ist, was in Ilona steckt!"

„Top Geschmackselite!", fügte Steinmetz hinzu, stand auf und wiederholte noch einmal: „Top-Geschmacks-Elite!"

„Hab's schon kapiert", antwortete Rössner und

knuffte ihn zärtlich in die Seite, „so, eigentlich brauchen wir jetzt nur noch ein paar gute, richtig mitreißende Funkspots. Na los, machen Sie mal!"

Neues vom Finca-Wahn, dichtete er später in seinem Büro. Nicht Nachmachen: Überraschende Schnapsideen durchgeknallter Tanten. Irrsinn zum Abkacken und tolle Ideen: Schuhregale aus Tropenholz. Jetzt in Ilona, der Zeitschrift für die Top Geschmackselite.

„Also", las er am Donnerstag vor, „jede Insel hat ihre Legende, lauschen Sie, äh, der von Mallorca. Mit großem Report: So reben die Leichen - nein, so leben die Reichen auf der Perle der Balearen. Sie braumer vom Lehm, pardon, Sie brauchen mehr vom Leben. Öh, Sie brauchen Ilona, die Zeitschrift für die Top Geschmacks-Elite. Jetzt überall am Kiosk."

Irene Rössner schwieg und fragte dann mit schneidender Stimme:

„Und das soll so im Radio kommen? Da müssen Sie aber noch viel üben."

Ihr Mann war ihren Gedanken gefolgt; „Gott bewahre!", rief er, „nein, natürlich spricht uns das später ein Profi, ein echter Werbesprecher, ein gelernter Schauspieler, der hauptberuflich Stars wie Clint Eastwood, Alf und Crocodile Dundee synchronisiert! Zum Beispiel Sky Dumont, den kennst du aus der Bunten."

„Ach so. Und noch etwas versteh ich nicht. Lieber Herr Steinwetz, was soll ich denn hier mit?"

Es war das Manuskript für eine kleine Anzeigenkampagne, in der Ilona beworben werden sollte, und eine Fülle nicht besonders nennenswerter Ansätze und Ideen wurden darauf beschrieben.

„Das verstehe ich nicht! Sie schreiben hier immer wieder Headline, dann kommt ein vernünftiger Text, dann wieder Headline", maulte die Frau, „wollen Sie das allen Ernstes so schreiben? Das sieht doch ein Blinder mit dem Krückstock, diese pausenlose Wiederholung, was soll das, das versteht doch kein Mensch!"

„Hm, weißt du, das ist so, mit Headline meint man eine Titelzeile", erklärte Rössner, als wäre er ein dressierter Pudel, der mit einem kranken Pferd spricht, „in der Anzeige selbst soll das Wort später nicht erscheinen."

„Und warum schreibt Ihr es dann trotzdem auf?"

„Damit der Grafiker Bescheid weiß und dann den Text, den man als Headline bezeichnet, dick und fett macht", antwortete Steinmetz, „das ist in der Werbung üblich, und der Kunde ist das meistens auch gewohnt."

„Na, der wird sich wundern!", meinte Irene Rössner theatralisch.

Am nächsten Morgen hatte Herr Rössner seinen schweren Jaguar bepackt, und raste mit der auf dem Beifahrersitz vertäuten Gemahlin nach Freiburg. Dabei unterlief ihm der Fehler, nicht die Tankuhr zu achten, die prompt tat, wonach ihr der Sinn war. Als Steinmetz den flugs seetüchtig gemachten Kleinwagen der Chefsekretärin auf einem abgelegenen Autobahnparkplatz anhielt, drückte ihm Rössner vertraulich und bittend die Hand:

„Danke für den Kanister, mein Lieber. Ich weiß das zu schätzen. Sagen Sie in Freiburg Bescheid, wir kommen später, mein Großvater ist gestorben."

Freiburg zu später Stund: Stiller Verlag, gleich rüber,

welche Ehre, in des Besitzers Privatpalast. Zuckersüßes Kennenlernen der Gattinnen; es stimmte wohl, hinter Ilona steckte Herders Frau, und die zog sich mit Irene Rössner zurück, um ihre Spielzeuge zu zeigen, artig Tee aus Puppengeschirr zu trinken und danach als zwei Prinzessinnen im Garten herum zu springen, um unter dem Flutlicht eines beleuchteten Springbrunnens Frösche zu küssen. Rössner ließ sein Haar im Schein des offenen Kamins glänzen, lauschte Herder und sprach mit ihm über Kunst, Weine und Geld.

Von nun an hatte Steinmetz keine ruhige Minute mehr.

„Wir wissen jetzt mehr über Ilonas Innenleben. Eine moderne Frauenzeitschrift mit lauter nützlichen Haushaltstips. Frauen interessiert das, neues Leben aus altem Stoff, was man aus Käseresten macht, dazwischen viele tolle Modestrecken, war noch was, Irene?"

„Ja, alles, was Frauen interessiert!", ergänzte sie aufgeregt, „Fitness, Mode, Schuhe, Strümpfe, Innenarchitektur, Fußböden, Bäder und vor allem richtig viel Gefühl, hat sine Frau gesagt. Also, schreiben Sie mal!"

Des Abends standen Rössners auf der supertollen Dachterrasse eines befreundeten Agenturbesitzers, und nach Häppchen und Trinkchen schwang Rössner das Tanzbein, wobei er nie genau wußte, welches von beiden das genau war. „Du bist ja physisch gar nicht anwesend!", warf ihm seine Frau vor; beleidigt chauffierte er, der sich an diesem Abend besonders viel Mühe gegeben hatte, sein Weibchen heim und knetete seine Seele mit einer Flasche Cognac durch.

* * *

Sie sprachen auch beim Frühstück noch kein Wort; es war, als wären zwei Staaten aneinandergeraten und hätten im politischen Frost jedes Kultur- und Austauschprogramm eingestellt, die bleichen Beine und den Leib in Bademantel. Aber immerhin hielt sie beim Abschied stumm ihre Wange hin; gegen seine munter knatternde Fahne aß er Pfefferminzbonbons, wimmelte Steinmetzens neue Entwürfe in der Tür ab und verließ sein Büro erst, als es zwölf und der Konferenzraum mit dem Texter und seiner Frau bereits wieder voll besetzt war.

„Liebling, na, alles klar?"

Sie nickte gnädig.

„Alles kreist um Freiburg", begann Herr Steinmetz seine neuen Ausführungen. „Wir loben in der ganzen Kampagne das schöne Leben auf dem Land aus, damit man sich in Freiburg gebauchpinselt fühlt. Wie wohnen die glücklichen Leute, die sich ein Haus auf dem Land leisten können? Wir sagen: Hier leben die wahren Trendsetter, die –"

„Herr Steinwetz, Sie irren sich!", fiel sie ihm ins Wort, „die da unten sind doch nicht so dumm, dass die das nicht durchschauen! Jeder weiß doch, wo die Trends her kommen: Aus New York, New York!"

Das Wort stand im Raum und begann, seine Wirkung zu entfalten wie eine Hüpfburg, die sich aufblies, um die Kinder anzulocken.

„Wenn wir die Abendmaschine kriegen, sind wir Montag zurück", sagte Rössner und sah seine Frau bittend an: „Aber nicht nur in Schuhgeschäften rum hängen!"

Seufzend wie ein alter Esel zog er später noch am selben Abend ihren Louis Vuitton-Koffer durch JFKs Flughafen, befreite lautlos seine Gemahlin aus den Blicken eines dominanten Zollbeamten, gravierte klaglos Namen in das Formular des „nie im Leben vier Sterne"-Hotels und verschmachtete ohne Geräusch im Kerker eines „dauert gar nicht lang" Ladens, in dem ihm ein Schuh nach der anderen gezeigt wurde und alle gleich aussahen.

Während sich Rössners in Amerika vergnügten, hatte Steinmetz einen kreativen Schub. Das fing beim Frühstück an: ‚Unwiderstehlich bärig' schrieb er über eine Flasche Apfelkorn, weil Beeren was mit Obst zu tun hatten. Über ‚Unwiderstehlich hydraulisch' freute sich Hydraulik Effele, ein undankbarer Kunde der Agentur, der schon seit Monaten mit einer Firmendarstellung herum machte. ‚Unwiderstehlich Urlaub' war der Satz für das Reisebüro, dem Rössner einen Gefallen schuldig war, und ‚Unwiderstehlich lecker' passte zum neuen Cheeseburger mit Camembert, den DonMeckes in einen Testmarkt stopfen wollte, bis auch dieser Strom der Ideen zum Erliegen, der Montag und Rössner wieder ins Büro kam.

„Sie wollen wissen, wie es in New York war? Hm, herrlich, ich wohne da immer im Waldorf Astoria. Es war eine Menge Arbeit, kaum Zeit zum Sight Seeing, gerade mal abends ein Musical, nun ja."

In Wirklichkeit immer nur Fernsehen.

„Ja, und während meine Frau dann die Designer kontaktierte, hab ich, stellen Sie sich das mal vor, ich hab auf dem Golfplatz einen wirklich interessanten

Mann kennen gelernt, und stellen Sie sich vor, der ist Chairman Executive Officer bei BP, und was besonders interessant ist, der kommt bald nach Deutschland, im Oktober, zum Oktoberfest, na, ist das was?"

„Aber das Oktoberfest ist doch im September."

„Ich weiß, mein Lieber, aber kein Mensch kann ja erwarten, dass die Amerikaner alles wissen. Ich habe ein gutes Gefühl, dass sich da ganz sicher bald etwas anbahnt. Ein großes Ding, kommen Sie mit zum Italiener, na? Meine Frau kommt auch mit, das wird sicher nett."

Aber um elf klingelte das Telefon: „Chef! Die Freiburger!"

„Rössner?"

Aus der Sauna oder dem Fond seines herrschaftlichen Wagens, so ein Mist aber auch, während seiner Abwesenheit hatten Schampert und Partner, kennen Sie doch, um Gottes Willen, die Kollegen und auch keine schlechte Agentur, alles umsonst, völlig freiwillig, unaufgefordert und kostenlos andere Vorschläge gemacht, furchtbare Welt; nett sei es gewesen, ganz auf Gegenseitigkeit, sehr interessant, man habe ja auf jeden Fall nun die Adresse, diese Sprüche kennt man ja, zudem wäre es schön, beruhte ganz auf Gegenseitigkeit, sich inklusive Arbeitsstil mal endlich näher kennengelernt zu haben, und er hatte schon auf mehr gehofft, tschüss.

* * *

4. DER LOGO

„Stattdessen kann man auch sagen: Das Logo", erklärte Sabine. Tragend ein Bubikopf und Hornbrill. Zehn Armbänder an ihren handschwarzen Nägeln, die andere ergriff Mineralwasser: „Zigarette?"

„Schmauch in Stille.

„Kannst du auch maken das größer?", fragte eine amerikanische Mitarbeiterin die nickende Sabine.

„Logo?"

„Logo."

„Logo? Ja klar, aber uns bringt das nicht weiter."

Am Abend machte Herr Steinmetz eine Dose auf und haute ihren Inhalt in einen Napf. Ein flauschiger Schwanz erschien, seine Katze fing an, sich dankbar genüßlich darüber zu stülpen. Nur fressen, nie arbeiten.

Sabine hatte eine Katzenallergie, Pussow der Fünfte verschwand im Bad. Die wenigen Minuten, bis sie nießen oder sonstwie auf ihr Leiden hinweisen würde, verbrachte sie redselig an seinem Tisch und warf der ganzen Welt Ignoranz vor; Steinmetz mühte sich nach Kräften, ihr mit Mund- und Körpersprache klar zu machen, dass er anders war, dass er sie schätzte, doch zu seinem Leidwesen gab sie diese Haltung nicht zurück, sondern lamentierte weiter:

„Mit meinen tollen Ideen komm ich bei den Spießern in der Werbeagentur einfach nicht an! Ich find das zum Kotzen! Ich darf nicht mal mit zum Fotografieren!"

„Gemein", fand er auch.

„Zigarette?"

„Ja."

Schmauch.

„Tut mir leid, ich muß jetzt raus. Hast du eine Katze? Scheiße, meine Augen tränen." Die Brille beschlagen. „Was machen wir jetzt?"

Sabine, die Grafikerin, kannte cirka vier Discotheken. In keine kamen sie rein, was Steinmetz auf sich bezog, von jeder aus fuhren sie weiter, und je weiter sie fuhren, desto fremder wurde Sabine ihm; noch mal würde er seine Kollegin nicht einladen.

Ähnliches erzählte er am nächsten Morgen Jane, der amerikanischen Fernsehspotproduzentin, die umgehend Herrn Rössner darob informierte: Dem waren schlecht motivierte Mitarbeiter ein Gräuel, „und außerdem kriegt Sabine das mit dem Logo für die Lottozentrale, mal unter uns gesagt, nicht hin", flüsterte Steinmetz ihm über mehrere Instanzen hinweg zu.

Welch schöner Gedanke: Herr Rössner, mit Pfeife und Golfsack, stolzierend vor versammelter Mannschaft: Ab jetzt geht alles, was Grafik betrifft, über Steinmetz' gewissenhaften, kritischen Tisch! Sabine-Armbänder klappern schreckerfüllt! Es würde nur Stunden dauern, bis sie ihn als Urheber des Schicksals, das sie ereilt hatte, ausgemacht haben würde; Stunden, die Steinmetz dann nutzen wollte, um seine neue Position zu untermauern. Ja, insgeheim freute er sich, als er in seinem Büro auf dem Computer hämmerte, auf vergebliche Intrigen und Machenschaften, Avancen und Annäherungsversuche und ihren Versuch, das Rad herum zu reißen: Wie sie sich opfert und, nach der mit ihm verbrachten Nacht, im Schein der Badefunzel in ihre Tracht schlüpft!

Auch wenn's die Werbung anders darstellt, gibt es nichts Würdeloseres, als wenn sich Menschen anziehen, ungelenk mit erhobenen Beinen in ihre Pelle steigen oder ein Hemd über sich stülpen.

* * *

„Herr Steinwetz, kommen Sie mal?"

In Rössners Zimmer waren nicht nur Trophäen zu sehen, ein ferngesteuerter Turnschuh aus der Zeit, als sie einen Teil der adidas-Millionen betreuen durften, nicht nur eine satte Garnitur von Pfeifen und Golfandenken, breitgesessene Ledermöbel und ein Glastisch, sondern auch Sabine, die in einer Haltung da saß, wie sie Michelangelo nie für etwa die Piëta verwendet hätte, weil es selbst angesichts der dramatischen Situation (jung, verwitwet, Sohn verloren) verkrampft gewirkt hätte.

„Setzen Sie sich mal. Wie geht's denn so? Also, so geht's jedenfalls nicht weiter", sagte er aus seinem Anzug, „Sabine ist zu mir gekommen, weil sie sich von Ihnen falsch wahrgenommen fühlt."

Ihr Problem, dachte Steinmetz und antwortete: „Ich verstehe."

„Also einigt Euch. Ich will keinen Streit in der Agentur; wir alle sind ein Team, also auch Sabine und Sie, ja?"

So wie die Biene und die Blume, dachte Steinmetz, dem erst in diesem Augenblick das Paar Brüste auffiel, das sie in ihrem Wams spazieren trug. Wo kam Sabine eigentlich her, Landsberg am Loch?

„Und manchmal frage ich mich, ob einer von Euch vielleicht nicht in dieses Team reinpasst."

„Tat tvam asi", meinte Steinmetz leicht.

„Wie bitte?", Rössner irritiert.

Steinmetz lehnte sich mit einer Handbewegung zurück, die groß wirken sollte, und räusperte sich.

„Sicher, Herr Rössner. Was immer auch geschieht, ich meine, wir dürfen bei all unserem kleinlichen Hin und Her niemals vergessen, für wen wir arbeiten. Wir sind Dienstleister, oder?"

Rössner, der das gern hörte, nickte beifällig.

„Und was die Kampagne für Toto und Lotto betrifft, meine ich, die muss direkt aus dem Produkt kommen. Aber was ist das denn, was ist das Produkt?"

„Blöde Frage!", schnaubte Sabine, „das weiß doch jeder!"

„Wirklich?", meinte Steinmetz, „denk doch mal ganz neu! Es geht uns allen immer nur um Träume, Visionen, Vorstellungen und Gedanken. Sieh dich doch mal um! Was sind denn Wolkenkratzer anderes, als real gewordene Ideen?"

Rössner, der auch gern in letzter Sekunde alles umschmiss, beifallsnickte, aber als Sabine „bla bla", antwortete, verwandelte er seine Augen in die eines Habichts, der sich jedes weitere „bla" verbat.

„Wenn wir mit dem Plakat anfangen", begann Steinmetzens Erklärung, „sehen wir ganz unten das Gesicht eines Mannes, der aus der Zielgruppe stammt und verträumt nach oben blickt. Und über ihm erscheinen, das ist ein psychologischer Trick, all jene Sachen, die er mit einem einzigen Tippzettel gewinnen kann; Yachten, Flugzeuge, Laptops, Handies und so weiter, lauter Wunschträume. Und darüber schreiben wir einfach dann: Tipp auf gut Glück, Toto-Lotto. Genial."

„Und im Film?" (Rössner)

„Zeigen wir denselben Mann, spannend gefilmt und hart geschnitten. Ein Schiff, Traumstrände, Rennpferde, alles taucht vor ihm auf."

Nach einer Weile dramatischen Nachdenkens befand Rössner: „Wirklich eine saubere Lösung; ich glaube, meiner Frau gefällt das auch. Was haben Sie denn, Sabine?"

Vor allem einen Vorteil, nämlich bereits fertige Bilder, die sie auf dem Tisch, „darf ich mal", ausbreitete.

„Ja also, ich hab eine Kampagne aus dem Logo der Firma heraus entwickelt. Alles hält sich total streng an die Vorgaben, die der Kunde Toto-Lotto gemacht hat."

Eins zu Null für sie, dachte Steinmetz und sagte spontan: „Das kann meine Kampagne auch!"

Sie warf mit zweifelndem Blick.

„Kann sein, aber ist dir auch aufgefallen, daß Toto-Lotto für alles eine Schrift verwendet, eine TheSans 71 BoldItalic condensed in 20 Punkt, und dazu auch noch gesperrt? Herr Rössner! Ich schlage vor, wir gehen als erstes das Logo der Firma an; man kann aber auch sagen: Den Logo."

* * *

Hart geschnitten: Glückliche Grafiker, die bei der Arbeit Radio hörten. Im Atelier herrschte ein Lärm wie in einem Jeansshop. Fluchend saßen dort die Grafiker vor dem Karton, aus dem sie die Welt der Kreation anlachte, und bearbeiteten große Layouts kleiner Dinge, statt im Blütenkranz durch Gärten zu tollen oder im Blitzlichtgewitter Kußhändchen zu verteilen. Ein Fitzelchen hier, eine Regalnase dort, ein Teilnahmeschein für ein Gewinnspiel, bei dem der Endverbraucher, den sich Steinmetz stets als struppigen Gesellen mit Rotznase und Unterhemd vorstellte, mit etwas Glück in die Nähe des Preises („Super Luxusflug nach Hongkong!") kommen würde.

Sabine machte bei der Arbeit mehr Krach als eine Volksschule am Wandertag. In ihrer Welt gingen Computer schneller, wenn sie sie anschrie, und wenn nicht, dann war es das Leben, das dran glauben mußte:

„Scheiße, Scheißjob!"

Rössner hörte gar nicht gern davon, und eine Sekunde lang weihte er Steinmetz in seiner Pläne ein:

„Hm, mit Sabine müssen wir uns was einfallen lassen, ja? Hat die eigentlich noch Probezeit?"

„Nein", entgegnete Steinmetz und ergänzte: „Die anderen haben mit ihr auch Schwierigkeiten."

„Edith", sagte Rössner der Gegensprechanlage, „schau doch mal in meinem Kalender nach, ich will heut nachmittag Sabine sehen, ja?"

Steinmetz schlich von dannen; wenn sich so Judas gefühlt hatte, mit dreißig Silbermark im Beutelchen und der Vision vorgesetzter Anerkennung, war der ihm gar nicht mehr unsympathisch.

Sabine war nicht schwer zum Essen zu überreden; ein Essen, das sie in einer archaischen, von Biertrinkern belebten Kneipe einnahmen. Er hoffte auf ein Zeichen, das ihn von seinem Plan abbringen könnte, etwa die Erwähnung einer alten Mutter oder lendenlahmer Tante, die sie heimlich pflegte; nichts davon war.

„Weißt du, was Rössner von mir will?"

„Keine Ahnung, wahrscheinlich wegen der Kampagne."

„Bist du auch dabei?"

„Ist nicht vorgesehen", antwortete er mit einem Vorhängeschloß auf den Lippen, „und sonst geht's gut?"

„Geht so. Willst du das wirklich genau wissen?"

Steinmetz grinste verlegen: „Klar, warum nicht?"

In ihrer Welt gab es nur eine Form, das war die der Pyramide der Rangordnung. Ganz oben, im Bereich des Lichts, stand Rössner, der Geschäftsführer, darunter der Texter, in diesem Fall also Steinmetz, unter ihm Putzfrauen, Praktikanten und schließlich, ganz unten, Sabine sie selbst, „der Arschdirektor", wie sie sich nannte, also der erfahrene Schweinegrafiker. Steinmetz fühlte sich, als wär er gegen eine Wand gelaufen. Wie konnte man so drauf sein? Vielleicht war sie ja eine Lesbe, vielleicht waren die so, aber was ging ihn das an?

Er ließ sie allein, wohl wissend, daß es für sie nun keinen Ausweg mehr gab, aber auch nicht für ihn; er musste zu Rössner und davon erzählen. Der rastete allerdings vollständig aus, ging kurz die Wand hoch und bekam einen Anfall:

„Das gibt's doch nicht! Das darf doch nicht wahr sein! Ich glaub, ich spinne!"

Am selben Tag noch wurde Sabine rausgeworfen. Sie lernte in ihrem nächsten Job einen gleichaltrigen Grafiker kennen und gebar ihm ein Kind, dem sie einen völlig anderen Namen als Hans-Jürgen gab, der das durchaus nachvollziehen konnte. Die Präsentation für Tipp auf gut Glück Toto-Lotto wäre um ein Haar gewonnen worden, wenn ihnen nicht eine andere Agentur den Braten vor der Nase weggeschnappt hätte, Schampert und Partner, der Urfeind.

Steinmetz war nur einmal dort gewesen, bei einem Freundschaftsbesuch anlässlich eines Sommerfestes mit Wein, Weib und Band.

Da war alles aus Glas, das von hellbraunem Holz unterteilt war. Die Wände der Zimmer waren durchsichtig, auch die Möbel waren braun, gleichfalls die Tür; man hätte nur noch eine Kerze aufstellen müssen, um den Eindruck einer evangelisch geleiteten Werbeagentur zu machen, hatte Steinmetz interessiert gedacht und es hämisch allen weiter erzählt.

* * *

5. ER WILL UNS ETWAS ZEIGEN

Als Steinmetz am nächsten Morgen ins Büro kam und den Tag nicht leiden konnte, weil er unten herum so nass war, hängte er seinen Trenchcoat auf, ließ ein Handtuch über seinen Kopf fahren und prüfte den Sitz des schweren Kugelschreibers. Er war anderthalb Jahre in dem Job, lang genug, um zu merken, wenn etwas nicht stimmte, und an diesem Tag war eine ganze Menge falsch.

Das fing damit an, dass vor seinem Computer ein vollschlanker, vierschrötiger Kerl wie eine Priemel in ihrem Topf saß und nervös in einer Zeitung blätterte. Als Steinmetz kam, blickte er mit kleinen Augen auf und legte die Süddeutsche zerknüllt weg.

„Hallo, Herr Rössner. Kann ich was für Sie tun?"

Der nickte mit einer kostbaren Frisur, nämlich erstaunlich füllig gebliebenen und kunstvoll hindrappierten Haaren. Sein Leib steckte in Stoff, für den man locker tausend Eier auf die Theke knallen mußte, anscheinend aber machte er sich wenig draus, denn über seinem Gürtel rollte er gehörig Bauch.

„Ja, mein Lieber, haben Sie was zu trinken, vielleicht eine Tasse schwarzen Tee?"

„Tee nicht, aber Kaffee?"

„Das wäre nett, mit Milch und Zucker!", denn das Leben ist schön, er will es genießen, dachte Steinmetz weiter, zog einer Schublade den Mund auf und reichte ihm einen handtellergroßen Karton herüber:

„Zigarette?"

„Danke."

Der Besucher strahlte und rückte mit herausgestrecktem Zigarettenrüssel wie ein kleiner Ameisenbär auf die Flamme zu, die ihm Steinmetz hinhielt.

„Danke, und was ist mit Ihnen, Sie rauchen nicht?"

„Ich rauche nie."

„Das ist aber schade, da entgeht Ihnen was. Aber ich rauche auch nur selten, höchstens mal eine Zigarre. Darf ich Ihnen mal was sagen? Nett haben Sie's hier, klein, aber nett. Sagen Sie mal, seit wann sind Sie jetzt hier, ein Jahr?"

„Fast zwei", erwiderte Steinmetz, „ist das nicht komisch? Nach ein paar Tagen im Büro verliert man das Zeitgefühl. Man lernt viel, auch, sich mit den Umständen zu arrangieren. Ein paar Monate später kennt man die Vorlieben der anderen und weiß, warum sie hier sind."

Er schwieg.

„Aber was Sie heute hierhin zieht, weiß ich nicht."

Rössner starrte ihn an und meinte: „Es ist mir etwas peinlich, wissen Sie?"

„Kein Problem, ich höre gern zu."

„Es geht nämlich um eine Frau. Keine gewöhnliche, sondern meine."

„Aha. Haben Sie eigentlich Kinder?", fragte Steinmetz, der anscheinend begonnen hatte, auf einem Block mit Bleistift Notizen zu machen, in Wahrheit aber nur Strichmännchen zeichnete.

„Sicher, eines, ein Mädchen. Aber wie soll ich sagen?

Wenn man schon so lange Mann und Frau ist, oder auch nur eins von beiden, dann kann es passieren, man vergisst manchmal wichtige Dinge. Ich hab heute morgen in meinen Akten geblättert, und da ist mir etwas Wichtiges aufgefallen."

„Betrügt Irene Sie mit dem Gasmann?", meinte er.

„Wir haben ja gar keinen Gasmann." Er schwieg mit knetenden Fingern. „Kann ich offen sein, Steinwetz?"

„Sicher."

„Irene hat morgen Geburtstag, ich hatte es vergessen. Sie wird 44."

„Herzlichen Glückwunsch."

Seelenruhig begann er, seinen Koffer mit dem Butterbrot, Handy, Diktiergerät, dem neuesten Spiegel, der halben Steuererklärung, einer Tüte Fisherman's Friend, dem Terminkalender, Personalausweis, Führerschein und Zulassungspapieren und Visitenkarten auszupacken.

„Ich verstehe. Und nun, Herr Rössner? Hat Ihre Frau denn irgendwelche besonderen Vorlieben?"

„Nein, höchstens Shopping, sie kauft gern ein", nickte er nach einer Weile, „sonst weiß ich von nichts. Vielleicht hat sie ja heimlich Hobbies; seltsam, nicht wahr, dass ein Mensch so wenig von dem anderen weiß. Wir leben miteinander, aber mittlerweile herrscht bei uns, muß ich leider sagen, geschenkemäßig tote Hose. Wir haben uns alles gegeben, was wir konnten, jetzt weiß ich nicht mehr weiter."

* * *

Steinmetz sah am Fenster Millionen von Wassertropfen, die meisten liefen an der Scheibe herab, und sein Herz wurde schwer. Das war kein guter Tag, um einer Frau zuliebe durch die Welt zu irren, und erst recht keiner, an dem es Ideen regnete.

„Wär es nicht schön, wenn Sie sich darum kümmern?", meinte Herr Rössner mit lauerndem Gesichtsausdruck. „Ich weiß doch, einem begabten Menschen wie Sie, dem fällt ja immer was ein. Bitte suchen Sie ihr etwas Passendes, und wenn Sie's haben, schwups in die Tüte und ab damit in mein Büro. Ich gehe heute abend mit ihr essen, wir feiern in ihren Ehrentag rein, da möchte ich Ihr eine Überraschung machen, die sie nicht so schnell vergisst."

„Ich bin niemand, der mit Frauen Bescheid weiß oder Sachen einpackt", entgegnete Steinmetz. „Im Blumenladen nehm ich das, was die Verkäuferin mir sagt, Verpackungen sind dazu da, um abgemacht zu werden, und von Schmuck halt ich auch nichts."

Rössner lehnte sich verwundert zurück und meinte: „Das wusste ich nicht, aber ich setze großes Vertrauen in Sie. Steinwetz, meine ganze Existenz hängt davon ab. Und wenn Sie genau darüber nachdenken, werden Sie feststellen, dass Sie bei Rössner Werbung ja auch überdurchschnittlich viel verdienen. Also, wie sieht's aus? Ach ja!"

Er lehnte sich beschwörend herüber.

„Rufen Sie mich dann aber bloß nicht an und fragen, ob und wie mir was gefällt. Bei Ihrem Einkaufsbummel da draußen sind Sie ganz auf sich allein gestellt, aber ich bin mir sicher, Sie schaffen das schon."

Edith, die Chefsekretärin, wohnte mit ihrer Dauerwelle und stets perfektem Make Up in der Nähe des großen Flures, am schattigen Ufer des Ganges. Hier waren aus den Preisen und Medaillen, die die Firma bereits gewonnen hatte, kleine Tempel aufgebaut; viel war es nicht gewesen, und der auffälligste Preis war ein gelbes, auf schwarzem Marmor geklebtes Stück Metall, die Goldene Nuss des Verbandes der Schokoladenindustrie, die sie vor vielen Jahren für eine Kampagne für Treets erhalten hatten, Schokoladenbonbons mit Erdnüssen. Als Steinmetz seine Fragen stellte, sah sie kurz auf.

„Ich kenne Irene Rössner kaum besser als ihr Mann! Am besten schenkt man was mit Mode, das mag jede Frau, außer Mutter Teresa, und die ist doch schon tot. Parfüm kann auch nicht schaden!"

„Anziehsachen und Gerüche? Trallala", erwiderte er. „Nein, es muss persönlicher sein und aussehen, als ob Herr Rössner das Geschenk systematisch geplant und eine ganze Woche lang darüber nachgedacht hat. Also ein Geschenk, dem man die Mühe oder Liebe anmerkt, und das so spektakulös ist, dass sie Irene dann das ganze Jahr über davon zehrt und bis zum nächsten Geburtstag Ruhe gibt."

Draußen goss es weiterhin in Strömen, also griff er zum Telefon und rief einen Freund an, der in der Stadt mit Geschenkartikeln handelte und jeden Tag damit beschäftigt war, an Ratsuchende aufblasbare Torten, Designartikel und lustige Spruchkalender zu verteilen. Er hatte Geschenke-Joe eine Zeitlang nicht mehr gesehen und sie redeten erst über das, was seitdem geschehen war, über vergangene Treffen und gemeinsame Verkannte, dann schilderte Steinmetz, was er wollte, und hörte ziemlich lang nur Joes ruhiges, fast keuchendes Atmen vor dem Hintergrund einer Schar krakeelender Kinder.

„Hajü, ich will nicht ja mäkeln, aber ich hab ein komisches Gefühl bei der Sache", antwortete Geschenke-Joe. „Dass so ein alter Knabe den Geburtstag seiner Allerliebsten vergißt, klingt doch gar nicht gut. Hat der gerade ziemlich viel um die Ohren?"

„Nö, er wirkt nicht besonders gestreßt."

„Na ja, vielleicht ist das auch nur ein Fall von extremer Schusseligkeit. Wenn er sich zu wenig um seine Frau kümmert, tut's mir leid, die braucht dann etwas, was sie emotional so richtig aufputscht und von oben bis unten durchschüttelt."

„Was könnte das bloß sein?" fragte er leise.

„Ein Kind", sagte Geschenke-Joe.

„Hat sie schon. Und außerdem ist der Geburtstag morgen früh."

„Tja, ansonsten fällt mir bei dem Regen eigentlich nur Urlaub ein. Vielleicht 'ne lange Schiffsreise mit der Rentner-Gang durchs Mittelmeer, oder sie läßt sich ein Wochenende lang auf einer Ayurveda-Farm die Stirn mit Öl beträufeln und die Milz massieren. Aber was es auch ist, Hajü, bist du noch dran?"

„Ja?"

„Was es auch ist", fuhr er fort, „dein Auftraggeber muß eins wissen: Er muß das ganze Brimborium, die ganze Show, mitmachen und dabei sein. Wenn sie zum Sightseeing nach Sydney hüpft, muss er mitspringen, und wenn sie Wagner in Bayreuth sehen will, muss er mit hin, selbst wenn er einschläft. Rössner heißt er?"

„Ja, Hartwig Rössner."

„Dein Hartwig Rössner muss seiner Frau zeigen, dass er ihr den kostbarsten Luxus schenkt, den ein Manager hat: Seine Zeit, weil seine Frau so wichtig für ihn ist. Was du brauchst, ist also nicht ein einzelnes Geschenk, sondern eines für zwei."

Er schwieg.

„Hast du schon mal über ein Tandem nachgedacht?"

„Nein. Und der arme Kerl tut mir jetzt schon leid."

„Nun ja, besorg ihm einfach eine Rikscha. Wäre doch nett, wenn er damit durch die Gegend düst, das Frauchen im Gepäck. Aber was soll's, jeder hat die Probleme, die zu ihm passen; wird Zeit, daß du mal wieder bei mir rein schaust, Hajü, hab neue Sachen da."

* * *

Steinmetz nahm seinen Wagen und rollte mit gefächerten Scheiben durch die Straßen, derweil der gute, alte Regen auf das Dach prasselte und klang, als fiele er direkt auf seinen Kopf. Sicher war Irene Rössner jemand, die das Leben in vollen Zügen aus dem Portemonnaie zu genießen verstand, aber auch nur ein Weib, das sich nach Zärtlichkeiten sehnte, nach jemandem, der sich an sie schmiegte, stets freundlich zu ihr war und ihr die Füße ableckte. Sie und Hartwig Rössner passten nur auf eine kranke Art zusammen; Steinmetz traute ihm durchaus zu, mit jemandem in seiner Agentur ein Verhältnis zu haben [Praktikantin], und die

Frau hungert das Schwein in Sachen Liebe derweil aus. Anscheinend war es höchste Zeit, dass jemand diesen Miststall aufräumte.

Herr Rössner war fassungslos, als er ihm nachmittags das kleine, fiepsende Bündel in den Arm drückte und es die winzige Schnauze neugierig in seine Achsel steckte.

„Was ist das, was soll ich damit?", sagte er wie der erste Mensch zur Schöpfung, „das ist doch ein Scherz, oder?"

„Kein Scherz. Ihre Frau wird total überrascht sein", antwortete Steinmetz und baute sich vor dem Mann auf, der den Hund nun mit beiden Händen von sich streckte, um ihn angeekelt zu betrachten. Er steckte die Hände in die Taschen und wandte sich zum Gehen: „Sie wird denken: Was hab ich für einen lieben Mann! Der muß doch eine ganze Woche lang überlegt und nach diesem süßen Welpen gesucht haben! Und dann werden Sie sehen, wie sehr sich die Irene über Bello freut."

„Ich kann aber Hunde nicht ausstehen", knurrte Rössner.

Er grinste. „Eben, um so mehr wird Ihre Frau dieses Geschenk würdigen."

Rössner schwieg. „Was meint Edith dazu?", fragte er dann.

Die Sekretärin kam in den Raum und sagte, dass sie dafür war. Steinmetz hob beschwörend die Hände.

„Übrigens heißt er Jocki!"

„Ich muß sagen, der Name gefällt mir nicht", brummte Rössner, der nun alles zu begreifen schien,

„außerdem hab ich das dumpfe Gefühl, daß Sie mir gerade meiner Zukunft ruiniert haben."

„Ach was!", rief Steinmetz. „Das ist doch ideal, Sie müssen sich nur etwas umstellen. Und für was anderes war leider keine Zeit mehr da."

„Sie haben gut reden. Wie soll ich das denn auf die Reihe kriegen? Der Hund hier macht doch Haufen auf den Golfplatz, und muss der nicht jede halbe Stunde raus?"

„Ich zeige Ihnen mal was, womit Sie nicht im Traum gerechnet haben. Sehen Sie mal in die Plastiktüte, da ist das Handbuch des Hundehalters für Anfänger drin, eine Leine, ein Halsband und zwei Dosen Hundefutter. Fürs Erste reicht das sicher."

„Mein Lieber, ich muß doch verrückt sein, mich darauf einzulassen", bellte Rössner.

„Dann eben nicht, dann nehm ich den Hund wieder mit."

„Hm, ja, tun Sie das bitte."

„Und was schenken Sie ihrer Frau dann?"

Rössner schwieg.

„Sie könnten es zumindestens mal ausprobieren", schlug Steinmetz vor. „Und wenn es partout nicht geht, kann ich Fipsi ja wieder zurückbringen."

„Fipsi ist auch kein richtiger Hundename. Und überhaupt." Er winkte kraftlos mit der Hand. „Sie müssen das mit mir trainieren, ich kenne mich doch gar nicht aus. Eine Woche, sagen Sie, hab ich nach diesem süßen, kleinen Hund gesucht?"

„Mehr als eine Woche", sagte Steinmetz zufrieden. „Sie haben jede Nacht, wenn Ihre Frau schlief, kein

Auge zugekriegt, vormittags sämtliche Zoogeschäfte, auch die Mitnahmemärkte, durchsucht, und nachmittags schwerreiche Züchter in teuren Ländern wie Oman und Hongkong angerufen. Dann haben Sie von jemandem einen Tip bekommen; Sie fanden Waldi auf einem Biobauernhof, wo er wild wohlig wedelnd mit weiteren Welpen wohnte."

„Waldi gefällt mir erst recht nicht", gab Rössner zurück. „Ich möchte ihn anders nennen, geht das?"

Steinmetz nickte. „Er gehört Ihnen."

„Ich taufe dich hiermit auf den Namen Rex", sprach Rössner zu dem Hund, „und sag gefälligst vorher Bescheid, wenn du raus musst."

Am Abend ging Steinmetz zum letzten Mal mit Rex vor die Türe. Es regnete immer noch und der Hund hatte noch nicht damit begonnen, seinen Namen auswendig zu lernen. Also hörte die untergehende Sonne eine Reihe lauter Flüche, bevor sie sich den Horizont über den Kopf zog und das Licht ausknipste. Als Rex aus den Büschen links und rechts des Parkplatzes heraus gekommen war, war er ein kleiner, riechender Fellball mit zittrigen Beinchen und Steinmetz sah sich gezwungen, ihn auf der Toilette trocken zu rubbeln.

* * *

Schlag Mitternacht stieß Rössner in einem Restaurant an sein Glas.

„Hartwig", sagte Irene, „lass das, ist doch nicht nötig."

Aber der Angesprochene hatte sich bereits erhoben, schritt in schnellen Schuhen fort und kam mit einem großen Paket zurück, in das Steinmetz vorher mit dem Cutter, einem scharfen Messer, wie es die Grafiker im Atelier benutzten, eine Reihe von Luftlöchern geschnitten hatte.

„Herrlichen Glückwunsch zum Geburtstag, liebe Irene!", meinte er verlegen, „ich hab lange überlegt, wie ich dir eine Freude machen kann, und mir auch. Hier!"

Sie sah ihren Mann liebevoll an, als lägen in seinen Augen Diamanten, aber vielleicht war es auch nur eine teure Armbanduhr.

„Manchmal kannst du ja richtig nett sein. Was ist das denn?"

„Sieh einfach mal nach. Das ist Rex", sagte er dann, als Irene mit aufgerissenen Augen, die Wimpern geschwungen wie teerige Federn, reglos auf das Hündchen starrte, das sie mit hechelnder Zunge freudig anblickte, „und ich glaube, das ist der liebste, kleine Kerl der Welt. Er gehört uns beiden. Ich hab fast vier Wochen rund um die Uhr alle Züchter abgeklappert, und gefunden hab ich ihn bei einem Experten in Irland."

„Welche Marke ist das?", fragte seine Frau, ohne den Blick vom Hündchen zu nehmen.

„Marke?"

„Welche Sorte, Hartwig!"

„Äh, nun, er hat viel von einem Jane-Russel-Terrier. Rex ist beinahe reinrassig, Liebling; du musst ihn sehr, sehr lieb haben. Und sieh mal hier!"

Er griff in den Rest des Kartons.

„Handbuch des Hundehalters, da steht alles drin. Was er frisst, wie er sich verständigt und so weiter. Hier ist die Leine, mit der man ihn Gassi führen kann, und an Fressi hab ich auch schon gedacht."

„Wo soll er wohnen?", meinte Irene vorwurfsvoll, „Hartwig, du spinnst! Ich möchte dieses Tier auf keinen Fall im Bett haben. Tu mir einen Gefallen und sperr ihn in dein Arbeitszimmer."

„Ja, aber vielleicht kannst du ein Körbchen für ihn machen?", schlug der Mann, den man Rössner nannte, in einer gutmütigen Art vor, „du, mach ihm doch einfach ein Körbchen!"

* * *

Der darauffolgende Tag war ein Samstag. Steinmetz parkte in der zweiten Reihe vor dem Hilton und hechtete in seinem schwarzen Rollkragenpullover heraus. Der Zufall wollte es, dass ihm in diesem Moment Irene Rössner, einen reizenden, artig daher trappelnden Hund an der Leine, auf dem Bürgersteig entgegen stockelte.

Sie sah übernächtigt aus und hatte die ganze Nacht mit Diskussionen zugebracht, die erst um die nun verkomplizierterten Lebensumstände, dann um den Hund persönlich gekreist waren. Dreimal war sie mit ihm in der Dunkelheit draußen gewesen, im tropfnassen Vorgarten unter den Sternen fröstelnd, zweimal noch ihr Mann, im Gummimantel und mit einer Lampe, die den Regen zu sprühenden Funken werden ließ. Es war eine der teuren Taschenlampen, mit denen amerikanische Bullen auf Verbrecherjagd nachts in die Häuser leuchteten, und in der Gebrauchsanweisung hatte gestanden, dass man damit auch jemand den Arm brechen könne.

Rex hatte in den Büschen sein Geschäft gemacht, bevor er sich die Ecken am Gartenzaun und die Straßenlampe vornahm. Es war kaum zu erwarten, dass dieses kleine Tier über einen Einbrecher herfallen würde, aber zum Glück war um diese Zeit noch oder mehr niemand unterwegs.

Hell strotzte der halbe Mond am Himmel, vom Winde zernagt flohen die Wolken, und als er nach Hause kam, roch es schon in der Diele nach frischem Kaffee.

Als Rex dann wieder raus musste, sagte Irene heiser: „Ich geh."

„Ach, laß mal", hatte Rössner matt geantwortet, „du warst schon öfter draußen als ich", und schickte sich an, in seinen Mantel zu fahren. Er hatte kaum die Haustür geöffnet, als sich eine kleine Gestalt in ihrem teuren, gelben Profi-Segleranorak zu ihm gesellte.

„Wir gehen zusammen", sagte Irene, hakte sich bei ihm ein und es ward Sommer, mitten im Winter.

„Was da im Osten graut, ist wohl der Morgen", meinte er, als sie kaum zwanzig Meter weit gegangen waren, „ist dir denn nicht zu kalt, Liebling?"

„Geht so", meinte sie trocken, „da oben, was sind das für Sterne?"

„Wo denn, da? Morgensterne!", antwortete er, „gefallen sie dir? Ich lasse sie uns jederzeit vom Himmel holen."

Sie drückte seinen Arm, ohne dass es ein Geräusch gab.

„Sieh mal, was Rex macht!"

„Er will uns etwas zeigen. Wie Lassie! Nein, doch nicht."

Der Hund stand an einem Straßenschild und hob, mit einem erleichterten Ausdruck in der Schnauze, sein Hinterbein. Steif stand sein Schwanz dabei empor. Eine Zeitlang hatten ihm die beiden Erwachsenen zugesehen, dann war die Morgensonne aufgegangen, prächtiger Ball hinter den Regenwolken, bald würde auch der Briefträger vorbei gerollt kommen.

* * *

Darum war Irene Rössner ziemlich müde und nahm Steinmetz zwar wahr, der erst erschrocken und dann erfreut zu ihr herüber lächelte, ging aber zügig weiter, als wäre sie es, die vom Hund ausgeführt wurde.

Er dachte nicht weiter mehr darüber nach, war aber erfreut, als im Lauf des nächsten Montagvormittags die Tür aufging und Rex in sein Büro getrippelt kam, von seinem Herrchen persönlich verfolgt. Rössner schien etwas außer Atem zu sein, aber gut drauf. Gemeinsam sprachen sie über Hunde, wo man sie her kriegt und was man dann alles mit ihnen tun kann.

„Ach ja, und eine Frage hab ich noch, Steinwetz. Wo, sagen Sie, haben Sie Rex eigentlich aufgetrieben? Auf einem Biobauernhof, stimmt das?"

Steinmetz schüttelte den Kopf und strahlte:

„Nein, das war doch nur eine Idee, um alles romantischer zu machen. Wenn Ihre Frau nachfragt, bringen wir sie zu einem Landgut in der Nähe der Stadt, das Hunde züchtet."

„Ach, so etwas gibt es?"

„Vermutlich. Aber in Wirklichkeit stammt unser

Kleiner hier von einer alten Dame aus der Zeitung. Wenn Sie möchten, geb ich Ihnen gern die Adresse."

„Ich werde darauf zurückkommen", antwortete Herr Rössner und hob bedeutungsvoll seinen Zeigefinger.

* * *

6. FENG SHUI MIT KINDERN

Seltsam, worauf Frauen alles kommen, wenn der Tag lang ist. Oder glaubt jemand ernsthaft, Feng Shui sei von einem Mann erfunden worden? Was soll das denn für ein Mann sein, der sich für die Gefühle der Inneneinrichtung interessiert? Ein verweichlichter Antiquitätenhändler aus Shanghai? Feng Shui, Wohnen mit Pflanzen, Aromatherapie – das alles erfunden als Marketingmaßnahme von einem chinesischen Trödler?

Nein, nein und nochmals nein!

Steinmetz stellte sich den Erfinder des Feng Shui eher als eine Art Hotte „Feng" Tschuhi aus Recklinghausen vor, also einen echten Ruhrpott-Biker um die Fünfzig mit Bauch, Zopf und Lederjacke. Stellte sich vor, wie Feng Tschuhi an einer Philosophie herum schraubte, die vor allem darauf abzielte, die Welt mit den dazugehörigen Artikeln vollzuknallen, und nach den ersten Erfolgen ein Imperium aus Bachblüten, hängenden Pendeln und Klangschalen, formschönen Steinen und glückbringenden Bildern geschaffen hatte. Aber weil Tschuhi nur Pommes aß, gab's bis heute kein „Feng Shui für den Teller"; also eine Idee, wie man auf handelsüblichem Geschirr im handelsüblichen Haushalt alles so anordnet, dass die Kartoffel je nach Himmelsrichtung, in der sie liegt, Wohlstand, Gesundheit und Erfolg mehren oder schwächen würde.

Für Feng Shui-Bücher schien ein endloser Markt zu bestehen. Wahrscheinlich konnte man einen richtigen Abhängigen, Steinmetz hatte von solchen Frauen gehört, durch einen Spiegel am falschen Platz spurenlos um die Ecke bringen. Auch „Reisen mit Feng Shui" fehlte noch - man könnte doch einfach behaupten, dass jeder Weg nur in einer bestimmten Richtung begangen werden wollte, und Autoreiseführer im Feng Shui-Stil entwickeln. Daran gekoppelt Restaurants und Motels, die von Feng Shui-Fans, oder vielmehr Mitarbeitern der Feng Shui-Kette, betrieben wurden, im Extremfall sogar eine Ayurveda-Farm ...

> *Auf der Ayurveda-Farm, hija hija hoh,*
> *da stellen sich die Frauen an, hija hija hoh.*
>
> *Mit 'nem Das tut weh, mit 'nem*
> *Au, au, au, mit 'nem Schmeckt mir nicht,*
> *mit 'nem…*

Er kam nicht dazu, sein Gedicht zu Ende zu schreiben. Der Termin drängte: „Feng Shui mit Kindern. Aufgabe: Entwickeln Sie eine packende Headline, mit der wir das neue Erfolgsbuch von R. Wong in den Markt treiben können. Rössner."

Zuerst dachte Herr Steinmetz, dass er das Thema nicht in den Griff kriegte. Was waren denn Kinder? Sie lebten in der Welt des Spiels… Aha, hier war dann doch der erste Fingerzeig.

„Feng Shui spielend einfach", schrieb Steinmetz und zog und zerrte an dem Gedanken herum wie eine Amsel, die einen widerspenstigen Regenwurm erwischen wollte, „Kinderspiele mit Feng Shui. Super, Mami! Omi, kauf mir das. Drei Käse hoch für ein Feng Shui. Feng Shui, für das Kind im Menschen. Wie Feng und Shui auf dem Dreirad fuhren. Liebe, Reichtum, Glück und Erfolg in der Schule - so geht das.“

Nein, nein und nochmals nein! Also weiter quäl, quäl, quäl.

In seiner Verzweiflung las er die Biographie der Erfolgsautorin Rosemary Wong, die der Verlag freundlich- und aufdringlicherweise dazu gepackt hatte. Wenn das Papier recht hatte, war sie als Tochter eines Chinesen und einer kanadischen Mutter geboren worden, und zwar in Portland, Oregon, was total egal war. Neben zwei Kindern zog sie auch noch eine Menge Hauskatzen und allerlei Federvieh auf. Wurde dann Schülerin von Meister Wang aus Tschang und setzte sich für fünf Jahre nach Taiwan ab, wo sie den Namen Wagga-Weng und Lehrbefugnis erhielt. Na ja, dachte Steinmetz, die arme Familie, die das aushalten musste.

Er hatte das Buch als Manuskript vor sich liegen, aber ihn ekelte schon der Gedanke daran, es aufzuschlagen. Feng Shui mit Kindern. Ihm grauste vor dem sicherlich elendig naiven Tonfall, der im Buch angeschlagen würde, durchmischt mit den üblichen Behauptungen der Chinesengläubigen, mit dieser und jener Maßnahme und Übung im Zimmereinrichten wäre Dieser und Jener einhundert bis zweihundert Jahre alt geworden, hätte in seinem hundertsten Jahr noch Kinder gezeugt und so weiter.

Und wie wär's mit „Feng Shui. Die Weisheit vom Kind?“

Er sah den letzten Satz, den er geschrieben hatte, an und ließ seine Hände sinken.

Geschafft. Eine einzige, geniale Zeile hatte alles auf den Punkt gebracht.

Da steckte ja alles drin, was eine gute Werbeagentur für ihren Kunden und dieses Buch in einen Satz hinein steckten konnte.

* * *

7. DIE SKIHOSE

Das Montagsmeeting fand, wie der Name schon sagte, an einem Montag statt; das Wort „Meeting" deutete darauf hin, dass sich hier an jedem Wochenanfang Menschen trafen, um aus diesem Treffen etwas zu ziehen. Solch ein Montagsmeeting, vermutete Steinmetz, war eine sinnvolle und darum uralte Tradition in Branchen, in denen man mit System arbeitete. Selbst in der Landwirtschaft des alten, vorrevolutionären Rußlands dürfte es das wohl gegeben haben: Da trommelte der reiche Großgutbesitzer all seine Leute zusammen, wobei die wichtigsten mit ihm am Tisch sitzen durften, und all die Tagelöhner, die Reinzeichner und Unwichtigeren, die mußten, ihre Kappe bittend in der Hand und teilweise noch die Forke oder den Misthaufen unter dem Arm, dabei stehen oder sich sonstwie mit müden Knien auf Kartons kauern und darauf warten, dass vom Tisch der Informationen etwas für sie abfiel.

Solcherart hielt auch Herr Rössner jeden Montag Hof. Aus allen Abteilungen strömten sie dann zusammen, die Etatdirektoren, die Kontakter, die Werber und Kollegen, und trugen im fensterlosen Konferenzraum der Agentur, der ein wenig an den Führungsbunker Saddam Husseins erinnerte, mit vielen verschiedenen Mienen einander vor, was sie beschäftigte und ihnen wichtig war.

„Nächster Kunde", sagte Herr Rössner zum Beispiel, „Hydraulik Effele. Gibt's da was Neues?"

„Ja, Mittwoch kommt Herr Effele wegen seiner Unternehmensbroschüre ins Haus."

„Hm, und wie geht's der?"

„Die Broschüre ist fast fertig."

„Krieg ich die denn auch mal zu sehen?"

„Entschuldigung, die zeig ich Ihnen gleich nachher. Wir sprechen Effele am Mittwoch auch auf den Vertrag an, denn den hat er noch immer nicht unterzeichnet."

„Und Donnerstag?"

„Tut sich noch nichts."

„Fein", freute sich Herr Rössner, „dann soll sich die Abteilung Kreation am Donnerstag endlich um unsere Firmen-Selbstdarstellung kümmern. Am Freitag will ich die ersten Vorschläge -"

„Freitag geht nicht!", fiel ihm seine Sekretärin ins Wort. „Da ist doch unser Skiwochenende! Die ganze Agentur fährt mit!"

Bauchschmerzen, Grippe, Faulfieber; eine Menge überraschender Krankheiten fiel Steinmetz in diesem Moment ein. Das Skiwochenende hielt er für eine leidige Sache, eine Mischung aus Besäufnis und Überwachungsstaat.

„Stimmt ja", schmunzelte Rössner vergnügt, „da geht's nach Österreich ins Kaisertal! Und, haben schon alle ihre Wintersachen rausgekramt?"

Eine bisher unauffällige Praktikantin wandte sich zu Steinmetz um. Sie hatte, da erst seit kurzem in der Agentur, noch keinen Sitzplatz gefunden und stand dennoch wichtig im Raum, den Leib in zwei dunkelgrüne Beine mit scharfen Kanten und immens hohem Bund gesteckt.

„Was meinst du denn?", fragte sie laut. „Kann ich da meine Skihose anziehen?"

Jeder andere hätte das Wort „Skihose" verächtlich ausgesprochen, war doch schon allein die Erwähnung dieses Bekleidungsstücks außerhalb eines Sportartikelfachgeschäftes oder einer Skipiste Grund genug, kurzfristig darüber zu räsonieren, wie reich und wie begnadet unsere Zivilisation eigentlich war, dass sie über solch alberne Produkte nachdenken durfte, während Millionen von Leuten nicht einmal wussten, was des Winters kaltes, weißes Ergebnis sein konnte, das man Schnee nannte.

Iwan Edmundowitsch Rössnerowskaja war niemand von dieser Sorte. Auch wenn ihm im Grunde das alberne Getue deutlich am Arsch vorbei ging, wie seine Seele bisweilen seinem Bewußtsein zuraunte, pflegten sich doch 99 Prozent seiner Geistes mit den Sorgen und Nöten seiner Untertanen zu befassen, beispielsweise mit der Frage, ob es angeraten sei, an einem Tag wie diesem seine Skihose heraus zu kramen.

„Ich hab eine Frage!", wiederholte sie nun lauter und mit bebender Stimme; es stand fest, dass sie dies notfalls bis zum Abend fortsetzen könnte. „Meinen Sie, daß ich da meine Skihose anziehen soll?"

Rössner wandte sich der halb schönen, halb hässlichen Dame zu, die in der Gesellschaft der Werbeszene eine nicht gerade beträchtliche, aber doch vorhandene Größe darstellte, und schenkte ihr einen Blick, den er von seiner Seite aus als überlegen, hochintelligent und nachdenklich empfand.

Was bei ihr ankam, war aber nur das übliche Interesse; immerhin, es war das Standardinteresse, das die Umwelt ihr ebenso entgegen brachte wie sie ihr. Alles war ihr wichtig, was sie sagte, was sie dachte, was sie tat. Und wenn es von anderen nicht so empfunden wurde, würde sie es zu verstehen wissen, alles an Engagement, Gewalt und Ehrgeiz dran zu setzen, dass, verdammt noch mal, sich alle Welt mit ihr beschäftigte. Nicht, dass sie deswegen besonders beliebt gewesen wäre. Aber es machte ihr nichts aus, den Ruf eines unberechenbaren Kettenhundes zu haben, was durchaus nicht hässlich gemeint war; denn auch ein Kettenhund, so er an seiner Leine liegt, kann so laut bellen, wie er mag, er wird doch auch zuweilen freudig Schwanz wedelnd und zur Überraschung aller herzensgut und lieb die Hand desjenigen schlecken, vom dem er viel erwartet. Also bitte, urteilt die Menschen nicht ab.

„Wo Schnee liegt", sagte Rössner gedehnt und schickte seinen Blick wie einen zahmen Dackel in die Runde, „ich weiß ja, wo Schnee liegt, ist Kälte nicht fern. Natürlich können Sie Ihre Skihose mitbringen, Sie müssen sie nur selber tragen. Denn immerhin liegt doch das Kaisertal auf satten 800 Metern Höhe."

Johlend verteilte Edith, die Chefsekretärin, Zettel, auf denen der Ablauf des unseligen Wochenendes verzeichnet war, das ihnen bevorlag:

Aufstehen in der Nacht, Treffen an der Agentur, im stinkigen Bus mit verpennten Gesichtern über die Autobahn, dann ein, zwei Stunden Fußmarsch, bevor sie dort der Hüttenwirt mit den ersten alkoholischen Getränken gegen zehn Uhr willkommen heißen würde. Am Nachmittag waren Kreativ-Seminare angesagt; Steinmetz sollte den anderen verraten, wie man gute Texte schrieb, sofern sie nach dem ganzen Gesöff überhaupt noch aufnahmebereit waren. Abends würde man bewusstlos irgendwo hin fallen, mit Glück ins Bett, mit weniger Glück in das einer der Mitarbeiterinnen, und damit schien das Thema Skihose soweit erledigt.

* * *

Am Abend ruckte Herr Rössner die Epauletten seiner Uniform zurecht und warf seiner Gemahlin, die am Kopfende der Tafel residierte und gerade in einer schmackhaften Süßspeise stocherte, einen bittenden Blick zu. Irene war, trotz ihres Alters, in ein jugendliches Kleid mit offenen Schultern gehüllt, und auf Anhieb hätte man sie, ohne ihr Gesicht zu sehen, locker für dreißig halten können.

Sie schwatzten ein wenig aneinander vorbei; sie sprach von der Handtasche, die sie am Arm einer Schaufensterpuppe gesehen hatte, die bei Versace arbeitete, und er von neuen Erfolgen in Sachen Aufbau einer weltweiten Diktatur, in der alles auf sein Kommando hörte; eine Handvoll Leute hatte er schon so weit. Sie tranken einander mit Weingläsern zu, in denen ein rauchiger Rotwein schwappte, und blickten noch eine Weile lang aufs beschmutzte Geschirr, als ob sie darauf warteten, daß sich ein greises Mütterlein aus dem Hintergrund löste und ihre Teller in der Schürze sauber wusch.

So jemand gab es jedoch nicht, und so trug Rössner selbst, wie ein alter Bauer, die irdenen Krüglein zum Ausguss, derweil Irene mit der Pflege ihrer Fingernägel alle Hände voll zu tun hatte. Es war ein ruhiges Leben hier im Vorort, wo die Staatskarossen schliefen und die Alarmanlage nur manchmal heulte; und wenn dann der Wind vom nahen Land einmal den Duft des Tannenwaldes hereinblies, saßen die Rössners noch lange eng umschlungen auf der Hollywoodschaukel und sahen den Sternen zu, die abends manchmal für sie blinkten. Das war an jedem Abend so, bevor sich Irene im Bad in ein fahles Monstrum verwandelte, mehrere Peelings und Masken auftrug und Hartwig meist mit offenem Mund in Schlaf gefallen war, wenn sie endlich mit Verrichtungen, Drainagen und gesichtsmassierenden Grimassen fertig ins Bett kletterte.

„Hartwig, schläfst du schon?"

„Hm."

„Weißt du, was ich denke?"

„Nein", gähnte er, „ist was?"

„Bei eurem Skiwochenende", grübelte Irene, „fahren da alle mit?"

„Ja, alle", entgegnete er müde.

„Also, das finde ich nicht so gut. Auch die Faulen?"

„Irene", sprach Herr Rössner die Dunkelheit um ihn herum an, „sag einfach, was du willst."

„Du solltest mit solchen Dingen nicht so freigiebig sein. Die tanzen dir sonst alle auf der Nase rum. Versprich mir, daß du das änderst."

„Ja, Irene."

„Hartwig?“

„Hm, ja?“

„Hast du mich noch lieb?“

* * *

„Besuch ist da, Chef!“

„Ich lasse bitten“, sagte er am nächsten Morgen zur Gegensprechanlage; die Sekretärin nickte stumm.

Marschall Carsten Dumpf, einer seiner Kunden, betrat das Büro und ließ durch seine forsche Art keinen Zweifel daran, wer, wenn nicht der Herr, so doch zumindest der Geldbriefträger im Hause war.

„Servus, Rössner!“, rief er zur Begrüßung und warf sich gähnend in einen seufzenden Sessel. Er trug einen edlen Zweireiher und mühsam mit Bügelfalten versehene Beinkleider, die er übereinander schlug, und begann seine Konversation mit den Worten:

„Ich habe etwas Tolles erlebt! Und zwar von der Sorte, daß man sich denkt: Das gibt’s doch nicht!“

Iwan Edmundowitsch Rössnerowskaja freute sich für ihn.

„Tag Carsten!“, brummte er gutmütig, „also, so hab ich dich ja noch nie erlebt, was ist denn passiert?“

Carsten sprang fröhlich in die Höhe, drehte sich auf der Stelle und klatschte seine Hände zusammen.

„Du glaubst es nicht, Hartwig! Alles wird gut, ich interessiere mich für eine Frau!“

„Herzlichen Glückwunsch“, sagte der Geschäftsführer nicht gerade überzeugt, „und für wen?“

„Deswegen bin ich ja hier“, antwortete Carsten, „sie

heißt Heike!"

„Ja, und?"

„Heike!"

Heike. Ach Du Scheiße!

Seine eigene Tochter Silvia kam Rössner in den Sinn, dieses nichtsnutzige Etwas, das seit Jahren auf einer Schule in der Schweiz vor sich hin gammelte und, er hatte es ja stets befürchtet, eine künstlerische Laufbahn anzuschlagen sich vorzunehmen angekündigt hatte. Wäre Silvia Rössner nicht die Passende für ihn gewesen? Oft hatte er Carsten von ihr erzählt und andersherum ihr von den vorzüglichen Eigenschaften des Brauereierben Dumpf vorgeschwärmt.

Und nun ausgerechnet Heike. Eine Situation hätte ihr gähnendes Maul geöffnet, für die er keinen Plan hatte. Sie gehörte nicht zur Familie, und, was schlimmer war, sie arbeitete in der Dumpf Bier-Gruppe und kannte jede Menge Internas aus Rössners Unternehmen. So ähnlich, dachte er, muss sich wohl Helmut Markwort vorgekommen sein, als ihm eine unscheinbare, mit Grund kleine Mitarbeiterin namens Doris eröffnet hatte, sie werde wohl demnächst den Bundeskanzler Gerhard Schröder heiraten.

„Die Skihose", sagte er leise.

„Heike heißt die!"

„Ach, die Heike!"

Er stand auf, trat ans Fenster und fühlte sich schmutzig. Da unten rast die Schnellstraße vorbei und schade, schon wieder ein Lastwagen, der mich doch auch hätte überfahren können.

„Die kenne und schätze ich gut, eine klasse Mitarbeiterin. Sag mal, weiß sie denn schon davon?"

„Gott bewahre!", sagte Carsten. „Ich finde sie nur irgendwie nett."

Der unbegabte Charmeur bestand, wenn man es genau nahm, aus etwa vierzig bis fünfzig Millionen. Eine stattliche Partie für eine Frau von niederer Herkunft, die allerdings sehr gut zu seinem Nachnamen paßte: Heike Dumpf, das klang erschreckend schlüssig.

„Wenn ich nur wüßte, wie ich an sie ran kommen und ihr eine Freude machen kann!", fuhr er arglos fort und kicherte: „Man kann dabei nie vorsichtig genug sein!"

„Wie weit, äh, ich meine, hast du ihr bereits an die, oder äh, hast du sie schon mal", fragte Rössner und war erleichtert zu hören, daß außer freundlichen Gesten bislang nichts gewesen war; den Rest hatte das Bier verhindert, zu dem Carsten berufsbedingt eine starke Neigung hatte. Der Himmel und der Alkohol, denn Carsten vertrug nichts, hatten ihn das scheue Rehkitz bleiben lassen, als das er schon als Kind beim bayerischen Fasching aufgetreten war.

Und so entstand Rössners Plan.

* * *

„Wir müssen ihn mit Silvia bekannt machen!", urteilte seine Frau an diesem Abend, als er ihr mit rotem Kopf seine Not gebeichtet und sie eine Zeitlang auf das Foto ihrer langnasigen Tochter gestarrt hatten, „auch einem kleinen Kätzchen muss man doch erst einmal zeigen, wo sein Napf und wo sein Häuschen ist! Lad doch die beiden zu uns ein!"

„Wär das nicht ziemlich vordergründig?", fand Herr Rössner.

„Na, dann eben in die Agentur! Hol Silvia her, die muß doch ohnehin mal lernen, wie man richtig arbeitet! Teil sie in die Dumpf Bier-Gruppe ein und schick sie ihm vorbei! Im Notfall wie Cleopatra in eine Rolle Teppichboden eingewickelt."

Allerdings war das kein leichtes Unterfangen, denn Silvia war, wie der überraschte Steinmetz bald feststellen musste, als sie ihm als Praktikantin zugewiesen wurde, ein äußerst widerspenstiges Gewächs mit langem Haar, das ungekämmt einfach so vom Kopf als Mittelscheitel herab fiel.

„Ey, sag mal, habt Ihr überhaupt Bock zum Arbeiten?", war das Erste, was er von ihr hörte, und da sie im Nu fortfuhr zu reden, wurde ihm klar, dass das Nachdenken über eine ernsthafte Antwort darauf überflüssig war. Für Silvia kam das Geld aus dem Wasserhahn, so wie es für andere vom Staat, dem Sozialamt oder einer Erbschaft kam. Och und Boah waren ihr Lieblingswörter, dazu hörte sie laute Rockmusik, was Steinmetz, in dessen Zimmer sie sich angesiedelt hatte, bei der Arbeit störte.

„Was machst du eigentlich so?", brüllte sie gegen den Lärm herüber.

„Ich schreibe Texte!", schrie er zurück.

„Und das macht Spaß?"

König Blaubarts Burg kam ihm in den Sinn. Das Zimmer, das man nie betreten, die Frage, die man nie stellen durfte, wo Menschen im Geschirr stehen. Wenn es keinen Spaß machte, hätte sein Instinkt doch sicher längst die Sicherungssysteme heulen lassen, der Kopf ist ein Cockpit, der Geist der Pilot. Er schraubte die Musik leiser.

„Setz dich doch! Sieh mal, Dumpf Bier braut besonders starkes Bier", erklärte er, in Prospekten blätternd. „Das gibt es in der Brauerei, aber nicht bei Edeka."

„Echt? Wieso nicht?"

„Cèst la vie", antwortete Steinmetz. „Ich bereite gerade eine Kampagne vor, die sich an die Einkäufer von Edeka richtet. Das sind Leute, die entscheiden, was dort ins Regal kommt."

„Cool", sagte Silvia Rössner.

„Es geht. Sie führen ein erbärmliches Leben im Kittel und sind ständig auf dem Weg von der Fleischtheke zur Kasse. Es ist bei uns in der Werbung Sitte, sie knapp, gezielt und primitiv anzusprechen."

„Das find ich nicht so gut", meinte Silvia. „Ey, warum wollt Ihr die denn zwingen, wenn die keinen Bock auf Dumpf Bier haben? Das ist doch egal, dann trinken die eben was anderes!"

„Ja, aber Dumpf zahlt uns was dafür, daß wir sie überreden. Eine Menge Geld, und das ernährt uns alle." Steinmetz spürte, wie er rapide alterte. „Jetzt sieh mal dieses Foto hier. Das hier zeigt eine Kasse, die auf dem Kopf steht. Und der Text, Dumpf-Bier holt für Sie alles raus, ist von mir."

„Das ist lustig", lachte Silvia, „haha, das ist ja richtig gut!"

„Danke."

„Da fallen die drauf rein? Das ist ja wirklich jeck!"

„Und diese Handelsanzeigen, die erscheinen dann in der Lebensmittelzeitung", fuhr er fort.

* * *

„Dem Leib- und Magenblatt des Lebensmitteleinzelhandels", erklärte Hartwig Rössner seiner Tochter später.

Silvia sah ihn kälbchenartig an und kaute eine Haarsträhne.

In seinem Schloss erwartete Carsten Dumpf wie jeden Tag die Ankunft des Abends, obwohl es erst drei war, und damit das Eintreffen der Zeit nach 18 Uhr, ab der ihm der Hausarzt das Trinken genehmigt hatte. Er war nicht allein, doch die Gesellschaft des dicken Mannes, der schon seit Jahrzehnten bei Dumpf Bier für den Ausstoß zuständig war, erschien ihm unangenehm.

Sein Produktionsleiter, und um keinen Geringeren handelte es sich, zählte ihm auf, wieviel eine neue Waschmaschine für das eklige Leergut kosten würde, das Lastwagen Tag für Tag auf den Hof spien; Carsten verstand kein Wort und unterbrach den Bittsteller: „Ja und? Kann ich mir das leisten?"

Der Produktionsleiter atmete schwer wie ein Mensch, dessen goldgelbes, bewegungsloses Leben vom Gerstensaft geprägt, aber dem der Eintritt in Discos und Parties aus Altersgründen verwehrt war: „Ich komme auf zwei Millionen, Herr Dumpf."

„Zwei Millionen Euro?"

Carsten stand abrupt auf und stieg mit seiner Trachtenhose in großen Schritten durchs Zimmer.

„Das gibt's nicht! Soviel Geld für alte Flaschen!"

Nachdem sie sich mehrfach verfahren hatte, parkte Silvia Rössner den Jaguar ihres Vaters vor der Brauerei und hievte fluchend eine schwere Tasche voll Präsentationspappen aus der Karre.

* * *

Die Skihose saß währenddessen vor einem Wanderrestaurant im österreichischen Kaisertal und hielt ihr Gesicht, von einer grotesken Sonnenbrille bedeckt, Steinmetz entgegen, der in Ermangelung eines Diaprojektors einige Zeitschriften aus England und Japan herum gehen ließ. Das sei ja alles schön und gut, meinte sie dann, aber in anderen Ländern, deren Anzeigen er ihnen als leuchtendes Beispiel empfahl, werbe man eben anders; und überhaupt:

„Mich interessiert doch gar nicht, ob das gute Werbung oder schlechte ist, sondern nur, ob die verkauft!"

Elende Arschkriecherin, dachte er. Liebedienerei für Rössner, der stumm Steinmetz zusah wie ein Angler dem zappelnden Wurm, aus einer Nische in der Sonne, hinter einem quietschvergnügten Weißbier.

Am Abend wanderte die Gruppe weiter, stets rüstig voran sporttreibende Jungs, dahinter mit Schminkspiegeln Mädels, vom 800 Meter hoch gelegenen Pfandlhof zur Berghütte Hinterkaiserfelden empor. Daß kein Schnee lag, störte keinen, bis auf die Chefsekretärin Edith, die ihren Fehler, im August des Winters glitzerndes Gewand zu erwarten, den Österreichern, dem Busfahrer und schließlich dem Ozonloch in die Schuhe schob. Zu Rössner, der wie Mahatma Gandhi mit einem Stecken schritt und, nicht ganz wie Mahatma Gandhi, dabei munter seine Pfeife kochte, schlossen nach und nach alle auf, die es nötig hatten, gesellten sich ein plauderndes Wegstück zum Chef und fielen befriedigt wieder zurück.

Früher, dachte Steinmetz mit Wehmut, früher hätte man eine Gitarre dabei gehabt und Lieder gesungen, die Beatles und den schmachtenden John Denver rausgezogen; nun aber dröhnten bis spät in die Nacht Hausmeister, Puff Johnson und Babylon Coconut Bazar durch die armen Berge.

Jovial setzte sich Rössner zwischen die Leute und stieß mit der Skihose an, um von Edith unbegreiflicherweise auf Video gebannt zu werden.

Spätnachts, als das Matrazenlager schnarchte, wurde Steinmetz wach. Schlich durch das hölzerne Labyrinth der Berghütte, stand in der Diele.

Hinter der einen Tür lag die Gaststube dunkel, ein weiterer Schrank entpuppte sich als Weg zu den Toiletten, hinter der anderen Tür dann das größte aller Zimmer, die ganze Welt. Kalt schlugen ihm Luft und die Sterne entgegen; das Lagerfeuer fast verbrannt.

Tief unter ihm lag Kufstein, ein paar Perlenkettenlichter, darüber Gipfel.

Die Skihose hatte sich für ihn als nichts Besonderes entpuppt, enge Stoffhülse für Beine, und darum so ein Theater. Manchmal war es ganz schön anstrengend, auf der Welt zu sein.

* * *

8. DIE WOCHE

Apfelsinenbäckchen strahlten ihn an. Soviel zum Thema Kindheit: Was er mit 12 für den Duft der Frauen hielt und später einmal lieben zu müssen glaubte, war in Wirklichkeit eine Mischung aus Haarspray und Puder. Bis heute klatschen sich Frauen ein halbes Chemiewerk auf den Kopf, um sich zu verändern. Soviel zum Thema Pubertät.

* * *

Die Woche begann an jedem Montag zur unchristlichen Zeit Punkt Sieben. Früher, als Steinmetz noch neu war, hatte das Büro schon beim Reinkommen Rechenschaft verlangt: „Und, was hast du am Wochenende gemacht?" Aber je älter er wurde, um so mehr verzögerte sich diese Frage, bis sie am Schluß, wenn überhaupt, erst nachmittags gestellt wurde. Lang schien die Woche vom Montag aus, so wie auch der Feldberg von unten gesehen groß wirkt. War man erst einmal ein Stück gegangen, wurde auch er kleiner und kleiner, wie auch der Berg der Arbeit, den der Montag anhäufte, im Lauf der Woche schmolz.

Der Dienstag lebte vor allem davon, daß er „immerhin schon Dienstag" hieß und man von ihm aus bereits die Ziellinie der Woche ausmachen konnte. Von

Mittwoch an zählte man zurück und wartete auf den Donnerstag, den einzigen Tag, an dem noch richtig gearbeitet werden konnte, denn Freitag war ja auch bei Rössner Werbung keiner so recht da oder zu Hause.

Um das Leben aufzuheitern, gab es die ganze Woche über Mittagessen. Man fragte sich um elf, was man um zwölf tun würde, um zwölf scharrte man ungeduldig mit den Hufen, und ab zwei war man damit beschäftigt, das Erlebte zu verdauen und die Zeit bis 4 herum zu kriegen, wenn man sich bereits auf fünf und sechs und damit auf den Schluß des Arbeitstags vorbereiten würde. Um diese Zeit zu bewältigen, hatte jeder sein eigenes Rezept. Die einen hüllten sich in gemütliche Tabakswolken und trugen diese Atmosphäre wie ein Zelt mit sich herum; bereit, es überall aufzuschlagen. Andere nagten mit Kaffeetassen die Stunden ab, lauter Beschäftigungen, bei denen man nicht vom Schreibtisch weggezerrt und wegen Faulheit an die Wand gestellt werden konnte. An jedem Abend erschienen lärmende Putzfrauen, die ihr Leben lang einen Eimer vor sich her traten, und machten sich im Kittel neben wichtigen Menschen nützlich.

Der Dienstag war der Mühe voll; der erste wahre Alltag, an dem man Neue fragte, ob und wie sie sich eingelebt, vielleicht schon ein Nest gebaut oder ein Ei gelegt hätten. Ein Nest war schnell gebaut. Was die Leute in die Arbeit mitbrachten, war bei den wenigsten im Kopf, bei den meisten lag es je nach Status auf dem Schreibtisch herum. Anfänger müllten sich das Zimmer mit Surfbrettern, ausgerissenen Fotos und Familienbildern voll. In der Mittelschicht dünnte sich das aus.

Hier wurde Arbeit signalisiert, und selbst das Private kristallisierte zu bedeutend erscheinenden Erinnerungen an Drehs (LA anrufen!) und Markenlogos (wandausfüllend: DonMeckes). In der Oberschicht waren Nippesgegenstände dann wieder reichlich vorhanden; Devotionalien und lustig verbeulte Golfschläger, breite, napfähnliche Marmoraschenbecher und Unterschriftsmappen, Kunstwerke und Humidors randvoll Zigarren, Signale feinen Daseins.

Am Mittwoch war man soweit eingelebt, daß man bereits Kündigungsgedanken in sich trug. An Mittwochen fand Unangenehmes statt, denn nach der Zeitrechnung der Chefs stand nun noch fast die ganze Woche zur Verfügung und bot viel Platz für Forderungen, Erwartungen und Aufgaben. Vom Mittwoch aus gesehen konnte der Donnerstag eine Qual sein, wäre es nicht der letzte Tag der Woche vor dem Freitag gewesen.

Der Donnerstag war der Tag, an dem die Früchte des Wochenanfangs geerntet oder jedenfalls zur Ernte vorbereitet wurden. Meist war er ein trüber Tag, zumindest in Gedanken, weil das Warten auf den Freitag einen ganz krank machen konnte. Wer konnte, blieb Donnerstagabends zu Hause, nur die Jungen mussten auf die Piste.

Der Freitag war der Liebling aller; der Tag, an dem Gnade vor Recht erging und arbeitsmäßig alles zu spät war. Was immer er brachte, meist konnte man es mit der Schaufel auf den Berg schippen, den's montags anzuschauen und im Lauf der nächsten Woche abzubauen galt. Vergebens entfalteten die Führungskräfte am Freitag ein Terrorregime, versuchten es gar mit gemeinsamen Freitagabendessen oder Freitagabendfilmvorführungen, doch es war, als wollte man das Wasser aufhalten, das den Brahmaputra täglich runterfloß und zum Meere drängte. So fielen am frühen Freitagnachmittag schon die ersten in die Wagen heimwärts.

Der Samstag war ein Tag, an dem man länger schlafen als gewohnt und es genießen konnte, heute nicht an die Arbeit zu denken, die Sorgen abzubauen, nicht an die Arbeit zu denken und auch die Arbeit, an die man sonst immer dachte, mit keinem Gedanken zu erwähnen, damit man nicht auch noch an einem Samstag an die Arbeit dachte. So schleppte man sich hin, ging in Geschäfte, erledigte Besorgungen und sackte vor dem Fernseher in sich zusammen, denn nichts ängstigt einen Menschen mehr als freie Zeit; und zwischen den Werbeblöcken versteckt, in jener bunten Welt billigen Kommerzes, in dem Leute direkt angesprochen wurde und es stets wimmelte, im Notfall vor Fröhlichkeit, lagen auch nachts um eins noch eine Menge halbguter Filme, die man erst drei, vier mal gesehen hatte und benutzen konnte, um sich in Schlaf zu wiegen. Steinmetz wusste nicht, wie oft er „Carrie, des Satans schlimmste Tochter" schon beim parapsychologischen Verbrennen ihrer High School inklusive John Travolta zugesehen hatte; einige hundert, vielleicht tausend mal.

Der Sonntag war perfekt, weil er ein Ende hatte; ein Bummeltag, an dem so ziemlich alles streikte, was er in sich trug. Dies war der Tag, an dem die eigene Freizeit Höchstleistungen forderte, Bergwandern und Grillen, wenn schönes Wetter rief, die Bude putzen, wenn es regnete. Am Sonntag dachte man sich für den Montag ein neues Leben aus. Endlich Spanisch lernen, das Rauchen einstellen, aufräumen; doch ein geregeltes Leben besteht aus einer Menge abgrundtiefen Trotts, in den man schnell hinein stolperte und jeden guten Vorsatz fahren ließ.

* * *

Am Montag sagte Edith: „Tag, Herr Steinmetz, wie geht's denn?"

Was ungewöhnlich war, weil sie als Hohepriesterin des Chefs sonst stets nur das Nötigste mit ihm, einem Unberührbaren, gesprochen hatte.

Am Dienstag erfuhr er den Grund dafür, und am Mittwoch saß ein neuer Mensch in seinem Büro, breitete Kopien schlechter Zeugnisse aus und versuchte, gleich mehrere gute Eindrücke auf einmal zu machen.

„Nächste Woche fängt der bei Ihnen als Juniortexter an", beschloß Herr Rössner am Mittwoch, „Sie sind jetzt zweieinhalb Jahre bei uns, Herr Steinwetz. Da wird's Zeit, daß Sie Personalverantwortung übernehmen."

Am Donnerstag erinnerte er sich daran, wie er selbst vor Jahr und Tag vor Rössner gekauert hatte, in einem geliehenen Anzug, und sein Leben beschrieb. Geboren, aufgewachsen, Lehre als Sportartikelfachverkäufer, das traf sich gut, man präsentierte bald für adidas. Und das klägliche Gehalt, das man ihm gab; mit 5.000 Euro rechnend erhielt er nur einen Bruchteil.

Am Montag fing der ungelernte Stefan, den man fortan Sankt Efan nennen sollte, als Textbub bei Herrn

Steinmetz an. Alt und weise kam der sich vor, als er erklärte, worum es in der Werbung ging, und stachelig standen St. Efans Haare in die Höhe, derweil die rötlichen Augen von gestern erzählten, von einem Abend mit Tanz, Musik und vor allem Drogen in einem der stadtbekannten Szenetreffs, wo er breakdancte und soff, dachte sich Steinmetz.

Und nicht nur die Augen, sondern auch der Rest erzählte davon. St. Efan interessierte sich mehr für Mädels und Drumrum als für die Arbeit selber. Die meiste Zeit über hing er am Telefon, mit fremden Frauen schwatzend und sie zur Begrüßung gleich begrinsend, bevor er sich mit ihnen in der Coco-Bar, also um elf, ciao bella, klingeling, ich bin's, Steffi, ich bin jetzt Werbetexter, super Job, sag mal, was machst du heut abend, super, also kommst du auch, verabredete. Für alle begann eine anstrengende Woche, obwohl sich Steinmetz am Sonntag, in einer stillen Minute, ein ausgeklügeltes System zurecht gelegt hatte, wie man jedermann das Schreiben packender Werbetexte, die ihren Mann ernährten, in simplen Schritten beibringen konnte.

Stefans Ausbildung war ein hartes Stück Arbeit, härter als das markige Geschinde, mit dem Ledernacken Invasionen vorbereiten, indem sie, ein brennendes Ölfaß auf dem Rücken, auf den Fingernägeln über Minen durch den Stacheldraht kriechen.

„Fangen wir also an", sagte er, „Stefan, sei so nett, denk dir doch mal aus, was als Bild zu einer Zeile passt wie der hier: Schmeckt nach mehr."

„Ich hab eine super Idee!", stieß St. Efan hervor; anscheinend hatte auch er das Wochenende mit Gedanken über seinen zukünftigen Beruf verbracht und zu Hause das Denken geübt, „ich schreibe Mehr mit zwei E, wie Meer! Na, ist das klasse?"

„Ja schon", gab Steinmetz zu, „aber das gab's schon sehr, sehr oft."

„Na und? Mir doch egal!"

„Das", erwiderte Steinmetz, „kann man dann leider nicht mehr verwenden. Wir müssen immer neue Ideen hervorbringen, pausenlos, weißt du?"

„Na und? Das ist doch trotzdem eine super Zeile!"

„Gut, nehmen wir eine andere Aufgabe. Stefan, sei so nett, schreib doch mal alles auf, was dir zum Thema Pizza einfällt."

„So, fertig!", sagte Stefan zwei Minuten später.

„Pizza, Backofen, Italien. Ja, und sonst nichts?"

„Nö, weil das Thema liegt mir nicht!"

„Wir können uns als Werber selten aussuchen, was uns gefällt", erzählte Steinmetz aus seinem Leben, „mehr als eine Seite muß schon dabei raus kommen. Streng dich an, Stefan, alles muss raus, auch die abwegigsten Ideen."

„Pizza, Backofen, Italien, Mafia, der Pate, Einschußlöcher, Pepperoni, Salami, Sardellen, Hawaii, Funghi, Quattro Stagioni", betete St. Efan fünf Minuten später hastig herunter, „Pizza-Service, Mitnehmen, Mafia, Maschinenpistolen, Artischocken, Kapern, Sizilien, Pizzateig, Cosa Nostra, Schutzgeld, Füße in Betoneimern, Tomaten, Paprika, Bodyguards, Don Corleone, Begräbnisse, Sardinen, Steinofenpizza, kriminelle Vereinigung, Berufskiller, Schüsse, Ananas, Pizzabrot, Entführung, die Schwester des Paten, Autobomben, Käse,

Parmesan, Neapel, Rom, Venedig, Mailand, Verona, Toskana – soll ich noch weiter machen?"

Steinmetz schüttelte den Kopf.

Eine andere Aufgabe verlangte, einen eigenwilligen Satz zum Bild einer Bierflasche zu entwerfen.

„Schmeckt nach Meer!", schrieb Stefan widerborstig, „so, fertig!"

„Wieso nach Meer? Ist Bier salzig?"

„Nö, wieso?"

„Weil man dann denkt, da wäre Salzwasser drin."

„Das ist ja der Gag", meinte St. Efan. „Ist das nicht eine super Headline?"

„Nein."

„Nein? Was soll man dazu sonst schreiben?"

„Lassen Sie sich mal ein Dumpf Bier durch den Kopf gehen", antwortete Steinmetz.

„Und wieso soll das besser sein?"

„Weil ich dein Chef bin", ärgerte er sich und ärgerte sich sofort darüber, „tut mir leid, du musst noch mal da ran."

Bei seinem zweiten Versuch brauchte St. Efan eine halbe Stunde. Da er nicht telefonieren durfte, begann er mit dem Bein zu wippen, erst leicht, dann immer stärker, bis schließlich der ganze Tisch wackelte. Wortlos und mit stark beleidigtem Gesichtsausdruck knallte er Steinmetz ein Papier auf den Tisch, auf dem ein gezeichnetes Bierglas und drei Zeilen standen: Alles, was ein Bier braucht, Es gibt viel zu tun, packen wir's an und Da steckt Mehr mit zwei E drin.

Steinmetz gab den Zettel stumm zurück.

„Was denn, gefällt dir das schon wieder nicht?"

„Gab's leider alles auch schon."

* * *

Stefan schrieb eine Beschwerde an Herrn Rössner, die jener ihm schmunzelnd, aber besorgt reichte:

„Sehr geehrter Herr Rössner, ich finde Rössner Werbung echt wirklich toll. Wir sind ein super Team und verstehen uns alle echt wirklich toll. Aber ich frage mich wirklich, warum ist Hans-Jürgen Steinmetz auf seinem Posten. Keiner kommt mit ihm aus, er ist echt wirklich überall unbeliebt und echt wirklich ein totales, menschliches Arschloch. Das soll keine Beschwerde sein, aber was wollen Sie denn mit einem Seniortexter, der echt wirklich nicht führen kann? Bei Rössner Werbung steckt Meer drin. Mit tiefen Sorgen um die Agentur hochachtungsvoll Ihr Freund Stefan."

St. Efan wurde wie ein Pavian, der Zoobesuchern den Vogel oder den nackten Arsch gezeigt hatte, in einem Raum mit Thorsten Latour zusammen gesperrt, einem aufstrebenden Kundenberater, der jeden zu quälen und piesacken gewohnt war. Nachdem er an Headlines gescheitert war, musste er durch die Hölle der Copytexte, also der kleinen, von niemandem gelesenen Zeilen unter den Anzeigen. Er hatte einen auffälligen Widerwillen gegen Kommas, und hätte ihn Rössner nicht als Sprößling eines potentiellen Kunden auf dem Golfplatz kennengelernt, würde sich Steinmetz sicher nicht die Mühe gemacht haben, ihm nach und nach das Schreiben beizubringen, wie auch seine Katze von einem Stück Wurst gelernt hatte, bisweilen Männchen zu machen. Doch jeden Abend holte Stefan oft ein kleines, ein wenig an eine Kneifzange erinnerndes Weibsbild ab, das ihn im Arm hielt und herzte.

* * *

Noch mal zum Thema Woche: Man denkt in Kalenderwochen; seltsam, meinte Steinmetz, daß noch niemand die Idee hatte, Kalenderwochenhoroskope zu verkaufen. Geboren in KW 45: Hüten Sie sich vor den Nachbarn!

Steinmetz erinnerte sich, wie er als Juniortexter angefangen hatte. Zwei unangenehme Wochen, dann hatte er einen irgendwo irgendeinen herumliegenden Stil gefunden, ihn zu seinem erklärt und nicht weiter gesucht. Wie rein und väterlich damals Herr Rössner erschienen war, vom Mammon unverdorben, hatte er ein paar Wochen lang auf gewirkt, bis Steinmetz sich daran gewöhnt und es als normal abgetan hatte.

Mindestens 52 Bücher mit Kalenderwochenhoroskopen würde man drucken können. Aber würden alle ein Erfolg? Gab es Monate, in denen weniger Menschen geboren wurden, und darum 9 Monate vorher Monate, in denen weniger geliebt, also geschnackselt, wurde?

Er erinnerte sich an seinen ersten Auftrag, eine Ladendurchsage, die harmlose Hausfrauen zum Filetieren von Hähnchenschenkeln veranlassen sollte. Unnötigerweise war er schrecklich nervös gewesen.

„So, fertig, hier!"

St. Efan warf ihm mit dem Versuch eines spöttischen Gesichtsausdrucks ein paar neue Zeilen hin.

„Vielleicht ist diesmal was dabei! Wenn du mich suchst, ich bin eine rauchen."

Wer sich auskennt, kennt die leckere Knabbermischung Treets. Das sind herrliche Nüsse und Schokolade. Jetzt auch im Ein-Kilo-Beutel. Da steckt Meer drin.

Steinmetz rechte Hand holte bereits aus, um mit dem Rotstift einen Stein der Gruft hinzuzufügen, in der St. Efan zu begraben er bereit war. Dann hielt er inne und dachte an früher.

Hatte ich nicht wochenlang gebraucht, bis ich zu Potte kam? Hab etwas Geduld, murmelte eine Stimme.

Wenn er an die Vergangenheit dachte, wurde ihm alles klar.

* * *

9. CKRANKHAFT SCHLESCHTGELAUNT IN ERWARTUNG DES FRÜHLINGS

Bestell dem Frühling einen Gruß,
den Eichen, Beeren, Nüssen!
In meinen Schuhen steckt ein Fuß,
ich werd wohl wandern müssen!

Bestellt dem Herbst: Die Zeit ist reif!
Das Jahr geht bald zur Neige…

„So eilig hat's das Jahr nun wieder auch nicht", befand Herr Rössner. „Und überhaupt, so geht das doch gar nicht! Seien Sie fröhlicher, lassen Sie Ihre Seele springen und rufen Sie auf den Gesichtern derer, die das hören, ein Lächeln hervor!"

„Ein Lächeln?", meinte Steinmetz ungläubig, „Herr Rössner, wir reden hier von einer Ladendurchsage! Dreißig Sekunden, um bei Edeka so richtig Herbststimmung aufkommen zu lassen!"

„Nicht Herbststimmung, Frühlingsgefühle!", rief Rössner dazwischen. „Sie haben das Briefing nicht richtig gelesen! Schreiben Sie eine Ladendurchsage und vieles andere für die große Mai-Aktion bei Edeka! Das Motto lautet wie immer: Alles muß raus! Wir bauen auf Frühlingsgefühle im Lebensmitteleinzelhandel! Weiterhin sind geplant: Jede Kundin erhält einen Frühlingsgruß (Blumen). Parallel dazu ein Gewinnspiel, erster Preis eine Weltreise. Steinwetz, schießen Sie los, ich muß dringend mit meinen Vorschlägen da hin!"

Also ging Steinmetz in die Stadt, um sich inspirieren zu lassen und dann den Mai in Werbetexten tüchtig in die Pfanne zu hauen. Was in einem Land zu einer Jahreszeit, in der die meisten Tage graue Plastikplanen waren, nicht gerade leicht war.

Bitterkalter Regen peitschte ihm ins Gesicht. In der Konditorei Zwiebel saß er an der Wand, schaute den anderen beim Leben zu. Das mit der Weltreise war kein Problem. Da war die Preisfrage einfach: Wie heißt das Motto von Edeka? Ergänze den fehlenden Buchstaben: Fr-hling.

Klapperkälte schlug ihm wieder entgegen.

Eine Fahrt in der U-Bahn war für Steinmetz immer etwas Besonderes. Für ein paar Cent kaufte man sich damit den Eintritt in eine Welt jenseits unserer Vorstellungskraft, in der ewig ein gleichförmiges Licht brannte und gewaltige Fahrzeuge durch schwarze Tunnels rollten, selten mit Menschen vollgepfercht, öfter nur spärlich besetzt. Viele der Leute, die es nach hier unten verschlagen hatte, sahen ausländisch aus; Steinmetz schämte sich, dass er so dachte, begann aber im gleichen Atemzug, sich darüber lustig zu machen und die Fremden, meist junge Herren mit bereits kräftig vorhandenem Bartwuchs, heimlich zu beobachten. Sie wirkten wir Zigeuner, frotzelte er, standen in glänzenden Jacken zu dritt in den Gängen und redeten miteinander mit eckigen Bewegungen in einer eckigen Sprache, aus der eigentlich nur Slang heraus klang. Keiner von ihnen war Professor oder so was; ungebildet, schlecht erzogen forderten und erhielten sie ein Stück der Welt. Er glaubte nicht, daß man sie für irgend etwas anheuern konnte, außer als Komparsen in einem jungen Türken-Rapper-Film, für die Massenszenen. Schwankend und wackelnd wurde er mit ihnen durch die falsche Nacht getragen, denn in Wirklichkeit und an der Oberfläche war es ja erst zwölf Uhr mittags.

Regentag, Regentag.

Steinmetz stellte sich vor, wie der Frühling war. Wenn die Sonne plötzlich aufging und es wieder warm wurde, wenn in den Parks die Röcke in die Höhe schnellten und die ersten Cabrios aufgeklappt wurden, wenn die ersten Knospen wieder auf den Zweigen jenes Baumes hingen, der vor seinem Fenster stand.

Habt Ihr heut den Mai gesehen?
Denk mal, der konnt kaum noch stehen!

Dann fuhr er zum Flughafen heraus, trieb sich auf den dortigen, polierten Bodenplatten herum und wurde angesichts der Zielflughäfen von Assoziationen durchwühlt. New York mehrfach, Teneriffa, London; an den Last Minute-Schaltern handgemalte Angebote Marke Nilkreuzfahrt und Singapur, aber auch Hongkong und Bombay, Kathmandu und Kapstadt. So weit sind wir gekommen, daß das Selbstgemachte, Handgeschriebene nur noch für besonders billige Angebote verwendet wird. Es gab ein paar alte Flugzeuge zu betrachten und dabei den Eindruck zu gewinnen, dass in der Vergangenheit alles wie aus einem Metallbaukasten gemacht aussah.

Bei einem Bier an einem der ziemlich uninteressant wirkenden Stände in der Abflughalle; hinter ihm zogen sich Männer bis auf den Anzug aus und legten ihre Handies aufs Förderband. Da überkam Steinmetz eine neue Idee für den Text, in dem Edeka seine Frühlingswochen auswalzen konnte:

> *Muget Ihr den Maien sehen?*
> *Swarz ist er unt weiß!*
> *Uft dem Eise kann man stehen*
> *ooch bei Nacht, ich weiß.*

> *Wohl Dir, schôner Monat Maien,*
> *bring den Lenz geschwind herbei!*
> *Tanzet, lachet, sullt Euch freuen,*
> *Mai ist da, der schône Mai!*

> *Wenn daz Eis taut, wird der Frauen*
> *knappes Kleyd eyn geiler Fetzen.*
> *Schône Beyne man kann schauen*
> *und sich uff die Wiese setzen.*

Ach, wenn es nur ein Werbemuseum gäbe! Mit Reklame aus dem Mittelalter zum Beispiel, gerappelt voll mit Narretei: Des Hufschmieds Enblem auf rundem Eisen [made by Wieland], des Steinmetzens Zeichen an des Königs Ebenbild, und hatte sich nicht auch der Dürer oft dazu gemalt, im schönsten Vollbartmantel aus dem Rahmen winkend?

Weiter noch: Wahlsprüche auf Münzen, nebst Abbildungen von Kerlen und Symbolen, auch Einigkeit und Recht und Freiheit - nichts anderes als Werbung für den Staat und seine exportierbare Regierungsform!

Dort, im Dorf, wo meine Tante
beinahe jeden Zaunpfahl kannte,
fand am Rande einer Eiche
man ein Grabmal ohne Leiche.

Theodor, der Große, ruhte
hier angeblich mitsamt Stute.
Doch von ihm und seinem Land
niemand eine Spur mehr fand.

Aus Berlin kam flugs ein kleiner
Wissenschaftler an, Herr Weiner.
Weiner sah mit Interesse
auf die Handvoll Überreste

und studierte mit Behagen
alte Schrift und Totenklagen.
Schließlich runzelte er weise s
eine Stirn und sagte leise:

„Dieses Pferd, das wir hier sehen,
konnte sicher sehr schnell gehen."
„Klar", bemerkten auch die Bauern,
die ihm hier beim Job zuschauten,

„sehen wir selber, Herr Professor!
Sehen Sie's auch?" „Sogar noch besser.

Was da hängt an seinen Hufen,
das sind Profi-Hufen-Kufen!"

Hätte so die Werbung ausgesehen, wenn es in der Vergangenheit schon eine gegeben hätte, für spezielle Hufeisen, für Glatteis oder eine maigezeugte Schnapssorte namens SwarzWeiß™; man trank damals noch gern kräftig?

Nur noch schnell etwas gegessen, dann war es Zeit, wieder auf den Heimweg zu treten, zurück ins Nest der Agentur und Rössner die Eierchen zeigen, die er gelegt hatte, damit er am Monatsersten auch wieder was auf sein Konto bekam, ohne den Schnabel aufsperren und schreien zu müssen, denn Hartwig, der Adler, der hörte ihn auch so und nährte seine Jungen:

„Mittlere Pommes Frites und einen Hamburger Royal, bitteschön."

Bei McDonald's fiel ihm auf, daß der Lieblingskunde der Agentur, Don Meckes, im Grunde überhaupt keine Chance hatte. Wer wollte denn schon aus einem Automaten essen, wenn es doch richtige Restaurants und Leute gab, mit denen man reden konnte?

„Mittlere Pommes, Royal."

„Danke", sagte er und trat mit seinem Tablett wie ein Roboter zur Seite.

„Bitte, der Nächste?"

„Zwanzig Cheeseburger und zehn Cola", sagte der Mann, der hinter ihm gestanden hatte.

„Zum Hieressen oder Mitnehmen?"

„Hier essen."

„Cola klein, mittel oder groß?"

„Mittel."

„Cola mit Eis?"

„Ja."

„Ketchup, Majonaise zum Cheeseburger?"

„Ketchup" – ja, hier sprach man miteinander, während man mit einem Automaten, wie ihn DonMeckes verwendete, eigentlich nichts weiter anfangen konnte, als dagegen zu treten.

Wie immer räumte er den Haufen Verpackungsmüll, den sein Mahl bei McDonald's gemacht hatte, nicht ab; die sollten das selber tun, die hatten ja Leute, die dafür bezahlt wurden, auch wenn sie dafür eine chronische schlechte Laune in Kauf nahmen und auch permanent an den Tag legten.

* * *

So war es ein schönes Leben in Rössners Reich. Steinmetz schrieb einen Text nach dem anderen, den Rössner dann beim Kunden ablieferte und ihm in einer einschmeichelnden, aber zweifellos charismatischen Weise an ihn verkaufte. Wundersame Filme entstanden über Nacht, einer wurde sogar gedreht, der mit der Bierflasche, die eines Tages vom Himmel fiel und einen köstlichen Trunk beherbergte, nämlich Dumpf Bier. Bis jetzt hatte Steinmetz im Lauf der Zeit bei Rössner Werbung dreihundert Funkspots, fünfhundert Anzeigen, zwanzig große und zwanzig kleine Kampagnen, neunhundert Slogans, fünfzig Messeauftritte, elfhundert Ladendurchsagen und 24 mal die herzlichsten Glückwünsche als Ghostwriter von Herrn Rössner geschrieben, wenn einer von dessen Kunden Geburtstag, Jubiläum, tolle Umsatzzahlen oder eine Auszeichnung erhalten hatte.

Auch das heutige Meisterwerk nahm Rössner wieder dankend in Empfang, bevor er es, quasi in einem Körbchen, eilig zum Kunden trug, einem unbekannten Regionalgebietsleiter von Edeka Süd, der im Industriegebiet hauste und sich bis dorthin hochgearbeitet hatte.

Nun war er schon seit einer Stunde mit dem Auto unterwegs, und das bei einem Sauwetter: Krabumm erschütterte ein Donnerschlag das Haus, ließ die Scheiben zittern. Ein Platzregen ergoss sich auf die Fenster, während Steinmetz das Licht anknipste.

Um die Zeit des Wartens klein zu halten, stellte sich Steinmetz eine Welt vor, in der bei jedem Dorf festangestellte Märchenonkel lebten, zu denen die Kinder durch einen finsteren Tann pilgern mußten, statt jeden Abend vor dem Fernseher zu hocken. So einer wäre er gern gewesen; vom Staate bezahlt, traf er einmal im Jahr seine Kollegen am Timmendorfer Strand, natürlich in der Nachsaison, wo sie einen Tag lang ihre Lizenzen verlängerten, Bücher tauschten und sich später, in jener stillen Zeit des Herbstes, mit ihren Süßen auf die Balearen verzogen. Ignatius wäre ein schöner Name gewesen, Ignatius Steinmetz, der im Wald wohnte und meistens im Garten anzutreffen war, ein Pfeifchen schmauchend oder hastig an Zigaretten ziehend. Er hätte dann einen Deal mit Katja und Norbert gehabt, zwei leicht zum Kriminellen neigenden Kindern aus dem nächsten Dorfe; eine spannende Geschichte erzählte er ab einer Packung Marlboro light, ein Ratschlag von Freund zu

Freund kostete eine Flasche Bier; so ließ es sich leben und Mimi, seine Frau, schrieb währenddessen in der Hütte an ihrer Doktorarbeit.

Trat aus dem Tann dann ein finsterer Mann: Tach, Ignatius! Hallo, Horst, erwiderte Steinmetz schwach, geht's gut? Ne, haste mal Zeit? Jetzt? Sofort? Oder kann ich noch eben zu Ende rauchen? Der Mann winkte beruhigend: Klar, Alter, mach ruhig! Es war der Vater von Katja und Norbert Luppke. Lange dachte er noch an diesen grauenvollen Abend zurück, als Horst Luppke ihm beinahe 2 Minuten lang alles aus seinem Leben erzählen und er ihn fragen hörte: Ob er sich denn nun von seiner Frau scheiden lassen soll! Spontan antwortete Ignatius ja, auf jeden Fall. Aber was mach ich dann mit den Kindern!, würde Horst Luppke nach einer Minute ersten entzückten Grinsens schreien, und Steinmetz hörte damit auf.

Denn auch der Regen hatte aufgehört. Dafür hatten die Wolken hinter der Stadt eine ungemütliche Winterfarbe angenommen, ein giftiges Schwarz. Fall bald, du erster Schnee!

Die laute Jahreszeit stand vor der Tür. Knirschender Untergrund, gedämpft die summenden Klänge der Autos, ein jeder knirscht in dieser Jahreszeit, zumindest innerlich, und schaudernd zieht sich der Körper zusammen, als würde er frisch geduscht.

* * *

Als Hartwig Rössner müde und schlapp in seine Agentur zurück kam, sprang Steinmetz freudig auf ihn zu.

„Und?", rief er, „und? Was sagen die von Edeka?"

„Ach", erwiderte Herr Rössner wie ein Feldherr, der eine ganze Schlacht verloren hatte, nun ja, eine von vielen, „ick ghôrta zagen von der Kunde, daß macht min Herz so ganze weh!"

Da stand er nun, der etwas ins Dralle neigende, aber im Gesicht erstaunlich weiche Rossmann, der Germanenführer, und Steinmetz, der vor ihm Haltung angenommen hatte, blickte bestürzt zu Boden. Denn das konnte nur eines bedeuten: Ärger mit dem Kunden, Mist. Rössner, der in jungen Jahren schon so manchen von ihnen erlegt und dadurch einen guten Ruf erlangt hatte, fuhr durch sein lang in den Nacken wallendes Haar und fort, seine Gefühle zu beschreiben.

„Ick han geweint so mannig Stunde, as wie ein Vogelin überm See."

Steinmetz stellte es sich vor, und wie die Tränen fein im Wind verwehten. Der arme Kerl. Bei schlechtem Wetter unterwegs, vermutlich noch mit Sommerreifen, müht und quält der sich die ganze Strecke bis Edeka Süd heraus auf der Piste ab, belabert Kunden, dachte Steinmetz, fragte heiser:

„Was war ist los?"

„Doch meine Stimme süze klang", sagte Hartwig Rössner mit kleinen, verschmitzten Augen, „bey dizen Herrn vergebens. Min liebster Kund was lang schon fôrt. Es war vergebens."

„Schade."

„Tja", schloß Herr Rössner, „es war leider ein Fiasko. Unser Ansprechpartner bei Edeka, der Herr Ehrlich, hat heute morgen jobmäßig das Zeitliche gesegnet.

Plötzliche Inkompetenz, bumm, zack, aus, fristlos ent-
lassen mit einer fetten Abfindung. Es wird jetzt wie immer noch eine geraume Weile dauern, bis Ehrlichs Posten wieder besetzt ist, etwa noch vier Wochen. Solange
können wir mit der Frühlingskampagne nicht warten.
Die altert uns doch schon jetzt unter den Fingern weg",
klagte er ein wenig, „also, Steinwetz, ich glaub ja, aus
dem Kunden wird nichts."

* * *

10. DIE LICHTGESTALT

Einst, Ende 1997, hatte Steinmetz seine Großmutter gefragt, die mit ihrer ebenfalls greisen Schwester auf dem Sofa thronte und gebannt auf die Kiste starrte, was sie eigentlich früher getan hatte, in jener finsteren Zeit menschlichen Elends, als es noch kein Fernsehen gab.

„Weiß ich nicht mehr!", kam die Antwort, „Johanna, weißt du das?"

Doch auch der anverwandte Kopf ward stumm geschüttelt.

* * *

„Ihr wisst ja, schon lange", sagte Herr Rössner eines Tages, „seit Jahren schon suchen wir jemanden, am besten einen Prominenten, der im Radio und Fernsehen für DonMeckes auftreten kann. Einen, dem wir den Markenkern anvertrauen können, einen, der an alles völlig ungehemmt und unkompliziert ran geht, und einen, mit dem man alles machen kann! Jetzt haben wir anscheinend einen gefunden, der das alles auf einmal schafft."

Er machte eine Pause, die wie ein zu junger Sperling auf halbem Weg abschmierte und wolkengleich im Raum hing.

„Es ist der Rudi aus dem Fernsehen!"

Rudi aus dem Fernsehen, dachte Steinmetz erschüttert. Oft hatte er den blonden Moderator bewundert, wie der bei seiner Supershow mit den Leuten umging. Seine Exzellenz Fürst Rudi der Flapsige, Landgraf zu Fernsehen, gibt sich die Ehre. Mein Gott, wird meine Mutter stolz auf mich sein!

„Und nicht nur das", fuhr Rössner fort, „auch bei DonMeckes Hexe hat sich personell einiges geändert. Es gibt einen neuen Mann fürs Marketing, und zwar Pascal Korschner, der ist ein sehr erfahrener Mann."

Der Kunde, dem gegenüber sich Korschner so dargestellt und verkauft hatte, hieß Winnie Speuser und maß sieben Fuß. Er war eine lebende, stellenweise grauhaarige Legende, unter der DonMeckes vom Fraß-Anbieter zur richtigen Marke gesprungen war. An seiner Seite gedieh ein blondes Gift namens Gundi, mit dem er im offenen Ferrari durchs Leben kurvte; der Ferrari wiederum parkte vor dem einfachen, aber geschmacklos gestalteten Zweckbau, in dem die Spitze von DonMeckes residierte und Steinmetz und den seinen noch am selben Nachmittag Schilder ans Wams gepappt wurden; sollte heut zufällig ein Erdbeben oder eine ungeschickt mit Explosionskörpern hantierende Gruppe iranischer Terroristen vorbeischauen, würde man seine Überreste durch „Steinmets, Firma Rosner-Wg." wohl einfach identifizieren können.

Residierten im Konferenzraum bereits zwei Stück Mensch, das Schönere von beiden war Winnie Speuser, der Rössner rasch in ein Gespräch übers letzte Wochenende und Golf verstrickte und Scherze machte, die sich auf Dinge bezogen, die nur sie miteinander teilten. Speuser, der eine halbe Chefbrille auf seine Nase gesetzt hatte, lachte ein Stück Weg mit, und wie ein faltiges, bekümmertes Huhn saß der neue Mann daneben und versuchte, die Welt zu begreifen. Ein halbes Jahr später würde man ihn achtkantig herauswerfen, aber davon: Jetzt noch nichts!

„Pascal Korschner", stellte man ihn vor, „Rössner, Steinmetz, Werbung, Zukunft, Markenkern, Rudi, das Projekt, habt Ihr was mit?"

„Hm, sicher, eine ganze Menge guter Ideen, mein lieber Winnie!"

Herr Rössner lief zur Hochform auf, übergab aber an Steinmetz, der den Ball zu Speuser zurückspielte, wieder Steinmetz, Korschner, Steinmetz, dann wieder Rössner:

„Rudi hat ja als Fernsehmoderator seine eigene Sprache und eine unverwechselbar komische Art. Darum werden wir ihm die Werbung auf den Leib schneidern -"

„Moment mal, eine Frage", warf Korschner ein, „wie wär es denn, wenn Rudi sagt: Zwischen den Drehpausen, da eß ich am liebsten DonMeckes?"

„Geht nicht. Zwischen den Drehpausen muß Rudi doch arbeiten", antwortete Steinmetz. „Da kann er nicht essen."

„Mir egal, ich will es aber trotzdem!", meinte Korschner beharrlich und versuchte, gleich zu Anfang seines neuen Jobs eine Machtprobe abzufackeln, „so was würd ich gerne hören! Seid doch so nett, macht mir das, ja?"

Da senkte sich die schwere Hand Winnie Speusers auf seine Schulter:

„Nit böse sein, Pascal, we'll do it", versprach er ihm und ließ die Finger weiter dort. Korschner wußte nicht recht, ob er die hoheitliche Schultermassage annehmen sollte, entschied sich aber dann dafür, seine Hand ebenfalls auf die Speusers zu legen. Der wiederum wußte nun auch nicht weiter, und so standen sie eine Minute lang wie ein altes, zahmes Homophilenpärchen zusammen.

„Okay", meinte Speuser schließlich. „Let's do it. Wie gehen die Spots?"

„Kinder, ist Euch das schon aufgefallen?", begann Steinmetz, „dann kommt ein Witz, dann kommt noch ein Witz, dann kommt der Übergang zum Produkt, Auslobung, dann noch ein Witz und dann der Jingle."

Mit einem Seufzen ließ Korschner ungerührt die heiße Luft aus seinem Kaffeekännchen zischen. „Will jemand auch einen?"

„Bis morgen formulieren wir das weiter aus", tröstete Rössner die Stille.

„Sure", befand Winnie Speuser, der mit 25 ein halbes Jahr in Amerika aufgewachsen war, „und wo produziert Ihr das?"

„Wo wir es immer machen."

* * *

Wo-wir-es-immer-machen war ein Tonstudio im ruhigen Stadtteil und eigentlich ein umgebautes Mehrfamilienhaus. Im Keller hatte man, beschützt von meterdicken Wänden, ein Mischpult nebst angekettetem Tonmeister aufgebaut, und dies alles gehörte einem weißhaarigen Studiochef, der, je älter er wurde, desto später zur Arbeit kam und, statt über die Malässen der Jahre zu klagen, mit ambitionierten Gebrechen davon abzulenken suchte. Stets war es ein neues Malheur, das er sich am Wochenende bei einer seiner Sportarten zugezogen hatte; es schien Steinmetz, als wäre er in der Lage, sogar im Liegen zu verunglücken.

Heute humpelte er schmerzverzerrt: „Bin auf einem Murmeltier ausgerutscht, hab einen klammen Nerv! Kann ich doch nichts für, das lag im Weg, und plötzlich _"

„Rudi hat angerufen. Er fährt jetzt los." Mit diesen Worten trat seine Sekretärin in den Raum und spendete Kaffee.

Korschner huschte nervös auf den Pobacken herum.

„Herr Steinmetz, also, sagen Sie mal, haben Sie den Text?"

„Sicher, Herr Korschner."

Steinmetz gab ihm eine seiner Kopien, und wohl zum tausendsten Mal las der Kunde die Zeilen.

„Schön", meinte er, „mal sehen, was unser Rudi dazu sagt!"

„Rudi hat angerufen. Er ist jetzt am Zoo", rief die Sekretärin aus dem Nebenraum den Wänden zu.

Pascal Korschner überprüfte den Knoten seiner Krawatte und verschwand im Klo, um sich das Haar zu richten. Man wußte ja nie, vielleicht entdeckte ihn Rudi fürs Fernsehen. Bestenfalls als blitzgescheiten, blendend aussehenden Meinungssager und Talkgast seiner

Supershow, oder schlimmstenfalls, auch damit könnte man leben, als etwas wie Martin Jente, der am Schluß der Sendung Kuhlenkampf immer in den Mantel geholfen hatte.

Schlag zwölf hielt jemand eine schon von Haus aus mordsmäßig aufgemotzte, silberne BMW-Studie vor dem Haus an, klappte die Flügeltüren hoch und stakste in Cowboystiefeln herein. Hinter Rudi erschien, schweren Koffer leicht geschultert, sein vollbärtiger Manager.

Steinmetz erhob sich.

„Guten Tag, Rudi!", begrüßte ihn Korschner feixend, „einen schönen Gruß von Winnie Speuser und Don Meckes!"

Wohlwollend nahm Rudi ihn zur Kenntnis und gab ihm ein entsprechendes Gefühl.

„Mein Name ist Hans-Jürgen Steinmetz, Texter."

Auch eine Hand.

„Bevor wir anfangen, gibt es leider noch ein paar Vertragsmodalitäten zu besprechen", beeilte sich Korschner und wedelte aufgeregt mit dem Aktenordner. Später sah Steinmetz ihn mit Rudi zusammen sitzen, Worte wie „Motivation der Automatenaufsteller" und „gut, dann tanze ich auch mit der Frau des Präsidenten der Lizenznehmer" waren zu hören. Dem Manager war eine der Kopien des Werbetextes überreicht worden, die er vollbärtig und schweigend studierte.

Marschierten dann kernige Cowboyschuhe näher: „Habt Ihr ein Manuskript?"

Der Manager gab ihm das Papier: „Hier, ganz schön frech!"

„Ehrlich? Zeig mal." Und laut las Rudi vor: „Kinder, wißt Ihr was? Wenn ich mal so richtig Hunger hab, dann beiß ich nicht in den Gummi meines Regisseurs! Und nicht mal die leckeren Quarkbeutel meiner Mutti erregen mich dann. Nein, wenn Rudi ohne Gummi will, dann geh ich zu DonMeckes. Die geben mir alles, was ich brauche. Für deren saftige Pommes Frites und so weiter… Hm."

„Super!", flötete Korschner, „Rudi, genau so mußt du das bringen!"

„Ja, aber können wir meine Mutter da raus lassen?"

„Selbstverständlich, ist doch klar! Was sagen wir statt dessen? Steinmetz, haben Sie -"

„Ach, ich fang einfach mal an", antwortete der Star an seiner Stelle und verschwand eine Tür weiter in einem anderen Keller, in dem er sich einen Kopfhörer überstülpte. „Moment!" rief er von dort aus, „mir fällt was ein, läuft das Band?"

„Band läuft", meldete der Tontechniker wie ein Steuermann im U-Boot.

„Kinder, wißt Ihr, wenn ich richtig Hunger hab, kann mich nur wenig locken. Wenn sogar der Gummi meines Regisseurs versagt, komm ich nicht mehr ins Schmunzeln. Da helfen auch nicht die großen Quarkbeutel von Pamela Anderson. Da hilft nur eins."

„Er bringt sich ein!", flüsterte Korschner begeistert und rollte mit den Augen wie weiland Hitler beim Anblick eines funktionierenden Kampfpanzers, „Mann, ist das toll!"

„Pamela Anderson kenn ich nämlich aus Amerika. Wenn Rudi richtig Hunger hat, geht er zu DonMeckes. Die geben mir alles, was ich brauche. Für deren saftige

Pommes Frites und goldgelbe Hamburger lasse ich alles stehen und liegen. Oder etwa nicht? Doch, doch. Ja, DonMeckes, trallala, immer sind die für mich da."

Im Nebenraum fiel, ohne daß er es sehen konnte, Pascal Korschner auf die Knie und schrie den Himmel an: „Er kann das wie kein anderer! Das macht ihm keiner nach! Der Mann ist klasse, jede Mark wert! Der ist ja eine unglaubliche Lichtgestalt!"

Rudi kam wieder raus und plauderte noch ein wenig mit seinem Manager und der Sekretärin mit dicken Brüsten und Netzstrümpfen. Korschner, der sich mittlerweile wieder im Griff hatte, spielte den Uninteressierten und tat, als würde er tatsächlich in dem adretten Terminkalender lesen, den er sein eigen nannte.

„Noch mal vielen Dank, tschüss!", sagte Rudi, ohne eine Summe zu nennen; sie sollten ihn bald wiedersehen.

Mit einer gehörigen Portion Glück beseelt fuhr Steinmetz ins Büro, das ihm, dem durch den Star zum Prinz gewordenen Angestellten, nun klein und schäbig erschien wie die Kate eines Moorbauern. Eingepfercht in eine schraubenartige, dumpfe Welt mußte hier der geniale Autor hausen, wo doch die Welt so groß und voller Geld und Prominenter war. Dieses Gefühl ließ ihn erst los, als ihn einen Tag später Rössner zu sich rief.

„Pamela Anderson, war das Ihre Idee?"

„Ja, das heißt nein", antwortete Steinmetz, „Sie kennen doch Rudi, dem fällt immer was ein."

„Ja, leider. Pamela Anderson will uns verklagen, weil wir ihren Namen unerlaubt verwendet haben. Der Spot ist gestoppt und Rudi in einer Stunde im Studio. Was sollen wir tun, haben Sie eine Idee?"

„Die Quarkbeutel von Inge Meysel", schlug Steinmetz vor, „oder Rudis Frau, die hat doch auch dicke -"

Rössner schüttelte den Kopf.

„Wenn er seine Mutti da nicht drin haben will, will er seine Frau auch raus haben."

* * *

Im Studio trug der Besitzer heute den Arm in der Schlinge. Diesmal war eine verbogene Klingel am Mountainbike schuld an seinem Los gewesen, mit verheddertem Vorderrad kopfüber in eine Tanne zu rauschen und von Glück zu sagen, daß er nicht ein wenig später, am Steilhang, gestürzt war: „Dann wär von mir nicht mehr viel übrig!"

Pascal Korschner trug sein Gesicht in eleganten Kummerfalten, zu denen er zur Feier des Tages ständig den Mund verzog und die Innenseite seiner Backen abkaute; letzteres aus ernstgemeinter Nervosität. Nicht, das er sich ein Treffen mit Pamela Anderson nicht gewünscht hätte, aber vor Gericht sah man ja meistens nur den Anwalt.

Rudi kam um drei mit dem üblichen Brimborium, sichtlich schlecht gelaunt, vom Manager begleitet. Vier Vorschläge hatte Steinmetz mitgebracht; drei bedienten sich Marcel Reich-Ranickis, Dolly Busters und Thomas Gottschalks, also anderer Prominenter, die, so klärten ihn die Anwesenden auf, eben deswegen nicht in Frage kamen; der vierte war ein Witz, den Steinmetz in seiner

Not mit Namen aus dem Kleinanzeigenteil der Zeitung gefüttert hatte: Die Quarkbeutel von Vanessa, Mai Ling und der scharfen, rasierten Susi.

Nicht mal das half.

Rudi griff sich an den Kopf und dachte; man konnte es fast qualmen sehen, als ob aus dem, unter den blonden, freizeitmäßig davon herabhängenden Locken gelegenen Schädel Rauch aufsteigen würde. Schnell haspelte er seinen Satz heraus und wollte längst aus dem Studio sein, als Korschner ihm zerknittert, extra gutgelaunt zurief:

„Äh, Rudi? Wir haben da noch einen Spot!"

„Noch einen? Ehrlich?", antwortete der entsetzt.

Sein Manager blickte auf die Uhr am Ärmel, nickte.

„Na gut. Wo ist der Text?"

Steinmetz als laufender Bote: Hin und zurück zum Aufnahmeraum in 5 Sekunden.

„Hm, ja, das schmeckt lecker! Zwischen den Drehpausen eß ich am liebsten DonMeckes. Weil alles drin ist, was mein Lieblingskörper, der von Rudi, braucht. Wer will, kann gern mal abbeißen! Nein, nicht bei mir! Sondern bei meinen Hamburgern, Cheeseburgern und Pommes Frites. Ja, DonMeckes, trallala, immer sind die für mich da."

„Da stimmt was nicht", ließ sich sein Manager vernehmen, „weil, zwischen den Drehpausen, da muß Rudi doch arbeiten!"

„Hm", sagte Korschner und blickte Steinmetz vorwurfsvoll an.

„Hm", schaute der arglos zurück.

„Hm", meinte auch Rudi.

Die Stille machte Steinmetz stolz.

„Zwischen den Drehpausen muß er arbeiten", wiederholte nun Korschner wie irre, „zwischen den Drehpausen muß er arbeiten, da kann er nicht essen. Nie zwischen den Drehpausen, niemals bei der Arbeit. Essen ist gut, nie in der Pause, nur zwischen der Arbeit. Und in der Drehpause kann er nicht arbeiten, da muß er essen. Also gut, wir machen den Spot später fertig. Übrigens, ich wollte nur noch kurz sagen, daß es wahnsinnig Spaß macht, mit einem Profi wie dir zu arbeiten, Rudi."

„Mir auch", entgegnete der Fernsehstar, „und nicht nur wegen der zugegebenermaßen fürstlichen Bezahlung."

Sein Manager schmunzelte und drehte schmunzelnd den Kopf, damit es alle sehen konnten.

„Auch sonst; Ihr seid echt ein lustiger Haufen, Respekt!"

„Und das war alles", schloß Steinmetz seine Erzählung in Rössners Büro. „Statt Pamela Anderson heißt die mit den Quarkbeuteln jetzt die nackte Maja. Das fand Korschner auch besser."

* * *

11. NUR MAL FÜR DEN PAPIERKORB

„16. Oktober, 13 Uhr 34: Ich meine es ernst."

Steinmetz hatte sich das Rauchen angewöhnt und versuchte, seiner wieder Herr zu werden. Er besuchte nun mit Vorliebe seinen Juniortexter, der ihm zur Hand gehen und mithelfen sollte, dies aber als Ausbildungsprogramm zum professionellen Werbetexter betrachtete und eine Menge Ansprüche an seinen Lehrherrn stellte, sie aber nie aussprach, da er zum Bocken neigte und dachte: Da soll der schon selbst drauf kommen!

St. Efan, wie nur Steinmetz seinen Juniortexter nannte, wohnte in einem entlegenen Winkel der Agentur, zwischen halb aufgeschlagenen Playboys und leeren Tassen, zwischendurch immer wieder entleerten Aschenbechern, Fotos seiner klein geratenen Freundin, dudelnder Musik, die aus einem Radio quoll, und einem Ausblick auf den Innenhof der Agentur, der mit seinem aus solider Teerpappe und Kies bestehenden Boden das schottische Hochland parodierte. Bei St. Efan gab es immer Zigaretten, aber ungern.

„Kannst dir ruhig mal selber welche kaufen!", raunzte er nämlich meist zur Begrüßung seinen Chef an, „ich bin doch nicht dein Laufburschi!"

Steinmetz versuchte dann stets, mit ihm Frieden zu schließen, lobte den Ausblick, zu dem ja immerhin ein Meisenknödel in der Mitte des Hofes gehörte, und warf zum Schluß jedes Mal einen Blick auf den Computer, in dem St. Efan gerade wieder Unfug anstellte, zum Beispiel Internetseiten mit Pornos aufrief und sich öffentlich daran ergötzte.

„Hast du heut schon was gearbeitet?", fragte er ruhig.

„Ja, sicher, alles fertig!"

„Kann ich mal sehen?"

„Wenn's sein muss, Moment!"

Hektisch und mit wippendem, rechten Bein begann St. Efan, den Computer zu bedienen, als wäre es der gewaltige Motor eines Öltankers, leise zu fluchen und, als sich im Bildschirm ein lange Latte schwarzer Buchstaben entfaltet hatte und Steinmetz las, ihm anklagend zuzusehen.

Willkommen, Fremdling, beim großen Frühjahrsangebot von Hydraulik Effele! Komm in unseren Wigwam an der Weimarer Straße, Ecke Industriegebiet! Bei soviel Pumpen und Hydraulik wird sogar die Rothaut blass. Hugh, so habe ich gesprochen. Hydraulik Effele. Da steckt Meer drin.

„Und?", fragte St. Efan lauernd.

Steinmetz hatte das Gefühl, dass er ein Lebewesen sah, das alles war, nur kein Säugetier. Sein Juniortexter wippte weiter mit dem Bein und fixierte ihn mit spöttischen Mienen; er hatte mehrere davon drauf.

* * *

Ein halbes Jahr darauf war Steinmetz zum Gruppenführer einer kleinen, aber schlagkräftigen Kohorte von Textern geworden, der er voranstand und deren Interessen er verteidigte, wenn es zum Beispiel um die restlichen Parkplätze im Hof ging, als die benachbarte Firma, eine Eintagsfliege aus der Gründungszeit des Internet, eingegangen war. „Hans-Jürgen Steinmetz, Grouphead Text, Rössner Werbung" stand nun auf seiner Visitenkarte, ohne dass er seine Fähigkeiten wesentlich verbessert hätte.

Die dralle Petra arbeitete unter ihm, ohne zu meckern, der greise Herr Flachsbinder, mit 55 Jahren der dienstälteste Werbetexter der Welt; der kahlrasierte Hans und auch St. Efan, der seine Fähigkeiten ebenfalls nicht wesentlich verbessert hatte, hingegen setzten, so schien es, alles daran, um der Arbeit auszuweichen. Steinmetz rauchte immer noch, hatte sich aber, um seinen Konsum einzuschränken, eine neue Taktik ausgedacht, nämlich zu warten, bis ihm eine Zigarette angeboten wurde, die er dann aus Höflichkeit mit taumelndem Kopf wegrauchte; das führte dazu, dass sich Steinmetz mehr und mehr in der Nähe agenturbekannter Qualmer, aber auch rauchender Kunden aufhielt und einen schmachtenden Eindruck machte.

Auch privat hatte sich einiges verändert. Rops und Daniela, seine ältesten Freunde, hatten sich Kanarienvögel zugelegt und ließen sie ständig zwitschern. Sybille, ein Schwarm der Frühzeit, hatte ihn besucht, und mit dem Mädchen Claudia, das in einer Bildagentur arbeitete und angenehmerweise zu Ausschnitten neigte, den Witz mit ihrem Vornamen [Klau-Dia, die Bilder-Diebin] aber nicht verstand, fuhr, wanderte und radelte er im Lande umher.

* * *

Bei einem Besuch im Zoo traf er zufällig Klassenkamerad Hönings, mit dem er einst in der Weitsprunggrube gelegen und gekämpft hatte, und einen verlorenen Nachmittag lang lag der ihm mit „Weißt Du noch?" in den Ohren. Meist ging es dabei um das Abknicken von Autoantennen und gemeinsam geleerte Wodkaflaschen, adrette Mädels aus der linken Bank bei Bio, die nun samt und sonders Kindbesitzer waren, das Ansägen der Tafel oder das Elektrisieren des Lehrers mit einem umgebauten Overhead-Projektor, aber auf einmal hielt Hönings vehement inne und fragte:

„Sag mal, hast du kein Problem damit, alt zu werden?"

Und blickte ihn so komisch an, dass es ihm durch Mark und Bein ging und Steinmetz dachte: Der hat Krebs oder eine Macke.

Es war keine Macke, sondern eine handfeste Midlife-Crisis, die seinen Klassenkameraden erwischt hatte. Wo gehen wir her? Wo kommen wir hin? So oder ähnlich lauteten die Fragen, die er sich mit der Beharrlichkeit einer Hupe stellte, wobei letzterer Vergleich vor allem deshalb erlaubt war, weil Hönings ein leitender Mitarbeiter der BMW-Niederlassung in Aachen geworden war, und so steckte er Steinmetz damit an.

Bei einem Käffchen vor dem Affenstall:

„Tja, so ist es mir seitdem ergangen. Und dir?"

„Ach", erwiderte Steinmetz schwach, „ganz gut."

Am Abend, als er, ganz wirr im Kopf, vor seiner Türe seinen Schlüssel zückte, fiel im Flur eine große Trübsal über ihn her. Selten hatte er seine Wohnung, sein Appartement am Rande des Stadtparks, so klamm und verwaist empfunden; etwas fehlte, und was fehlte, war der Sinn. Zugegeben, allein im Bad war jede Menge Sinn, der sich in Zahnpastatuben, Sportparfüms und Handtüchern verborgen hielt, auch in seiner Küche fand er Sinn zuhauf in Form von dreckigem Geschirr, das aufzuräumen eine nötige und sinnvolle Sache gewesen wäre, doch Steinmetz tat nichts dergleichen. Statt dessen warf er seinen Mantel auf das Bett, hebelte routiniert eine Flasche Bier auf und legte eines der Videos ein, die in bunten Reihen in seinen Regalen standen.

„Von jetzt ab rauch ich keine Zigarette mehr", sagte er sich, „das meine ich ernst."

Der erste Film zeigte, nach einem Buch von Jane Austen, wie sich die Amerikaner die Vergangenheit vorstellten, nämlich gelackt und mit aufwendigen Frisuren und Manieren, Wagenrädern, einer wohlgeordneten Natur und allseits gutem Benehmen, das wie Schnee und Pomade über der Landschaft lag.

Der zweite Film zeigte, dass auch in Chicago das Leben kein Zuckerlecken war, wenn alle Naselang jemand mit Schusswaffen herumfuchtelte und das Gebelle der schweren Walther Automatikpistolen zwischen den Hochhäusern erklang.

Der dritte Film, und damit war Steinmetz am Ende seiner Geduld angelangt, bestand aus lauter Werbefilmen, aus dem Fernsehen aufgenommen. Er sah sie anders als ein Normalverbraucher, er konnte in ihnen lesen, als wären sie ein offenes Buch mit lauter Kundenwünschen. Wo junge Menschen erreicht werden sollten, zeigte man junge Leute. Wo es um richtig alte Personen ging, denen zum Beispiel das Gebiss wackelte, zeigte man strahlende Omis, die voll Lebenslust in etwas Hartes bissen. Wo Familien gemeint waren und etwa die Anschaffung eines neuen Vehikels für Tante Eva, Onkel Marian und ihre ausgelassenen Rangen im Raum stand, zeigte man Kinder. Wollte man Männer und ihre manchmal empfindliche Haut zeigen, nahm man Filmaufnahmen von Düsenjägern, deren Piloten sich rasierten.

Als zwei Teenager vor einer mannshohen Cola-Flasche standen und zu neuerer Musik die schlimmsten Verrenkungen machten, fand Steinmetz, dass St. Efan der lebende Beweis dafür war, daß es sich nicht lohnte, wieder jung zu sein. Von Steinmetz drangsaliert, von Verlustängsten in Sachen Kontostand verfolgt, quälte sich das Kerlchen bar aller Lebenserfahrung, Durchblicks und Know How durch seinen und der anderen Alltag.

* * *

Hydraulik Effele war an sich mit dem Text „Willkommen, Fremdling…" zufrieden, brachte aber so viele Korrekturen daran an, dass am Schluß nichts mehr von der Idee, Indianer ins Spiel zu bringen, übrig geblieben war. St. Efan führte dies auf Steinmetzens Unfähigkeit zurück, den Kunden zu seinem Glück zu zwingen, und begann eine kleine, schon im Ansatz versagende Kampagne gegen den Grouphead Text von Rössner Werbung.

Die dralle Petra, der kahlrasierte Hans und Herr Flachsbinder, der älteste Werbetexter der Welt, der aussah wie Dr. Best, der im Sarg schläft, saßen ihm im Konferenzraum gegenüber. Er hatte mit zaghafter Stimme erklärt, dass es nicht gut war, wenn man Arbeit liegen ließ, und dass ein jeder doch mit Leichtigkeit sich einen Plan machen könne, die Woche und den Rest gut rum zu kriegen.

Die dralle Petra: „Ja. Dann muß ich allerdings… Okay."

Der kahlrasierte Hans: „Kein Problem."

Herr Flachsbinder: „Danke für den Hinweis; ich hab das immer schon gesagt. Wenn Ihr wollt, zeige ich Euch mal, wie ich arbeite; ich hab ein eigenes Formular entwickelt. Hier oben trägt man seine Jobs ein und daneben wann das fertig sein muss…"

* * *

Noch ein halbes Jahr später, Herbst:

Früh war es dunkel geworden, was man normal fand im Hause Rössners, früh glommen die Neonlampen an und strahlten mit sattem Licht auf die Gesichter, in denen die Falten heraus traten. Nach Einbruch der Dunkelheit wurde noch zwei Stunden gearbeitet, was ebenfalls normal war, und Steinmetz hielt seinen Vortrag, der für die Konferenz der Mitarbeiter von DonMeckes gedacht war, laut und zur Probe vor einigen Mitgliedern der Firma. Es war der zehnte Vortrag in seinem Leben, der tausenderste Tag in der Werbung, das neunhundertste Mal, dass ihm mehr als ein Mensch zuhörte.

Danach trat Herr Rössner auf, bewegte sich mit viel Pfeifengefuchtel im Büro auf und ab und erzählte; Steinmetz nahm es wie betäubt wahr und war nicht in der Lage, seinem Inhalt etwas Interessantes abzugewinnen. Und täuschte er sich oder war es ein pralles, mit gutem Essen und Trinken gefülltes Bäuchlein, das Rössner spazieren trug? St. Efan, den Steinmetz um seine Rauchwaren zu erleichtern sich erneut angewöhnt hatte, war seit Wochen krankgeschrieben; Magenbluten, hatte er am Telefon behauptet, aber Steinmetz wünschte sich inständigst, dass es etwas anderes war und er statt dessen sein ewig wippendes Bein auskurieren lassen würde.

* * *

„Tag der deutschen Einheit. Ab jetzt rauche ich nicht mehr."

Das Laub hätte ja auch einfach so herabfallen und als grüner Haufen unter den Bäumen liegen können; dass es dies nicht tat, sondern sich in den reizendsten Tönen verfärbte, veranlaßte ihn zur Meinung, dass die Natur schon in Ordnung und jemand war, der es gut mit uns meinte. Ein paar goldene Tage würden sich sicher noch einstellen, bevor die lange Nacht der Winterzeit begann. Steinmetz streifte mit Rops und Daniela, die sich neue Fahrräder gekauft hatten, durch raschelnde Hügel im Stadtpark.

Rops hatte in den letzten Jahren stark zugenommen. Daniela war dazu übergegangen, ihre paar grauen Haare in einem gewaltigen Färbe-Akt in rote zu verwandeln. Er wunderte sich, wie alt sie in der letzten Zeit geworden waren, hütete sich aber, das Wort auszusprechen. Als wäre es das Natürlichste der Welt, erzählten sie von ihren Verwandten, die bereits Kinder und verfrühte Enkel hatten.

An einem Morgen setzten sich Rössner und er in ein Flugzeug und ließen sich von der Lufthansa emporheben. Rössner las am Gang den Wirtschaftsteil der Zeitung, Steinmetz hatte das Feuilleton zusammengefaltet und trank wackelig Kaffee. Den Rest der Zeit hatte er damit zu tun, hinter seinem Chef herzulaufen, der, als weitgereister Jetsetter, erst am Stand einer Mietwagenfirma anhielt.

„Hm", sagte er mit knurrender Stimme, „sagen Sie mal, Steinwetz, haben Sie eigentlich Aktien?"

Verneinen.

„Dann sein Sie bloß froh. Ich hab mal Sixt-Aktien gekauft, gleich danach ging's damit in den Keller. Jedesmal, wenn ich jetzt lese, daß Renate Sixt auf einer Party ein neues Abendkleid vorführt, denk ich: Das macht die mit meinem Geld. Zigarette?"

„Danke."

„Gern geschehen."

Natürlich mußte es ein Mercedes der neuesten Baureihe sein, schmottes Ledergefährt mit geöltem Geruch, dessen Reifen die Autobahn spurten. In ihm gingen sie voll Spannung und Vorfreude ihre gemeinsame Taktik durch, die im wesentlichen aus Rössner persönlich bestand. Der hatte bei einem Marketingfest erfahren, dass in seinem alten Kunden, der vor Jahr und Tag an die US-Marke M&M verkauften Marke Treets, doch eine Menge Leben und Werbebudget steckte, und war fest entschlossen, ihren Chef persönlich aufzusuchen und mit allem Charme zu dem zu überreden, wovon Agenturen lebten.

Ein letztes Mal prüften sie, ob ihre Schlipse richtig saßen.

* * *

Die Treets-Fabrik, Baujahr 1950, lag an Krefelds Rand, zwischen laubvollen Vorgärten und zerschossenen Mietshäusern. Steinmetz ließ sich von der freundlichen Ziegelarchitektur ebenso einwickeln wie von einem Löschteich, der hinter einem Schild [Kein Trinkwasser] lauerte. Wenn man Rössner glaubte, und dafür wurde Steinmetz bezahlt, kam es nun darauf an, das Vertrauen dessen zu erringen, dem dieser Flecken Erde und mehr gehörte; Senator Horst Haase, der einzige, der zur Tüte Treets „Beutel" sagte, im rheinischen Dialekt, undgern fragte: „Watt kostöt dor Boitel?"

Senator Horst Haase, der sie gnädig empfing, nachdem die Sekretärin Nierentee gekocht und aus der frischen Post, er kontrollierte den ganzen Briefwechsel der Firma, Häufchen gemacht hatte, war ein mittelgroßer, etwa 70jähriger Mann mit Strickjacke, der darunter eine Seniorenhose sowie ein weißes Hemd mit breiter Krawatte versteckte. Zudem eine große Einmachsglasbrille auf roten Backen mit bei Frost geplatzten Äderchen und eine verbeulte Aktentasche mit Henkel. Hinter ihm lagen in Regalen Kunstwerke und Mosaike, Landschaften und Smileys, die Angestellten aus Treets gemacht hatten; Steinmetz fiel, warum auch immer, das Modell eines gelben Lastautos mit braunem

Treets-Schriftzug auf.

„Sötzen Se sisch!", meinte Haase zur Begrüßung, „wolln Se watt drinken, Kofföö? Frau Wolkenstein, Kofföö!"

„Kommt sofort, Chef!", maunzte die Matrone im Vorzimmer.

Mit einfühlsamen Worten versuchte Rössner ihm beizubringen, dass man ein neues Jahrhundert schrieb und es galt, auch heute wieder Werbung zu machen; und um die traditionelle, einst erfolgreiche Marke Treets aus ihrem Dornröschenschlaf zu wecken, erwähnte er Highlights der Vergangenheit, bewegende Momente im Leben des Markenkerns und vermied es vor allem, den Begriff „alt" fallen zu lassen, jonglierte dafür aber recht geschickt mit Slogans und Fernsehzuschauern herum.

Zufällig konnte Senator Haase einige seiner eigenen Werbesprüche aus dem Stand aufsagen, vor allem Treets schmilzt im Mund und nicht in der Hand, was aus seinen Lippen klang wie „Treets schömills inder Mondt, on nischinne Hand."

Wenn Haase der einzige Überlebende der Menschheit wäre und eine Gruppe Neugeborener großziehen müsste, würde man ihre Sprache ein paar Generationen weiter gar nicht mehr verstehen können.

„Dott iß önne jute Spruch, könne mer dott net weder nöhme? Auch wenn de Breaktanz maachst, schömills Treets inder Mondt on nischinne Hand!"

„Darf ich Ihnen Hans-Jürgen Steinwetz vorstellen?", meinte Rössner an dieser Stelle, „er ist seit Jahren bei uns, unser bester Texter."

Gläserne Augen starren herüber, auf seinen Kopf. Wohlwollendes Nicken und das Gefühl, nun etwas leisten zu müssen und zum Besten zu geben. Sekundenschnell Goethe rekapitulieren, aber Senator Haase sah wahrscheinlich nur fern.

„Ich komm übrigens auch aus dem Rheinland!", log Steinmetz.

„Tatsächlich?", wunderte sich Rössner.

Haase schmunzelte: „Ärrlisch?"

„Ja, aus Kerpen", erwiderte er schnell und hoffte, damit eine Brücke zu bauen, auf der Senator Haase über alle Abgründe auf Ralf Schumacher zuschreiten konnte, den Rennfahrer, der ebenfalls aus Kerpen kam.

Und so geschah es.

„Jo, wie wär datt, wönn dor Schummi önne Boitel Treets hochhöllt?", schlug Senator Haase vor. „Do konn dor doch sajen: Zawischen de Rennpausen, do ess isch am liebsten Treets!"

„Zwischen den Rennpausen kann er nicht essen, da muß er ja fahren", antwortete Steinmetz.

Verständnislos blickte ihn Senator Haase an.

„Zawischen de Rennpausen iss Treets leecker!", wiederholte er störrisch, „ja wie, dott müssen Se als rheinische Jong doch wisse!"

„Wir machen dat für Sie!", beeilte sich Rössner, scheinbar von seinem Dialekt angesteckt.

An dieser Stelle stand Senator Haase auf und ging zum vierten Mal innerhalb von zehn Minuten aufs Klo, eine echte Vorgesetztentoilette, die hinter einer schmucken Ledertür direkt neben seinem Büro lag.

„Ich wußte gar nicht, dass Sie Rheinländer sind", bemerkte Rössner leise, „das ist aber interessant."

„Na klar", flüsterte Steinmetz zurück, „was tut man

nicht alles für einen Auftrag?"

„Wirklich? Dann war das ein geschickter Schachzug."

Als Senator Haase nach einer halben Stunde nicht wieder erschienen war, trat Steinmetz in den Vorraum.

„Der Senator ist gegangen", singsagte die dortige Matrone. Es war an einem eilfertigen Werbeleiter, der sich in diesem Moment manifestierte, sich für sein spätes Kommen und den Rest zu entschuldigen und zu betonen, dass er aber jedenfalls den Eindruck habe, sie hätten einen guten Eindruck gemacht, worauf man sich natürlich nicht verlassen könne, weil der Eindruck, den er hatte, sein eigener Eindruck und nicht der seines Chefs gewesen war, der den Tag damit verbrachte, alle möglichen Eindrücke zu haben und sie schnurstracks zu äußern, wie er es von klein auf gewohnt war; war doch Senator Haase mit silbernem Löffel im Mund kurz nach der Erfindung von Treets geboren und hatte die Firma von seinem Großvater geerbt.

Weil Senator Haase keine Kinder hatte, malte sich Steinmetz aus, von ihm ins Herz geschlossen zu werden und eines Tages überraschend zumindest einen kleinen Obulus zu erben, zwei oder drei Millionen, so wie man es von Howard Hughes gehört hatte, dem exzentrischen Milliardär aus Amerika, der eben dies mit einem bis dahin mittellosen Tankwart getan hatte. Und weil die Sekretärin eine Anweisung des Senators erhalten hatte, lud sie die Werber ein, am Nachmittag der alljährlich stattfindenden Betriebsfeier am Rhein beizuwohnen.

* * *

Weit draußen auf dem Land, auf ödem Heidegrund, verziert mit schmiedeeisernen Skulpturen, Lampen, Geländern, Barhockern, Enblemen und Plastiken, lag bei Emmerich das Heideschloß, das große Grand Hotel Senator Haases. Hier trafen sie sein Schmunzeln wieder, und nach dem Kofferabgeben rasten sie mit dem Geländewagen durch einen Wald, den Haase einer verschuldeten Gemeinde abgekauft hatte, stundenlang, schien es Steinmetz, ohne dass sich ein Reh, Wildschwein, Auerochse oder ähnliches Wild gesehen haben gelassen haben würde. Der Herbst hatte begonnen, den Wald aufzuräumen, unzählige, gezackte Notizzettel fielen in leuchtenden Farben vom Himmel, und auch die Vögel würden bald wieder ihre Koffer packen, mit angehaltener Luft noch mal die Eier im Bauch hochziehen und sich auf den Weg ins Winterquartier machen.

Sie spazierten mit Senator Haase einen Pfad entlang, an dessen Ende es „önne jute Limmou" geben würde, und er wies mit knappen Worten auf die Gegend, die nun ihm gehörte. Als Millionär geboren, verwaltete er eine der ältesten Marken auf deutschem Boden, seit seine Ahnen das Verfahren entwickelt hatten, Erdnüsse mit Schokolade zu umziehen und in Massen einzutüten, „dat wisse Se jo schon, Hörr Rössner."

Von Tieren erzählte er, denen er bei ihrem arglosen Dasein aufgelauert, den Garaus gemacht hatte und die er in seinem Hotel aufgehängt hatte, als wäre es das Normalste der Welt. Ein Nashorn, ein Elefant und zahllose Gazellen blickten dort traurig aus der Wand und hätten auch einem eingeborenen Häuptling als Trophäe Ehre gemacht. Keiner wagte, das Wort dagegen zu erheben, obgleich Steinmetz Jäger verabscheute, seit sie in früher Kindheit seinen Kater Pussow hatten verschwinden lassen.

* * *

Das Betriebsfest war ein Stelldichein der Leute, die den ganzen Tag am Band zu stehen und Beutelchen zu füllen hatten. Damit jeder auf seine Kosten kam und es ein denkwürdiger Abend wurde, hatte man einen Diskjockey mit Karaoke-Anlage verpflichtet. Meist würde Elvis verlangt und nachgemacht werden, doch bevor es dazu kam, ergriff Senator Haase ein Mikrophon, stand von seinem Tisch auf und musterte die ringsum vor dem Essen sitzenden Anwesenden.

„Bevor mer dieses Jahr wieder ongser Betriebsfest feiern, jilt et, die Touten von Treets zu würdijen! Bütte erhöben Se sisch!"

Achthundert Leute standen schweigend und fast militärisch auf, darunter auch Steinmetz und Rössner.

„Aus döm Werch Flensburg: Herr Christian Herberger, 55, Herr Werner Schedel, 63, Herr Günter Hohmann, 65, Herr Edmund von Gertig, 67. In Cottbus müssemer Abschied nehmen von Frau Marina Sontopski, 65, Frau Anna Pferdmenges, 70, ont von Herr Fickret Keller, 68. Mer wollen an sie mit enne Schweijeminute denken."

Nach dieser Minute begann eine Zeit, in der Steinmetz vergeblich versuchte, die Aufmerksamkeit der wenigen Raucher zu erlangen, die überhaupt dort waren. Erst auf der Toilette, als draußen Elvis Presley am Nasenring von johlenden Vorarbeitern vorgeführt wurde (Karaoke), bot ihm einer eine Marlboro an; es war ein junger, schlechtverdienender Mann Marke Mantafahrer, der mit den Worten Feuer gab:

„Auch Flensburg?"

„Nein", antwortete Steinmetz, „Werbung!"

„Gut!"

Knochige Männerhand.

„Weiter so! Man sieht sich!"

Als gegen Mitternacht die meisten mit dem Bus nach Haus gebracht worden waren und der Rest am Boden lag, schritt ein einsamer Mann wankend über die Bühne und bot den wenigen Gästen, die sich noch in der Halle tummelten, eine Kostprobe seiner schönsten, den Umständen angemessenen Lieder.

„Drie mall null is null is nulll!", trötete Senator Haase in das Mikrophon, „dat hammwer inde Schule nit jele-herr-herrnt! Drie mall null is null is null! Dat hammwer inde Schule nit jelerrnt."

Am Wochenende darauf besuchte Steinmetz Gabi und Hans, die sich ein Kind angeschafft hatten, den kleinen Johannes, der noch nicht im Zeitalter der Niedlichkeit angekommen war, sondern weinte und schrie, ohne dass ein Grund dafür auszumachen war. St. Efan hatte ihm den Anrufbeantworter vollgesprochen und, unter Verwendung einer kläglichen Stimme, über schreckliche Magenschmerzen gejammert, die ihn mindestens noch eine Woche lang ans Bett fesseln würden, während im Hintergrund Bob Marley sang und unverkennbar mindestens zehn weitere Personen anwesend waren. Auch Klassenkamerad Hönings meldete sich wieder, diesmal jedoch nur, um Steinmetz zur Probefahrt im neuen BMW zu überreden:

„Also, anschauen kannst du ihn dir doch mal!"

Nur mal für den Papierkorb, nur mal in die Tüte gesprochen, mal ins Unreine formuliert, aus dem Stand gesagt, nebenbei bemerkt, als erster Ansatz, eine kleine Idee, wie wär's damit:

„Weißt du was?", antwortete Steinmetz, „leck mich am Arsch."

Er legte auf und zündete eine Zigarette an. Im Bad erwartete ihn im Spiegel das Gesicht seines Vaters, in der Küche die von seiner Mutter angenommene Gewohnheit, erst mal alles liegen zu lassen, auf dass künftige Generationen auch was zu tun hatten.

Er teilte sein Bett mit Erinnerungen an Menschen, die in ihm gelegen hatten. Aber was war nur der Sinn des Ganzen? Keine Ahnung.

Wir werden jährlich immer älter.
Und eines Tages sind wir alt.
In dem Oktober wird es kälter.
Und das, was bunt wird, ist der Wald.

* * *

12. SAG MUTTI NICHTS

Am Ende des Lebens muß man für alles bezahlen. Das stellte sich Steinmetz so vor, dass ein Kellner an den Tisch tritt, eine meterlange Rechnung auspackt und den Verstorbenen dann aufzählt: „Also, Sie hatten eine schöne Kindheit, eine langweilige Pubertät und… Hatten Sie Beinbrüche, Krankenhausaufenthalte, schlechte Schulnoten, Scheidungen? Na, da kommt ja einiges zusammen!"

Weil das letzte Hemd keine Taschen und niemand Geld dabei hat, herrscht dann unter den Anwesenden des Jüngsten Gerichts ein großes Gejammer. Allen Besitzes beraubt und ohne Rolex, Dienstrang und Fernsehen fangen die ersten schon an, sich daneben zu benehmen, stelle sich Steinmetz vor, und Menschen werden zu Proleten, schubsen sich gegenseitig herum, im Gewühle suchen Kinder, manche schon über achtzig Jahre alt, schreiend nach ihren Eltern; es wird eine Szenerie wie bei der Flucht aus Ostpreussen oder dem Untergang der Titanic sein.

Und ganz durchdacht schien Steinmetz die Sache mit der Rechnung nicht, die einem präsentiert werden sollte. Überhaupt, von wem und mit welchem Recht? Hatte ja keiner der Menschen das Leben bestellt und doch eins bekommen. Da war dann das Gemaule groß:

Man hat uns vorher nie gesagt, dass wir dafür bezahlen müssen! Wenn das so ist, hätte ich mich ja schon als Kind vom Gerüst gestürzt! Ich verklage Sie! Ja, mach mal.

* * *

„Hm, heute vor zweitausend Jahren begann die größte Marketingmaßnahme der Kirche. Jesus ist wieder auferstanden. Morgen übrigens."

„Morgen, Herr Rössner", sagte er betreten, „auch über Ostern hier?"

„Sicher, ich hab ja zu tun."

Rössner hatte in den letzten Wochen damit begonnen, ein wenig zuzunehmen und zehn Kilo mehr auf die Waage zu stellen. Leicht schwabblig drückte er Steinmetzens Hand.

„Ich hab heut einen guten Tag, das spürt man."

Oloxo se pipi o weia!, schrieb Steinmetz klappernd mit der Tastatur seines Computers. Oh Wanga, bahumi kapuze!

„Wissen Sie, wenn jemand an einem Feiertag arbeitet, dann ist das für mich das schönste Kompliment." Steinmetz vermutete, daß das Zweitschönste für Rössner Rosen und eine Pralinenschachtel war. „Und Sie? Keine Eier suchen und kein kleines Häschen, das zu Hause auf Sie wartet?"

„Nein, nicht, Sie wissen doch, die Braut des Werbers ist sein Büro."

Die beiden Männer lachten sich laut an, Rössner verzog sogar die Augen zu einer Art weisem Chinesen.

„Frohe Ostern, mein Lieber!", zwitscherte er mit tiefer Stimme, tantenhaftem Charme und verschwand.

Mit einer Flasche Cognac und zwei Gläsern kam er wieder.

„Ich mag das gern, wenn ich mit guten Leuten einen heben kann. Ich möchte Ihnen einen Rat geben: Genießen Sie das Leben, es ist kurz genug."

Mit sanftem „Dunk" stieß er an.

„Zigarette?", sagte Rössner dann.

„Danke, ich rauche grad nicht."

„Nein, ich meine, haben Sie eine Zigarette?"

„Ich rauch grad nicht."

„Ach", sagte er enttäuscht, „und ich dachte, Sie rauchen."

„Ja, manchmal."

„Hm, schade, da entgeht Ihnen was. So, nun will ich mal sehen, dass ich an meine Arbeit komme, tschau."

Draußen, vor dem Fenster, breitete die Natur in Gestalt eines Ostertages ihr festlichstes Gewand aus. Es gab wohl keine Ecke auf diesem Planeten, an der nicht Krokusse aus der Erde ploppten, von Bienen umhummelt wurden und die Sonne aufs Bächlein geblinzelt hätte. Auf dem Lande ging man nun in die Kirche, im schwarzen Anzug, angezogen vom Glockengeläut; in der Stadt schlief man an solchem Tag länger, um nach einem ausgiebigen Frühstück auch nicht zu wissen, was man mit ihm anfangen sollte. Das alles kann mir wurscht sein, dachte Steinmetz, denn ich hab ja meinen Job.

Wie auf Kommando stand nun wieder Rössner im Zimmer und paffte an einem Glimmstengel herum, der ihm im Mund hing.

„Wie geht's denn sonst?", wollte er wissen, „also, ich

glaub ja, dass Sie sich wirklich aus Überzeugung fürs Schreiben interessieren. Was sind Sie eigentlich für ein Sternzeichen?"

„Waage."

„Ah, ausgleichend und stets um Gerechtigkeit besorgt, dabei ordnungsliebend! Einige meiner besten Freunde sind Waagen; das sind wirklich feine Menschen. Ich hab das Gefühl, Sie werden es noch einmal ganz weit bringen; wenn ich etwas für Sie tun kann, lassen Sie ruhig von sich hören. Jetzt muss ich aber wirklich los."

* * *

Will doch mal nachschauen, was er macht, dachte Steinmetz eine halbe Stunde später und ging in den geweihten Trakt des Hauses, in dem ein fetter Teppichboden mooswuchs. Da fand er den Herrn am Schreibtisch, über aufgebocktem Schuhwerk alte Spiegel durchblätternd und scheinbar lesend.

„Hm, grad mal gucken, was unsere Konkurrenz macht."

Schmunzelnd weiter:

„Und, kann ich noch etwas für Sie tun?"

„Ja, es ist wegen Thorsten Latour", kam es aus Steinmetz heraus, „ich glaube, er schießt immer meine Kampagnen ab. Ich hab nichts dagegen, wenn –"

„Thorsten Latour ist ein wichtiger Mitarbeiter, da bleiben Reibereien nicht aus", fiel ihm Rössner leicht ins Wort, „die besten Kreativen der Welt hatten schon immer Probleme mit anderen Managern."

„Ehrlich?"

„Wirklich. Ein kleiner Tip – zeigen Sie ihm doch mal, was eine Harke ist. Machen Sie überraschend eine richtig tolle Kampagne, Sie werden sehen, dann ist er verblüfft und" – er spreizte Daumen und Zeigefinger – „so klein mit Hut!"

Steinmetz stand noch eine Weile lang unschlüssig vor ihm, der seinen Spiegel beiseite legte, den Terminkalender aufschlug und ein irres Durcheinander aus eingelegten Visitenkarten und grünem Gekrakel präsentierte; was in der Agentur an Handschriftlichem grün war, trug die Pranke des Chefs und gab auch dem Urlaubszettel Daseinsberechtigung, den Steinmetz ihm in diesem Moment vorlegte.

„Ach, eine ganze Woche Urlaub? Wohin geht's denn?"

„Nach Frankreich, im Juni."

„Ach, das ist ja ein merkwürdiger Zufall! Im Juni flieg ich auch nach Frankreich, zum Werbefilmfestival nach Cannes. Ich wohne da im Carlton, wie jeder, der schon in der Jury war."

„Dann sehen wir uns da!", platzte Steinmetz heraus.

„Wahrscheinlich, ja", antwortete Rössner und zog peinlich berührt seine Augenbraue hoch, „sagen Sie mal, ist es Ihnen das wirklich wert?"

„Das Festival von Cannes? Ja. Aber nicht das Carlton. Ich wohne woanders."

Beruhigt inhalierte Rössner seine Zigarette.

„Schade, so richtig bekommt man alles nur mit, wenn man im Carlton wohnt. Haben Sie schon eine Eintrittskarte?"

„Nein, es gibt keine mehr, sagt Thorsten Latour."

„Schade", erwiderte Rössner und erwähnte in einem plötzlichen Anfall von Mildheit: „Hm, vielleicht sehen wir uns bei einem Empfang? Im Carlton ist an jedem Donnerstag ein Brunch von Fuchs Werbung International, der Agentur meines guten Freundes Tom. Ich rufe einfach Tom Fuchs an, den Gründer von FWI, und sorge dafür, dass man Sie rein läßt."

Steinmetz erblaßte: „Ehrlich? Das wär toll!"

Das Telefon schellte, Rössner lächelte Kilometer weiter in die Leitung: „Ja, ja? Ach, so ist das, ja? Sicher, mein Lieber. Pass mal auf, sag ihm, ich bin nächste Woche in London, da werden wir das sicher miteinander klären können. Ich kenne Allan Bennett noch von früher und weiß, wie man das macht. Mach dir keine Sorgen, tschüss, mein Lieber!"

„Ich bin ein Freund aller Menschen", erklärte er mit sonnigem Lächeln.

Dieses sonnige Lächeln schwebte für den Rest des Tages über Steinmetz, der in seine Zelle zurück kroch und sich erneut an den Stromkreislauf anschloss.

* * *

Ruckzuck ratterte ein Text für eine Frauenzeitschrift aus ihm heraus, als wäre er immer schon weiblich und mit einer stattlichen Portion unterdrückter Möpse gesegnet gewesen: „Es wird ein heißer Herbst! Lassen Sie sich überraschen von aufregender Strickmode für Sie und Ihn. Bordüren sind ‚in' - wir zeigen, wie's geht! Großer Sonderteil: Reißverschlüsse mal ganz anders! ..."

Am Abend warf er seinen Fernseher an und studierte die Cannes-Rolle des vergangenen Jahres. Wie toll doch die Werbung aus dem Ausland war! Wie frech die Schweden, und wie schwarzhumorig doch die Briten mit ihren Spots daher gewackelt kamen! So was müsste man machen; so was hatte er auch Thorsten Latour schon vorgeschlagen:

In der australischen Wüste treffen sich Aborigines zu einem Wettbewerb im Didgiderooblasen. Einer nach dem anderen brummelt in das Rohr, aber beim Bestaussehenden hört man sattes Schlürfen und ein genießerisches „Ah!". Die Kamera zieht auf und man sieht, daß sein Blasrohr in einem Krug mit Dumpf-Bier steckt / Vor dem Start des Space Shuttle springt ein Astronaut heraus, läuft ins Kontrollzentrum und holt aus einem DonMeckes-Automaten Pommes Frites / Krisenstimmung in Waterloo: Der Flaschenöffner ist weg! Gut, daß Napoleon einen dabei hat - in der berühmten Hand unter dem Wams. Logo, Dumpf-Bier und Musik / Regie Roland Emmerich, dachte Steinmetz, wenn der mal überhaupt Sachen drehte, die nicht in den USA spielten.

Die nächsten Wochen, wusste er, mußten damit verbracht werden, den Berg der Arbeit abzuwälzen, den Latour über ihm auskippen würde; seit Thorsten von Rössner befördert und zu Ruhm und Ehren gekommen war, schien eine Wolke zwischen Steinmetz und die Sonne seines Glücks geraten zu sein. Mit unbewegtem Gesicht ließ er seine Ideen zerpflücken und gab auch kein Widerwort, als es daran ging, die abartigen und undurchdachten Gedanken Thorsten Latours weiter zu treiben. Wie…

„Sag mal, ist dir schon mal aufgefallen, dass es Zigarren und Zigaretten für Kinder gibt?"

„Ehrlich?", antwortete Steinmetz, „gesagt, noch nicht."

„Gibt es aber. Schokoladenzigarren und Kaugummizigaretten. Und weil Kinder wie Erwachsene sein wollen, laufen die Dinger wie geschnitten Brot. Wir sehen daran" – Thorsten Latour stand auf und malte Kreise und Pfeile auf ein an der Wand hängendes Papier – „die Verpackung ist die Hälfte des unbewussten Versprechens. Hier liegt für Dumpf Bier der Markt der Zukunft! Wir müssen pro-aktiv vorgehen, denn Rössner Werbung denkt mit, und Ende der Woche schlagen wir eine neue Marke vor: Kids Dumpf und nicht anders. Limo mit Biergeschmack in wertig gestalteten Flaschen, die aussehen, als wäre ein echtes, erwachsenes Pilsener drin. Zielgruppe 4 bis 12 Jahre. So sichern wir künftige Verwender."

„Ist das nicht unmoralisch?", meinte Steinmetz.

Pause.

„Träum weiter!", entgegnete Thorsten hart, „zwei Milliarden Euro Taschengeld dürfen nicht in die falschen Hände geraten! Ich weiß auch schon eine klasse Headline dafür!"

Steinmetz wartete.

„Kids Dumpf. Nix für Erwachsene", fuhr er fort. „Also mach mal, bis morgen will ich was sehen!"

„Aus juristischen Gründen dürfen wir die Limo nicht Kids Dumpf nennen", berichtete Steinmetz am nächsten Tag.

„Kids Dumpf? Wer hat das denn vorgeschlagen?"

„Das warst du, Thorsten."

„Was schert mich denn mein dummes Geschwätz von gestern?", grinste Latour nach einer Reihe herrischer Handbewegungen, „dann nennen wir das eben Kinderbock oder Bierbrause! Oder: Dufte Jugend!"

„Pilsolino", schlug Steinmetz vor.

„Pilsolino?", grinste Latour, „ganz bestimmt nicht!"

„Und warum nicht?"

Thorsten lief rot an; ein Vorgang, den Steinmetz in den nächsten Tagen noch öfter beobachten sollte.

„Weil das viel zu kindlich klingt!", schrie er. „Mann, du raubst mit echt den letzten Nerv! Ich werd einfach nicht schlau aus dir!"

Das beruhte auf Gegenseitigkeit, und im Lauf des Tages einigte man sich, es bei der Produktidee bewenden zu lassen und Carsten Dumpf, den Brauereibesitzer, nur mit Systematik und dem, was Thorsten Latour eine „genaue Marktanalyse als PowerPoint-Präsentation" nannte, zu beeindrucken.

* * *

Steinmetz fühlte sein Ende nahen und versuchte, einen Termin bei Herrn Rössner zu erhalten, doch Termine waren Mangelware, und so mußte er mit Jane, der amerikanischen Werbefilmproduzentin, Vorlieb nehmen, der er seine Leiden schilderte, ohne das sie was davon verstand.

„Well, Hans-Jürgen, wenn du sollst machen so eine Arbeit, do it, don't ask! Es muss doch nicht jeder wissen, daß du arbeitest an eine Bier für Babies! Ich würde meine Mutter nix davon erzählen, aber well, why not?"

Wochen später, am letzten Tag vor seinem Urlaub, würdigte ihn Thorsten Latour keines Blickes, sondern schritt hochmütig und mit wehendem Mantel an ihm vorbei, das teure Laptop nebst Videobeamer in einem Lederkarton tragend; und von hoch oben, aus einem Fenster des vierten Stocks, sah ihm dabei Flipper, der Freund aller Kinder, zu, und trug das Gesicht Hartwig Rössners.

* * *

13. DIE NONNEN VON SAINT TOUPET

Odysseus schrieb an seine Frau: „Hier ist es wirklich toll, klasse Sonne, Strand und Parties. Hab schon eine reizende Gruppe von Zentauren kennengelernt. Und eine neue Geschäftsidee: Sonnenbrille für Zyklopen. Freu mich schon auf dich, Dein Oddi."

* * *

Die Stadt hieß Cannes. Hier fand einmal im Jahr das größte oder jedenfalls wichtigste Werbefilmfestival der Welt statt; nur ein paar Wochen nach dem richtigen, für den ganzen Globus interessanten Filmfestival, bei dem muskelbepackte Weltretter aus Actionfilmen mit Blondinen und rauschebärtigen Regisseure fotografiert wurden.

„Wo liegt denn Cannes?", fragte eine Praktikantin; auch so was gab es.

„In Südfrankreich."

„Ja, können Sie denn französisch?"

„Oui, frangsösisch ist ein Fach!", sagte Steinmetz, der neun Sprachen sprach, davon zwei verständlich. Nie den Kopf aus dem Fenster halten war das Einzige, was er in Wirklichkeit kannte, und auch nur vom Bahnfahren.

„Man muss sich nur vorstellen, daß man Gerard ein Citroën gegessen at, und sie at Ein der Gans é Mund

Susann gezoge!"

Sie probierte es aus.

„Voila, Mon Cher, und schon du Ast ein Frank Zösisch Akzent! Beim amerikanischen Englisch hingegen muss man darauf achten, daß die Schunge niemals Andy Schähne stößt, sondern Imma Vorha innehould. Well, das isch ganz einfach!"

„Sou vielleischt?", fragte sie.

„Yeah, und bei britisch Englisch muß man ein S trotschdem spressen, wie mitsch einem Gebisch! Bei Spaniss muß die Sunge immers eins Stücksen heraus kommens, auch wenns man dabei alles nassspucktz!"

Das Flugzeug wackelte über die Alpen, und mit einem Cabrio, dessen Verdeck sich geheimnisvollerweise nur bei Regen öffnen ließ, gondelte Steinmetz die Küste entlang. Auch die Franzosen, merkte sich Steinmetz, nutzten die Straße vor allem zum Rasen.

In Nizza, das er aus einem ihm entfallenen Band des Nationalepos Asterix und Obelix kannte, spürte er die Atmosphäre aus Mädchenhandel und Korruption über dem Gassenknäuel, und in Monaco fand er zufrieden, daß auch die Welt der Reichen und Superreichen nur aus Betonappartements und Parkplätzen bestand. Die Automatenbude, das Casino Kater Monte Carlos, fraß ein paar Francs, ohne ihn zum Milliardär zu machen. Zurück ging es im Schrittempo, denn auch die Franzosen, dachte Steinmetz, nutzten die Straße vor allem zum Schleichen.

Er mietete ein Zimmer im Örtchen Villefranche sur Mer, was vielversprechend klang und ein Hotel beherbergte, das an die Filme Jacques Tatí erinnerte, die Ferien des Monsieur Hulot. Vom Balkon aus sah er Boote, die keine Yachten waren und es auch nie sein würden.

*　*　*

„Schon wieder dieser Briefträger!"

Mit einem Satz war Penelope aus dem Bett und sah, wie ein gebückter, in ein dürftiges Schaffell gehüllter Mann im Hof wortlos eine Menge Steinplatten auslud.

„Wird wohl doch bloß wieder Werbung sein!"

War es auch: Von einem Weinhändler aus Athen, der mit dem üblichen eosfingerigen Schmus seine Spätlese anpries, und einem Gymnasium, das ihren pickligen Sohn gegen Bezahlung zum Philosophen machen wollte. Ein Brief aus Delphi: „Zur Zeit ist beim Orakel niemand erreichbar. Bitte rufen Sie es später noch mal an."

Und endlich die Karte:

Trug den Stempel des Götterboten, darunter: „Viele Grüße aus dem Süden schickt dir Oddi. Erkunde grad in einem Eselskarren die Küste, später mehr. Dein Oddi. P.S.: Abreise verzögert sich."

*　*　*

Des Autos runde Beine trugen Steinmetz westwärts, am Meer entlang zur Kleinstadt Antibes, die lehmig in der Sonne schmorte. Wo schon Picasso Brigitte Bardots schmollenden Körper mit Pelztieren bemalt und in den 50er Jahren allerlei gutgehende Stierkampfszenen hingehuscht hatte, ölte Steinmetz durchs Einbahnstraßennetz. Dann schenkte man ihm eine grandiose

Landschaft - links das Meer, rechts die Berge, und dazwischen raste er als Zwerg die Steilküste entlang.

Saint Tropez war schwer zu erreichen. Aus Fremdenhass, Dünkel und rotweingetränkter Trägheit hatte man auf vernünftige Straßenschilder verzichtet; mit etwas Pech fand man sich auf der Schnellstraße ins Heroin-Babel Marseille wieder, das Steinmetz noch aus French Connection kannte. Sein Instinkt und ein mittlerweile ausgestorbener VAG-Autoatlas ließen ihn schließlich, zwischen Olivenbäumen und Hütten, den Weg in den mondänen Badeort finden, in dem schon Gunter Sachs, der Lebemann, Brigitte Bardots schmollenden Körper mit Klunkern umhängt und mit Tretlagern für Fahrräder, so stellte sich das Steinmetz vor, ein Vermögen verdient hatte.

Parken am Hafen im Halteverbot. Sprint ins Hotel ab 300 Euro. Wollen Sie den Schrank, Pardon, das Zimmer, sehen? Zu teuer; mühsam fand er den Rückweg durch Einbahnstraßen, in denen schon die englische Prinzessin Lady Diana nebst Fitnesstrainer verzweifelt war und Saint Tropez lieber übers Meer erreicht hatte, auf der Yacht des Sohns des Kaufhauskönigs. Es war zu spät, um die gefährliche Küstenstraße, so was gab's, entlang zurück zu fahren oder gar ins Hotel zu kehren, also klingelte er aufs Geratewohl an einer Pension am Hang und wurde von einer verbittert wirkenden Alten, die sich dann aber nur als verschlagen entpuppte, eingelassen.

Am nächsten Morgen sah er sich beim Frühstück auf der Veranda um. Entfernt wogte der blaue Teppich des Meeres. An seinem Rand erhob sich das struppige

Frankreich, und auf einem der Berge hielt sich ein Bau versteckt, den er für ein Kloster hielt.

Was mögen das für Menschen sein, die dort wohnen, dachte er; wahrscheinlich Mönche oder unbeleckte Nonnen. Wie im Mittelalter leben sie von Käse, Backebrot und Feldsalat. Die kennen keinen Colaautomaten, Dumpf Bier und DonnaMeckani, oder wie DonMeckes hier an der Rivieraküste sonst hieß.

Mit ausgestreckten Flügeln erschien ein brummendes Flugboot und begann, über dem Hügel zu kreisen. Wahrscheinlich sucht es einen Brand, dachte Steinmetz; er wird wohl kleiner sein als der in Cannes, wo deutsche Werbetruppen heute die legendäre Martinez-Bar erobern sollten, aber einen hohen Preis dafür bezahlten. Er hatte gehört, dass man aus der Bar erst früh im Morgengrauen türwärts auf den Boulevard torkelte, am Meer die Straße Croisette entlang, heim ins Hotel.

Dort lief auch Steinmetz gegen Mittag ein. Nicht wie ein Fürst, sondern wie der ewige Student.

* * *

„Der Papa schreibt!"

„Wer ist das denn?"

„Dein Vater", sagte Penelope. „Als du bei mir im Bauch warst, ist er losgefahren und seitdem geschäftlich unterwegs."

„Du lügst! Der Papa ist tot, den hat in Troja ein Pferd gefressen!"

„Wer sagt das?"

„Onkel Jürgen!"

„Törichter Onkel Jürgen! Wie kann er tot sein, wenn er schreibt?", sprach sie zum Sohn. „Hör selbst: Beste Grüße vom Seefahrerkongreß, Dein Oddi."

Da rief auch ein blinder Seher, der in Penelopes Hause das Gnadenbrot als Kerzenständer verdiente: „Na, wenn das kein Beweis ist!"

„Als Papa will ich aber lieber Onkel Jürgen!", bockte das Kind.

Penelope lächelte wie immer, wenn sie sich nicht zu helfen wußte.

Onkel Jürgen war einer der Freier, die sich in billigen Hotels, Schenken, Wirtshäusern, Tempelanbauten o. ä., manchmal sogar auf Campingplätzen der Umgebung, einquartiert hatten. Gutgebaut, sechs Ellen groß, mit einem aufgemotzten Streitross und einem Dialekt, den spätere Generationen Sächsisch nennen sollten.

* * *

Was Cannes von einem Kurort unterschied, war ein Mehrzweck-Betonbau im Sand, in dem Veranstaltungen abgehalten wurden. Seit urdenklichen Zeiten, länger als Steinmetz im Beruf war, verliehen die Franzosen hier Preise für den besten Werbefilm; das waren schmucke, schreibtischzierende Skulpturen, die man vor geraumer Zeit leider durch Klotzmutationen aus Filmrolle und Löwenkopf ersetzt hatte. Jeder konnte seinen Film einsenden, dann brütete tagelang eine mehrköpfige, einer Hydra gleiche Jury aus allen Industrienationen darüber.

Spruchbänder, Plakate: „Komm rein, hier laufen

Filme! Iss günstig! Ratna Advertising Singapur Convention! No parking", sondern im Parkhaus. Zu dumm, dass Rössner keine Karte hatte besorgen können wollen, dachte Steinmetz. So konnte er nur einen Bruchteil des Festivals sehen; genauer gesagt, den Vorraum mit Schaltern und Ankömmlingen, die hier mit Strandtaschen voll Prospekt und Katalog ausstaffiert wurden.

Auf der Treppe ins Freie erschreckte ihn ein Greis mit Trinkergesicht und langer, weißer Mähne, der von einer Gruppe wohl bestellter Fotografen geknipst wurde:

„Joe Pytka, der berühmte Filmer aus Amerika", verriet ihm Rössner später, „wirklich nicht zu verwechseln mit Liz Taylor."

Steinmetz wandte ihm den Rücken zu, steckte seine Hinterpfoten ins Mittelmeer und sah den Horizont an, mit seinem Strandleben.

Die Frauen garen müde in der Sonne
und Männer lesen träge irgendwelche Zeilen.
Mit großen Gesten ölt sich jeder ein.
Das Meer bemüht sich, blau zu sein.

Zuweilen fällt ein Oberteil. Dann lassen Frauen
die beiden Brüste kurz mal auf die Männer sehen.
Die Brandung zischt, es gibt nicht viel zu schauen;
nur Sand und Menschen, die dort stehen.

Wenn ich ein Vöglein wär, ich bräucht nicht mehr,
als diesen Traum: Ein Nest, Sand, Futter und ein Bad.
Doch wie gesagt: Es gibt nicht viel zu schauen.
Nur lauter nackte Menschen ganz privat.

Hinter ihm kamen die Deutschen angerollert, teils zu Fuß, teils in dröhnenden, mintfarbenen Porsches, teils auf bollernden Harley-Davidsons, die extra eingeflogen worden waren. Vor Jahren, als das Handy noch ein Wunder und Kohl Kanzler war, waren sie meist telefonierend von ihren Vehikeln gestiegen; nun waren es wieder ein paar langbeinige, zickig den Mund verziehende Mannequins vom Blondinenclub Hamburg-Eppendorf, die sie als Statussymbol an ihrer Seite führten und mit Stöckelschuhen ploppend aus dem Beifahrersitz zogen. Preismäßig hatte das Festival anscheinend der Spot für eine spanische Herrenschokolade gewonnen, denn wer ein aufgeweckter Kerl sein wollte, stieß ab und zu „Buenos Schoko Dias!" aus.

Um elf Uhr überquerte Steinmetz wie ein Mann von Welt die Straße zwischen Stadt und Strand und trat in die Nobelwelt des Carlton ein. Hier hockten trotz des schönen Wetters Herren, die in ihrem Anzug wichtigere Tage verbrachten als Steinmetz; ein Kellner wieselte dazwischen umher und sah mit dem Handtuch überm Arm wie ein Verwundeter Verduns aus. Die polierte Atmosphäre war gediegen wie im Vier Jahreszeiten; folge dem Schild „FWI Creative Board Meeting".

Tom Fuchs war ein freundlich aussehender, braungebrannter Hannoveraner in Jeans und Hemd, von dem ein Bola-Tie herabhing. Er wirkte gebildet, während der Rest der Anwesenden, vielleicht dreißig Männer, vor allem seriös aussah.

„Guten Tag, ich bin Hans-Jürgen Steinmetz; schönen Gruß von Hartwig Rössner."

„Ah, der Hartwig!", rief Fuchs mit krachender Stimme und ließ sich vom Klang des Namen durchschütteln, „wie geht's ihm denn?"

„Gut", erwiderte Steinmetz maulfaul, doch Fuchs wollte sowieso nichts weiter hören, sondern plauderte nun auf Französisch mit einem Franzosen, der mit hochgezogenen Augenbrauen neben ihm stand.

FWI stand für Tom Fuchs Werbung International und war lange vor dem Krieg, wenn man den Kosovofeldzug als solchen bezeichnen wollte, als erste deutschsprachige Netzwerkagentur in Paris gegründet worden. Wie es vieler Niedersachsen Art war, hatte Tom Fuchs seitdem ein geschicktes Händchen bewiesen und FWI einer amerikanischen Holding verkauft; seitdem tourte er als altkreativer Nestor durch die Welt, eröffnete mit Reden Filialen und lebte vermutlich von Bufett-Häppchen.

Bevor das Meeting los ging, lernte Steinmetz ein unrasiertes Männlein in enganliegender Kleidung kennen, die sich als Designerhülle eines waschechten Creative Directors aus Sao Paulo, Brasilien, entpuppte und, wie er, zum ersten Mal in Cannes war.

„Brasilien? Echt? Und wo wohnst du hier?"

„Ich bin im Carlton, und Sie?"

„Villefranche sur Mer. Ein kleiner, malerischer Fischerort hinter -"

„Ach so", antwortete der Brasilianer und hatte schon wieder sein Interesse verloren.

Der Saal hatte begonnen, sich wie jeder in Cannes vollaufen zu lassen; in diesem Fall mit Menschen. Steinmetz stand unschlüssig herum, wie meistens im Leben. FWI gab's überall auf der Welt, damit Großkunden allerorten das Gefühl hatten, daß ihr Wille geschehe. Steinmetz sah Spanier, Portugiesen und Russen, Letten und Australier, Iren und sogar einen kahlköpfigen Herrenreiter aus Südafrika, und alle sahen gleich aus. Gerade mal eine Handvoll Kulturen hatte sich die Erde untertan gemacht, und jede hielt sich für die einzig Wahre.

Werbepapst Tom Fuchs begann langsam und bedächtig wie ein Landwirt, der an einem Strick zieht, seinen Vortrag. Man merkte, daß er ihn tausendmal gehalten hatte, denn seine Worte leierten, trotz eines geschickt angetäuschten Inhaltes, leicht vor sich hin.

„FWI ist in den meisten Ländern an Platz 51 der kreativsten Agenturen! Aber wir müssen noch besser werden! Darum haben wir vor zwei Wochen in Helsinki unsere mittlerweile vierzigste Filiale eröffnet! Man hat uns gefragt, warum wir nach Finnland gehen! Wir gehen nach Finnland, weil Finnland eine Menge Potential hat! Wir gingen nach Polen, um Polen zu entdecken! Und wir gingen nach Japan, weil wir von Japan etwas lernen wollten!"

Die drei rotgesichtigen Finnen am Rande, deren Kleinagentur bei Helsinki, wahrscheinlich nur eine umgebaute Sauna, die Garage des Nordens, gerade aufgekauft worden war, amüsierten sich nass.

„Bei uns kann man jeden Tag voneinander lernen! Die Werbung, sage ich immer, das ist wie in einem Unterseeboot!"

Natürlich war ihm als Pariser Landei die Kurzform „U-Boot" nicht geläufig; wohnte er doch auf einem Geldsack [Villa im Quartier Latin] fernab jeder Küste, wenn man die Seïne einmal ausnahm.

„Es kommt darum in der Werbung nicht nur darauf an, dass der Kreative das Seerohr ausfährt und dann die anderen das Boot steuern läßt! Er muss statt dessen von Anfang bis zum Schluss dabei sein und darf nichts dem Zufall überlassen! Wir haben ein Beispiel aus Thailand da, wo dieses System bis zum Ende durchgezogen wurde!"

Das Licht ging aus.

Ein Auto fuhr in einem Kreis auf einer Leinwand.

Das Licht ging an.

Sie klatschten.

„Ich bin seit vielen Jahren bei FWI!", fuhr Tom Fuchs wie ein alter Pate fort, „und viele gute Leute sind aus unserer Agentur hervorgegangen! So ist eine junge Generation herangewachsen, die einen neuen kreativen Kopf braucht! Jetzt bitte ich um einen herzlichen Applaus für unseren neuen Creativchef!"

Aus der Menge schälte sich die junge Generation, ein extra aus den USA angereister Kreativguru, der mit langem, grauem Bart und kurzer Hose wie der Weihnachtsmann auf Surfurlaub wirkte. Eine Zehntelsekunde lang standen sich die Männer gegenüber; dann hob einer die Hände, der andere machte die Geste nach, um auf ihn zuzugehen und die Klauen fest um seine Schultern zu schließen. Ob es dabei zum Austausch von Körperflüssigkeiten kam, konnte Steinmetz aus der letzten Reihe nicht erkennen; auf jeden Fall war dies nicht nur eine epochale Geste, sondern auch, nachdem sie alle applaudiert und noch etwas gejohlt hatten, das Zeichen zum Aufbruch.

In der Hotelhalle traf er überraschend auf Rössner, der dort mit wabbelndem Bauch ein paar Damen umtanzte, und auf Jane, welche wiederum in Tränen aufgelöst war. Sie hatte extra für Cannes ein weißes Kleid anfertigen lassen, ein zauberhaftes Huschelwuschel aus Tüll, brav neben Rössner gegessen und es mit der Serviette verwechselt. Lippenstiftspuren und Schmodder klebten an ihr, bevor sie im Aufzug verschwand.

„Na?", meinte Rössner gedehnt, „hat Tom Fuchs Sie motivieren können?"

„Das war schon toll", entgegnete er, „und hier wohnen Sie also?"

Rössner mit einer wegwerfenden Handbewegung: „Hm, ja, manchmal. Möchten Sie was trinken?"

„Gern, einen Kaffee."

„Gehen wir an die Bar."

Dort bestellte sich Rössner Champagner, und für Steinmetz eine Portion Olé.

„Wie sieht's aus?", fragte er dann. „Hat Buenos Schoko Dias nun die Goldene Palme oder nicht?"

„Weiß nicht, ich hab ja keine Eintrittskarte."

„Schade", antwortete Rössner, „na ja, nächstes Jahr kümmere ich mich selber drum. Sagen Sie mir nur vorher Bescheid, ja? Ich war einmal Mitglied der Jury, ich komme jederzeit an Karten ran, wenn ich rechtzeitig Laut gebe", fügte er hinzu.

„Danke, gerne, auf Ihr Wohl, ich hab übrigens gestern die Umgebung erkundet", meinte Steinmetz. „Ich war in Saint Toupet."

„Tatsächlich? Wo liegt das denn?"

„Der Badeort im Westen. Saint Tropez!"

„Ach so, haha, Saint Toupet", schmunzelte Rössner unkonzentriert, „sehen Sie mal dort, kennen Sie den Mann im grauen Anzug?"

Neben dem Klavier, umarmt von zwei Models und ihren vier Brüsten, winkte jemand in eine Kamera, und Rössner müde zurück.

„Das ist der Initiator des Festivals von Cannes, und die Kleine da hinten, das ist seine Tochter. Wär sicher 'ne gute Partie, wie wär's?"

Sie war geschmacklose 16, ein kleinwüchsiges Jahrmarktmädchen schnoddrigen Maules.

„Und? Was machen Sie heute noch, Steinwetz? Gehen Sie zum Festival herüber?"

„Weiß nicht. Ich glaub nicht, daß man mich ohne Eintrittskarte rein läßt."

„Ich hab Ihnen versprochen, daßss< Sie im nächsten Jahr eine bekommen", zwinkerte Rössner. „Aber ehrlich, Sie verpassen nichts. Immer dieselben Gesichter und dieselben Ideen, das läuft sich ziemlich schnell tot. Sind Sie heute abend in der Martinez-Bar?"

Er zuckte mit den Schultern, woraufhin Rössner auf ihn zu rückte und vertraulich eine Hand auf seine Schulter legte; der Champagner hatte seine Wirkung entfaltet.

„Gehen Sie mal hin, das ist ein Muss!", flüsterte er beschwörend, „das wahre Festival von Cannes, das findet in der Martinez-Bar statt! Da sind alle! Ich geh mir mal die Hände waschen."

* * *

Wenn es im Leben wirklich Nutten gab, dann waren es die zwei, in deren Armen er abends ein bekanntes Gesicht sah, nämlich den Chef des Tonstudios, bei denen Rössner Werbung stets die Funkspots produzierte. Abgehalfterte Afrikanerinnen mit kahlköpfigen Achseln hielten den Volltrunkenen lachend aufrecht, der bei Steinmetzens Anblick ein blödes Gesicht machte, den gebrochenen, mit einem Gipsverband umwickelten Zeigefinger hob und brüllte: „Hier is nix frei! Setz dich woanders hin!"

Pünktlich zum Saisonbeginn waren die Getränkepreise auf das Vierfache gestiegen, und eine Vielzahl bekannter Figuren hielt ihr Gesicht in die Menge. Mit lauten Rufen begrüßten sich alte Bekannte, als hätten sie einander zum letzten Mal im Schneebiwak am Südpol gesehen und längst alle Hoffnung aufgegeben, sich noch mal die Schultern breitklopfen zu können. Auch Steinmetz traf jemanden wieder, nämlich den Brasilianer von FWI, der allerdings schlecht Englisch sprach und seinen Scherz kaum verstand:

„Du mußt mir versprechen, dass du zu Hause keinen Tropenwald persönlich abfackelst!"

Der Designeranzug ließ sein Bierglas sinken und eine Zornesfalte über die Stirn wandern.

„Es gibt auch in Europa eine Menge Sachen, die is nist mag! Kümmern Sie sich um Ihren eigenen Sachen!"

Und stampfte von dannen; so schnell kann's gehen, einem Cannes zu verderben, dachte Steinmetz. Aber mit mir springt man ja auch nicht besser um.

* * *

„Lieber Schatz, der Kongress dauert länger. Hab eine super Überraschung für Dich. Bussi, Oddi."

„Was mag das sein? Etwa ein Hemd, das einen beim Anziehen verbrennt? Oder eine goldene Glocke, die jeden Wunsch erfüllt?"

„Auf deine Kommentare kann ich verzichten", entgegnete Penelope dem alten Seher genervt. „Und halt gefälligst die Kerze höher!"

* * *

Etliche Biere hatten es an sich, dass wenig passierte, aber dennoch der Bär los zu sein schien. Etliche Biere später lernte er einen weiteren Mitarbeiter von FWI kennen, mit dem er etliche Biere danach am Strand kauerte und an einer drogengefüllten Zigarette zog. Etliche Biere weiter traf er Rössners für teuer Geld gefüllten Wanst wieder, ließ sich von ihm entsprechende Spießgesellen vorstellen und tanzte mit der pausbäckigen, kartoffelenglisch denkenden Jane, deren Job auf Englisch „FFF-Producer" hieß, worunter man auch Fressen, Ficken, Fernsehen verstehen konnte, wenn man Jane nicht kannte, die schon seit Jahren ein treues Verhältnis mit Thorsten Latour hatte, ein wenig armschlenkernd herum.

„Gibt's was Neues aus Deutschland?", fragte Steinmetz zwischen den Bieren, „wie geht's Thorsten?"

Hell stand der Tag. Es hatte nicht geregnet, und im Fischerort war man dabei, die Netze nicht gerade einzuholen, aber sie zumindest auszubreiten; vermutlich, damit sie trockneten. Beim Bad im Ozean wurden sie immer nass, wußte Steinmetz, und das war beinahe alles, was in seinem Kopf war.

Ein letztes Mal der Griff zum Croissant. Die verstanden es zu leben, die Franzosen; kein Wunder, dass selbst Hitler darauf scharf gewesen war. Ein Schluck Café, und langsam kroch in ihm Erinnerung wieder hoch, an die durchtanzte Nacht, endlose Gesichter und Visitenkarten.

Er lud die Sporttasche mit seinen Habseligkeiten ins Auto, zahlte und fuhr fort. Der Flughafen von Nizza war ins Meer hinaus gebaut, im Warteraum tauchte er eine halbe Stunde in eine Bildzeitung ab, die dort herum lag. Die Show war vorüber, auch Tom Fuchs sicher längst in einer normalen Jogginghose verschwunden und, gewissenhaft die Kontoauszüge zählend, mit seinem Wagen auf dem Heimweg nach Paris. Der Brasilianer saß vermutlich längst verbittert in der ersten Klasse eines Klippers nach Atlantikhausen, der Düsseldorfer Creative Director im Zug über die Alpen, der amerikanische Kreativguru hatte sich vielleicht mit seinem Vollbart im Hotelfenster verstrickt und schrie um Hilfe, die Finnen waren wohl schon wieder blau und Rössner mit der ersten Maschine heimgedüst.

Kurz vor dem Abflug klingelte sein Telefon.

„Rössner hier. Na, schönen Abend gehabt?"

„Wunderbar!", antwortete Steinmetz.

„Wann sind Sie denn wieder bei uns in der Agentur?"

„Morgen, am Montag."

„Gut, dann müssen wir uns unbedingt mit Thorsten Latour zusammen setzen. Er ist stinksauer, weil Sie nicht bei der Präsentation für Dumpf Bier dabei waren."

„Aber ich hatte doch Urlaub!", rief er kläglich.

„Das wissen Sie, das weiß auch ich, aber die Situation muss jedenfalls geklärt werden. Bis das gelungen ist, werden ich Thorsten und Sie trennen; für Dumpf Bier arbeiten Sie ab sofort nicht mehr."

„Das meinen Sie nicht ernst", hoffte er blass.

„Doch, leider, mein Lieber. Es tut mir leid, aber ich bin nun mal der Chef, mir gehört die Firma, und was ich sag, gilt."

Das Haltbarkeitsdatum des Urlaubs war abgelaufen. Ein letztes Mal sah er von der Gangway auf das andere Leben, das andere Menschen in anderen Ländern, in diesem Fall Südfrankreich, führten, und es erschien ihm ruhiger und ergiebiger als seines. Er nahm neben einem Geschäftsmann Platz und blickte aus dem Flugzeug; tief unter ihm lag Saint Tropez und klein am Rand, auf eines Berges Gipfel, eine Autowerkstatt, die er immer noch für einen Hort des Friedens hielt.

Vielleicht sollte ich doch lieber in ein Kloster gehen und Nonne werden, dachte er. Morgens vor dem Frühstück eine Runde beten, dann mit Uhu, Lineal und Filzstift eine alte Bibel restaurieren, und nach ein paar Jahren später wieder in der Welt erscheinen, um zu sehen, dass sich nichts geändert hat.

***

„Trari-trara, die Post ist da! Was hab ich heute für die schöne Frau? Ein Briefchen, sieh mal da! Und das ist wohl Ihr Junge? Tagchen, Kleiner!"

„Bin nicht mehr klein, bin groß!"

„Ja, ja."

„Jawohl! Willst du mein Schwert spüren, elender Sklave? Da, nimm!"

„Au, au! Tödlich verwundet sinkt der Bote in den Staub! Einen schönen Stecken hast du da!"

„Den hat mir Onkel Jürgen gemacht."

„Nur weiter so, mein kleiner Freund! Hier ist der Brief, der Rest ist Werbung!"

„Liebes Frauchen, es geht mir gut. Hatte einen super Kongreß und wahnsinnig viel zu tun, aber morgen geht's los! Es knutscht und knuddelt Dich Dein Bärchen Oddi, c/o Pension Calypso."

* * *

14. WITH A LITTLE HELP FROM MY ZAHNPASTA AL DENTE

„Ich nehme an, das geht wohl gegen deine Kollegen und gegen alle anderen, die dich ertragen, du undankbarer Saulöffel", sagte Thorsten mit verkniffener Stimme. Steinmetz zitterte bei ihrem Klang ein wenig, sein Herz schlug bis zum Hals. „Also, warum nur? Du wirst dir doch was dabei gedacht haben!"

Achtung: [Das ist nur ein Traum.]

„Hab ich auch!" Trotzig und stur kamen die Worte mal wieder aus Hans-Jürgens Mund. „Ich denk mir doch immer was dabei!"

„Sicher tust du das. Denken. Mit deinem hässlichen Kopf. Denk mal lieber drüber nach, ob du bei uns auch noch zufrieden bist." Oder wir dich nicht doch lieber aus dem Klassenverband ausstoßen sollen, ergänzte Steinmetz im Stillen und erinnerte sich an eine ähnliche Situation, die er in der Schule zwar nie erlebt, aber doch stets gefürchtet hatte. Als nächstes bekam er nun sicher noch einen Brief an seine Eltern mit.

„Also was ist?", fuhr Thorsten unbarmherzig fort. „Wie stellst du armer Irrer dir die Zukunft vor? Du hast geschrieben, unsere FFF-Producerin wäre eine dumme Nuss. Das ist eine unverschämte Frechheit. Jane arbeitet seit Jahren für uns, sie ist eine tolle Mitarbeiterin und wahnsinnig niedliche Person, die ich demnächst mit der Kraft meines Schwengels in den Stand der Ehe versetzen werde."

Ach Quatsch, dachte Steinmetz, der den Kopf gesenkt hielt.

„Und überhaupt. Wie kommst du bloß dazu, im manager-magazin einen Artikel über Rössner Werbung zu schreiben?", fuhr Thorsten fort [Das ist nur ein Traum], „hast du sie noch alle? Dumme Nüsse, alte Esel, blöde Schweine, so steht unser Laden jetzt da. Man soll niemals auf den Platz scheißen, an dem man ißt. Wir kennen doch alle die Branche. Scheiße noch mal, du hast da ganz schön was angerichtet! Was hat man dir dafür bezahlt?", fügte er hinzu und war froh, dass ihm das passende Wort einfiel: „Judas!"

Am Abend [das ist nur ein Traum] sitzt Steinmetz unter grünen Wolken in der Konditorei Zwiebel und rührt verdrossen in seinem Kaffee. Denn was das Schlimmste ist, Thorsten hat recht. Sicher, jetzt hat er einen richtigen Artikel in der Zeitung: Außer Spesen nix gewesen - ein Insider der Werbung packt aus, von HJS. Jetzt ist er was anderes als die normalen Werbetexter, die Zeit ihres Lebens nichts als Waschzettel für Zahnpasta hervorbringen. Jetzt wird man irgendwo vielleicht eines Tages sogar seiner gedenken: Donnerlittchen, der Steinmetz war ein Teufelskerl! Haben Sie seinen Artikel gelesen? Brillant geschrieben, sonst hätte das manager-magazin ihn nicht genommen. Schade, dass der von uns gegangen ist. Woran ist der eigentlich gestorben?

Rössner, denkt Steinmetz. Rössner wird mir persönlich den Kopf abreißen, wenn ich ihn da nicht raus hole. Es hilft nur eins: Eine Lösung muß her, schnellstens. Was tun? Thorsten fällt ihm ein, Thorsten Latour. Thorsten ist an ihm vorbei gezogen, ein, so nennt ihn Rössner, wichtiger Mitarbeiter und Mann, der stets etwas im Haar kleben hat, Mompahde. Der Gedanke hilft auch nicht weiter. Zum ersten Mal fühlt er sich von innen her völlig verzweifelt an.

Und wachte mit einem Schlag auf.

* * *

Ein seltsamer Traum. Das verzweifelte Gefühl setzte sich noch bis ins Badezimmer fort, aus dessen Spiegel heraus ihn ein mürrisch aussehender Steinmetz anstarrte. Erst als er ins Frühstücksbrot biss, ging das Gefühl aus.

Komm, Tag wie jeder andere, bring mir ein neues Glück. Wohin ich heut auch wandere, es führt kein Weg zurück.

„Das ist eine prima Zeile, die du da geschrieben hast", begrüßte ihn Thorsten im Büro, „wenn du da noch ein bißchen das Produkt rein bringst?"

„Mach ich doch gerne", seufzte Steinmetz, „und wo, an welcher Stelle?"

„Was weiß ich, zum Beispiel am Schluss! Dass da kein Weg zurückführt, das ist doch auch total negativ, das gibt's doch gar nicht! Der Satz muss raus, also hau ihn weg, mach ihn mit der Machete nieder, und dann zack rein mit dem Produkt! Wohin ich heut auch wandere, auch wandere, Colgate bringt mir Glück. Jetzt mitmachen beim großen Super-Winter-Gewinnspiel. Teilnahmekarten bei Colgate im Handel und so weiter."

Er dokterte den ganzen Vormittag daran herum, ohne zu Potte zu kommen.

In der Mittagspause sagte Jane, die – ik bin als Kind hear aufgeuachsen – als SpRößling eines US-Soldaten in Fränkfört oder Minchen gelebt hatte:

„Hallo Hans-Jürgen, ui geyt es dir? Haß du ein Minute Zeit?"

„Sicher", antwortete er matt, „was ist denn?"

„Nun", meinte sie, „ick glaube, wir suchen noch ane Idee für den Film, wo Zahnpasta ganz langsam aus die Tube auf die Burste kuwillt. Sagt man das, kuwillt?"

Er nickte.

„Da hab ich schon eine tolle Idee für!"

„Ouh, erzählst dussi mir?"

„Ja, wir lassen dazu eine Stimme irgend etwas auf Lateinisch sagen. Das klingt dann so richtig bedeutend. Cogito ergo sum cartaginem esset delendam."

„Hans-Jürgen, bisstu sicher, daß das nicht ist etwas... Intellektuell?"

Jane lachte amerikanisch auf.

„Well, mack des doch anders!"

„Mach ich", entgegnete er.

„Ah, gut. Und uann kann ich dein Text haben?"

„Heute abend?"

„Prima."

* * *

Aber er kam nicht dazu. Am Nachmittag, als draußen die Temperaturen zum ersten Mal unter Null fielen, saß er in einer Konferenz, die man hier Meeting nannte; dies nur als Hinweis, es ist nichts Besonderes, nicht schick gemeint, aber in der Werbung heißen Treffen mit anderen Leuten nun mal Meetings.

Mit zehn Mann saßen sie an einem etwas zu groß geratenen Kaffeetisch, sprachen reihum ihre Meinung vor sich hin und wurden dabei von Thorsten Latour gelenkt und im Zaum gehalten. Thorsten war ein Mann, der sein Gesicht gefunden hatte, auch wenn seine Art zu lächeln nicht jedermann gefiel. Vor ein paar Monaten war sein fotografiertes Gesicht noch frisch und neu gewesen; nun grinste er im Fall der Fälle schematisch in die Kamera, vielleicht auch halb spöttisch, und schien seiner sicher zu sein.

„Sagt mal", begann er, „was ist bei Colgate eigentlich der Markenkern?"

Die Kontakter sahen einander wie irre an. Der Markenkern. Sie hatten sich daran so sehr gewöhnt, das Wort täglich im Mund herum gehen zu lassen, dass keinem aufgefallen war, dass – ja, was war der Markenkern eigentlich?

„Was der Markenkern ist? Ja, der Markenkern ist der Markenkern!"

Steinmetz stand auf und erklärte tapfer seine Idee, die neuen Geschmacksrichtungen der Zahnpasta zu bewerben, und tanzte allen recht ordentlich vor, wie das alles dann in Film, Funk, Fernsehen aussehen würde. Er setzte sich wieder und Schweigen kehrte in die Herzen ein; ein Schweigen, das den größten Teil der nächsten Stunden bestimmen sollte, denn Thorsten Latour hatte schnell gemerkt, so erklärte sich das Steinmetz später, dass die anderen von etwas überzeugt waren.

„So. Ich sag jetzt nur mal meine Meinung", antwortete er daher. „Die Kampagne gefällt mir nicht, im Gegenteil. Aber ich will sie Euch nicht abschießen. Ich stelle nur die Frage: Warum gelingt es Euch Kreativen nicht, eine Lösung zu finden, die den unbeschreiblichen guten Geschmack der neuen Zahnpasta auch unbeschreiblich gut beschreibt, ja sogar richtig herausstreicht?"

„Wie schmeckt die denn eigentlich?", fragte einer.

Steinmetz: „Ist wohl Geschmackssache."

„Nein, noch mal, das ist keine Geschmackssache!", zischte Thorsten und tat, als hätte er an diesem Tag schon tausendmal gezischt, „die Zahnpasta von Colgate ist eine Zahnpasta, die nach mehr schmeckt! Was heißt das, nach mehr? Das muß man heraus arbeiten! Es ist jetzt 15 Uhr am Freitag, und am Montag sind wir beim Kunden. Also, ich sehe da schwarz!"

„Haben wir auch schon gemerkt."

„Wochenende!", drang in diesem Augenblick der Ruf einer durchgeknallten Sekretärin unpassenderweise durch die Agentur.

Thorsten schaute seine Tafelrunde an und ließ den Blick, wie er meinte, prüfend auf den schweigenden Gesichtern der achteinhalb Männer ruhen; denn Ruth, eine dickliche Kontaktassistentin, die als Vertreterin des weiblichen Geschlechts dem Meeting beiwohnte, war für ihn keine richtige Frau. Dennoch lugte nun, da sich der Rest der GmbH wohl in Aufbruchstimmung befand, mit einem Mal ein winterlicher Sonnenstrahl des ansonsten bitterkalten Wochenendes in den Raum, in dem sie wie verknastet saßen und ihr Schicksal benagten: Ach Scheiße, hoffentlich müssen wir nicht wieder Samstag und Sonntag rein ... Wollte ich doch mit Irmchen spazieren gehen ...

Auch Ritter von Steinmetz duckte sich erschrocken, als der Blick des Fronvogts durch die Gegend wanderte und auf ihm haften blieb. Zum Glück fiel Latour aber nichts Wichtiges mehr ein oder er hatte gerade mit dem Denken eine Pause eingelegt; so wurde er wieder zu jenem großen, muckernden Manne, als den er Thorsten schon etliche Jahre hindurch leidig ertragen hatte. Steinmetz hielt, wie die anderen Edelleute auch und sogar das garstige Burgfräulein, tunlichst sein Schild gesenkt und den Kopf zur Hölle geneigt.

„Noch mal", wiederholte Thorsten, „meine Bitte wäre, dass man alles anders andenkt! Macht Euch frei von der Idee mit den Plakaten, die Ihr vielleicht als schön empfindet. Ich kann Euch garantieren, aus Marketing-Sicht ist das völliger Unsinn. Wenn Ihr diesen Unsinn fortsetzen wollt, mit mir nicht."

Er verschränkte die Hände hinter seinem Kopf, fügte hinzu: „Ich kann da keine Kampagne erkennen", und ließ einen bohrenden Blick über den Tisch schwanken, der auch nach vier Metern noch jeden bis ins Mark traf.

Im Konferenzraum herrschte Schweigen wie in einem japanischen Zen-Kloster. Steinmetz zeichnete einen dicklichen Mann auf seinen Block, während die Wanduhr in ihrer beharrlichen Art einen Zeiger vorrückte, dann noch einen.

Um vier Uhr brach Thorsten sein Schweigen. „Okay, dann macht mir meinetwegen eine ganz radikale Kampagne! Vergessen Sie alles, was Sie über Zahnpasta wussten! Macht 'ne schwarze Anzeige oder was weiß ich!"

„Noch mal, des hab i net mitbekommen", antwortete Ruth.

Er musterte sie über die Schulter hinweg und bekam unglücklicherweise seinen Gedankengang nicht mehr zusammen, weil er das alles ja spontan und als „eben mal so, ist ja meine Meinung" formuliert hatte.

„Ach Gott, ich kenne die Formel des Erfolgs doch auch nicht! Wäre ja alles einfacher, wenn es sie gäbe! Meine Bitte an das Team ist also", sagte er statt dessen wie eine Mischung aus Gottvater und Hammurabi, dem ältesten Herrscher, dessen Gesetze überliefert wurden [2000 v. Chr.], „denkt mal ganz neu!"

Zicke Zacke Zahnpasta, dachte Steinmetz brav. Vielleicht den ganzen Schrott wie eine Majonaise bewerben? Kochen mit Zahnpasta. Zahnpasta al dente. Pommes mit Zahnpasta, bruah. Bruah ist ein Wort, das wie ausgekotzt klingt. Und wenn wir Joe Cocker für einen Song nehmen, in dem er die Zahnpasta besingt?

„Und wenn wir Joe Cocker für einen Song nehmen, in dem er die Zahnpasta besingt?"

„Ja, das wär ja ganz neu!", ergänzte ein Kontakter, der schnell mitdenken konnte, „ein richtiger Weltstar für ein Dentalpflegemittel! Das gab's zuletzt nur noch in den Siebziger Jahren. Joy Fleming, die sang damals: Strahler Küsse schmecken besser, Strahler Küsse schmecken gut!"

„Joy Fleming war aber nicht richtig berühmt", gab einer zu bedenken, doch da schwatzten sie schon alle durcheinander:

„Doch, die hat ja auch gesungen: Tic Tac ist die neue Tac Tic, konzentrierte Mini-Mints in der klaren Tic

Tac Box! ... Hey, du kannst das ja auswendig! ... Lebt die noch? ... Ja, aber in Mannheim. ... Joe Cocker wäre natürlich eine noch viel größere Nummer. ... Müßte man mal bei seinem Sekretariat anfragen. ... Hast du die Nummer? ... Ich kann sie heraus bekommen. ... Kann da jemand den Markenkern erkennen? ... Solche Stars, die kosten eine halbe Mio, lohnt sich aber! ..."

* * *

Die Frage nach dem Markenkern war von Thorsten Latour gekommen, dem Mann mit den sieben Plomben, der einen Dienstwagen der Marke Range Rover fuhr, inklusive Freisprechanlage für das Autotelefon, Sitzheizung und eines Navigationssystems, das mit einer metallischen, unsexy und leicht verärgert klingender Frauenstimme sagte:

„An der nächsten Abfahrt - links! Rechts halten! Auf die mittlere Spur wechseln!"

Am selben Abend, gegen 22 Uhr, hielt Latour diese kraftstrotzende Limousine mit wehendem Scheibenwischer an und hob mit Steinmetz bei strömendem Regen einen schweren Karton aus dem Kofferraum. Sie hatten erfolgreich mit einem vollbärtigen Mann telefoniert, den Steinmetz einmal kennengelernt, aber seitdem nicht besonders lieb gewonnen hatte, und war hierhin bestellt worden,

„Nicht ohne meinen Wein!", hatte der Bekannte gefordert, so wie auch Betty Mahmudi in Buch, Fernsehen und sogar im Kino „Nicht ohne meine Tochter!" gefordert hatte.

Wenn die mal überhaupt so hieß.

Harm Schneider hatte schon eine Menge Fernsehshows geleitet, die Goldene Kamera, einen Bambi und diverse Grimme-Preise verliehen bekommen und war mit den Großen der Branche auf Du und Du gewesen. Seit ein paar Jahren war das Niveau allerdings auf Du mich auch herabgesunken; vor allem deshalb, weil Harm Schneider ins Volksmusik-Metier abgerutscht war und eigentlich nur noch dementsprechendes Zeug machte, also alles nur noch für Geld. Der Bauch, der schon so manchen Tropenstrand gesehen und an vielen Produktionsorten im Regiesessel gedreht worden war, war Harm Schneiders Markenzeichen geblieben und wackelte behäbig vor Thorsten Latour auf und ab, der mit dem Weinkarton in sein mediterran eingerichtetes Haus polterte, in dem Harm Schneider gleich zehnmal zu sehen war; einmal leibhaftig und neunmal auf Fotos, die ihn im Gespräch oder zumindest trauter Zweisamkeit mit einem jedesmal erschrecken ungeschminkten Hollywoodstar in die Kamera winkend zeigten, also Zsa Zsa Gabor, Harrison Ford, Tom Hanks, Jane Fonda, Uma Thurman, Woody Allen, Sean Connery, Dustin Hoffmann und natürlich Steven Spielberg, mit dem man sich sicher auch Termine für genau diese Art von Fotos kaufen konnte:

Hey Steven, come on, shake hands and make smile, allright, thank you, bye.

„So!", lachte Harm Schneider zufrieden, als er eine Flasche aus dem Kasten gezupft und sie eilig entkorkt hatte, „Chateau Lafitte, kein schlechter Geschmack! Und Ihr wollt also die Adresse von Joe Cocker haben?

Das ist ein ganz schöner Hammer, Leute; die ist nicht leicht zu kriegen!"

„Aber wenn die einer hat, dann sind das Sie, Herr Schneider!", antwortete Steinmetz verlegen.

Harm Schneider grinste.

„Klar hab ich die, fragt sich nur, ob Ihr die kriegt!"

„Was wollen Sie dafür?", fragte Latour, „ich hab ja mein Scheckbuch dabei."

„Bar wär mir, ehrlich gesagt, lieber."

„Muß ich mal schauen, was ich finde. Wieviel muß es denn sein?"

„Nun ja, fünfhundert haben mir die Leute heute morgen dafür gegeben. Ihr seid nämlich schon die zweiten, die danach fragen." Er trank einen Schluck und hielt den Wein ins Licht. „Ein herrliches Tröpfchen! Ich hatte mal ein Haus da unten, in der Gascogne."

„Und wo ist es jetzt?", fragte Steinmetz.

„Immer noch da, aber verkauft. Man hat ja kaum Gelegenheit, da hin zu fahren. Meine zweite Frau hatte dort eine Pferdezucht, aber unsere Stieftochter aus der dritten Ehe, die ist hier in Deutschland aufgewachsen."

„Und Joe Cocker?", warf Thorsten ungeduldig ein.

„Cocker?"

Harm Schneider schmunzelte.

„Tja, anscheinend interessieren sich 'ne Menge Leute für den Kerl. Na, ich schätz mal, tausend Euro müßten drin sein."

„Hier!"

Thorsten hielt ihm rasch zehn abgezählte Scheine hin, als würde er einen Clown im Zirkus bezahlen.

„Was waren das denn für Leute?"

„Die nach Joe Cocker gefragt haben? Solche wie Ihr, auch aus der Werbung!"

„Schampert und Partner?", preßte er düster heraus.

„Genau, so heißen die!"

„Ich hab's mir doch gedacht!", bemerkte Thorsten bitter, „die Gegenseite! Wir müssen uns beeilen, Steini!"

„Steinmetz."

„Meinetwegen. Da braut sich was zusammen. Wenn sich Schampert und Partner für Joe Cocker interessieren, machen die das nicht, weil denen die Musik gefällt."

„Stimmt", sagte Steinmetz nach einigem Grübeln. „Denn wenn Joe Cocker für eine andere Agentur auch was singt, verpufft der größte Teil der ganzen Kampagne. Dann ist die Überraschung weg, daß Joe Cocker exklusiv für Zahnpasta wirbt."

„Ja genau. Und weißt du, was dann passiert?", antwortete Thorsten bedeutungsschwanger, „dann gibt es zwei Kampagnen, die mit Joe Cocker arbeiten. Dann ist die Überraschung weg, daß Joe Cocker für Zahnpasta wirbt! Und dann frohes neues Jahr. Aller Ruhm, den wir dafür für unsere Agentur dann kassieren könnten, wenn wir die einzigen wären, wär futsch. Ich mag gar nicht daran denken."

* * *

Wieder in der Agentur war es natürlich Jane, die das Gespräch führen mußte; Jane in ihrer knödelnden Art zu reden, die quer über die Winterstürme des Atlantik klang oder jedenfalls quer über den Ärmelkanal, falls der Meister grad in England war; Meister, Mister, ausgesprochen wie der Lordsloganbewahrer.

Sie kam von Latours Büro aus bis zum Handy vom Fahrer von Joe Cockers Manager durch. Weiß der Teufel, an welcher düsteren Straßenecke der wahrscheinlich in seiner Stretchlimo saß und antwortete. Währenddessen hörte sich der Rest der Belegschaft im Konferenzraum auf den unbequemen, für gewaltige Hintern ausgebuchteten Designerstühlen Musik von Joe Cocker an, malträtierte den CD-Player und versuchte, in all seinen bekannten Hits, also drei oder vier Liedern, eine Stelle zu entdecken, wo man das mit der Zahnpasta schon mal sinngemäß einbauen konnte.

Dies geschah aber nur für den Fall, daß sich das Gespräch und die Verhandlungen verzögern würden; da ja am Montag schon der Kunde gierig mit den Füßen scharrend auf ihre Ideen und Werbekonzepte warten würde, hatten sie verabredet, notfalls einen stadtbekannten Joe Cocker-Imitator zu verpflichten, der im Tonstudio mit rauhbeiniger Stimme täuschend echt alles nachmachen, würgend singen und vorführen konnte. Du kannst den Hut aufbehalten, Wir bringen dich da, wo du hingehörst, brauchst du irgendjemanden? Ja, einen zum Liebhaben - reichlich einfach hörten sich seine Texte ja schon an, wenn man sie übersetzte, aber das tat ja jeder Text, und dazu waren sie niemals gedacht gewesen.

Als draußen vor dem Fenster die Häuser schon ein leichtes Grau trugen, war es wohl in Amerika bereits schon tiefe Nacht: Jane legte auf.

* * *

Der Morgen stemmte seine hellen Arme auf den Boden und leuchtete mit einem roten Streifen den Horizont aus: Sechs Uhr. Warum sind Sonnenaufgänge im Winter schöner?

Rauchend und glitzernd erhob sich am Himmel der goldgelbe Ball und schien auf einen fernen Nebel: Wie haben Sie geschlafen?

Die ersten Autos knipsten bereits das Licht aus. Ein leichter Regen fiel. Bald würde auch der Milchmann mit seinen gefrorenen Flaschen zu sehen sein und die Zeitung kommen: Noch nichts Neues.

In seinem Bett auf der Erde schläft, dick eingepackt, ein alter Mann. Sein Bart ist struppig und der Haarwuchs fleckig: Joe Cocker, wo du auch bist, es ist Zeit, aufzustehen!

„Ich halt's nicht mehr aus. Ich, ich, ich ruf den Kunden an und sag unseren Termin ab!", sagte Thorsten Latour nervös. „Wir kriegen's nicht hin, Steinmetz, das hab ich im Gefühl!"

Das Telefon klingelte.

„Da, jetzt ist es passiert! Jetzt sagt uns der Kunde schon von selbst ab!"

„Steinmetz?"

Der Telefonhörer schnarrte, doch das Display zeigte keine Nummer an. Von weit her schienen die Worte zu kommen, wie durch ein Schneegestöber, vom metallischen Klicken der Wellen, Atome oder wie das auch sonst funktioniert, gestört. Wenn die Loreley oder die Feen schon Telefon gehabt hätten, dachte Steinmetz später, hätten sie sich genau so angehört; verweht und einsam, fern und mit anderen Sachen beschäftigt als unsereins.

„Na gut, dann mach meinetwegen schnell dein Gespräch, und ich rufe den Kunden nachher an! Also, ich brauch jetzt erstmal einen Schnaps!"

Ach, wir schön wär es gewesen,
wenn das Volk der Irokesen
lang bevor Columbus kam,
hätt gerufen Caesar an!

Salve, Caesar! Die Indianer
grüßen alle miteinander.
Uns geht es so gut wie nie,
alles klar auf der Prärie!

Hörst du leis' den Boden trommeln,
wenn die Büffelherden brommeln?
„Brommeln" nennt der Rote Mann
Herde, wenn am Wandern dran!

Caesar, tschüss, das war's auch schon!
Hugh! Dann schweigt das Telefon.
Ein Gespräch in dieser Art
hätt' der Welt viel Leid erspart,

Völkermord und Büchsenknall.
Tja, zu spät! Na und? Egal.

Das Telefon schien leicht zu atmen. Irgend jemand sagte etwas Komisches, das er nicht verstehen konnte; es schien Englisch zu sein. Ausgerechnet jetzt, wo Jane wie ein Stein schlief, oder wie ein Seehund oder eine ermattete Hausfrau nach dem Kaufrausch, hingeschmissen auf Latours schwarzem Ledersofa, vor dem leere Cognacbecher standen.

Es war Joe Cockers Sekretärin. Mister Cocker sei in diesem Moment nicht in, erklärte sie ihm zuerst. Er sei auch nicht an seinem Tisch heute. Sie war sicher, er würde zurück sein, in einer Stunde vielleicht, aber Sie können einen Termin mit mir machen!

„Oh, fein!", antwortete Steinmetz.

„Deinen Sarkasmus kannst du dir sparen!", rief der depressive Latour vom Waschraum herüber.

Joe Cocker hatte in seinem Leben schon für alles Mögliche Werbung gemacht, für kratzige Pullover und rauchigen Whisky zum Beispiel. Aber das wusste die amerikanische Stimme auch nicht. Und Zaaahn-Paaas-Taaa?

Sie hörte sich leicht angeekelt an. Das müsse Mister Cocker selbst entscheiden.

„Was kostet so was denn normalerweise?", fragte Steinmetz die winzische, aber energische Stimme an seinem Ohr.

„Oh, es hängt ab! Mag sein zwischen zweihunderttausend und fünfhunderttausend Dollar! Aber Sie haben es einzeln zu verhandeln."

„Ist denn dein dämliches Telefonat denn bald zu Ende? Mann, Steinmetz, laß mich endlich den Kunden anrufen und alles abblasen!"

„Was brauchen Sie noch an Informationen von mir? Reicht ein Mail? Können Sie mir bitte Ihre Adresse geben? Danke! Tschüssing! Also, Thorsten, was krieg ich, wenn das mit Joe Cocker hinhaut?"

„Laß die Witze, ich bin müde!"

„Thorsten, du verstehst anscheinend nicht! Wir haben Kontakt mit seinem Büro aufgenommen! Joe! Cocker! Kommt! Ans! Telefon!"

„Mich laust der Affe, wann denn?"

„In einer halben Stunde."

„Und das sagst du erst jetzt?", ärgerte sich Thorsten, „Mann, super, Joe Cocker ruft an! Das hat geklappt! Jetzt wird das Geld seine klare und unmißverständliche Sprache sprechen. Du wirst sehen, alles wird zu einem guten Ende kommen. Ich und du, wir sind ein klasse Team. Macht echt Spaß, mit mir zu arbeiten. Wann hat er angerufen?"

Aber natürlich kam alles ganz anders.

Joe Cocker war zwar ein stark englisch sprechender, aber anscheinend doch durchaus gepflegter Herr. Jane quatschte in ihrer Sprache an, aber es war nichts zu machen. Er kannte die Zahnpasta nicht, hatte sie noch nie probiert und auch sonst überhaupt keine Lust, der Menschheit beim Sauberwerden und der Zahnpflege zu helfen.

„Kein Problem, wir schicken ihm gleich eine große Tube davon zu! Er wird sehen, sie schmeckt köstlich!", meinte Latour zwar, aber da war die Schlacht schon verloren.

„Der hat aufgelegt!", sagte Jane bitter. „Joe Cocker … er hat aufgelegt!"

Sie trennten sich am Mittag, als der erste Schnee in diesem Winter fiel, und gingen ihrer Wege. Nun konnte nur noch ein Wunder helfen. Anderthalb Tage vor dem

Kundentermin hatten sie keinen blassen Schimmer, was sie Colgate allen Ernstes als Werbung vorschlagen konnten.

Steinmetz legte sich zu Hause ein bißchen aufs Ohr und sah sich die Jahresrückblicke im Fernsehen an. Dann lief er leblos durch seine Bude; das Leben ist ein traumloser Schlaf.

* * *

15. MAGISCHE MOMENTE

Seine Mission, der Menschheit, und wenn nicht der, dann zumindestens sich selbst, Glück zu bringen, führte Steinmetz im Frühjahr in einer Welt voller Betrug, billigem Sex und Drogen in der Nähe des Rathauses.

Sporteck. Bei Atze und Kaffee, und noch einem Kaffee und noch einem. Es war eine Welt voll trinkender Großväter oder Männern auf dem Weg dorthin. Rack klimperten die Spielautomaten. Erst gegen zwei kam ein Mann in die Kneipe, der eine Lederjacke mit Fransen trug, die schon ein paar Jahre alt war; er auch. Die Füße steckten in Slippern, es war ja schon warm.

„Mahlzeit, Jordi!", begrüßte ihn der Wirt, der ständig einen nassen Lappen in der Hand hatte, wahrscheinlich hatte er sogar im Bett immer einen nassen Lappen dabei, „na, wie isses?"

Der Mann hob ein Gesicht in den frühen Nachmittag, in dem wässrige Augen steckten. Anscheinend war alles gut. Als sein Essen länglich und weich vor ihm stand, es hieß Spiegeleier mit Pommes, ging Steinmetz an den Tisch und deutete auf einen freien Stuhl.

„Was dagegen, wenn ich sitze?"

Er zeigte keine Regung, wohl ein gutes Zeichen.

„Guten Appetit! Ich darf mich vorstellen? Ich bin Hans-Jürgen Steinmetz. Du bist der Jordi, oder?"

Der Angesprochene nickte.

„Willst du ein Bier? Ich hab ein paar Fragen."

„Wegen der Steuer?", knurrte der Mann.

„Nein, was ganz anderes."

„Ich bin nämlich mittellos."

„Ey Scheiße, Jordi, tut mir leid. Ober, zwei Bier, aber dalli!"

Es gab keinen Ober, trotzdem brachte der Wirt glänzende Humpen mit Henkel. Der Mann, den man Jordi nannte, trank rasch und ohne abzusetzen einen großen Schluck davon ab, bevor er Steinmetz aus den Augenwinkeln einen neugierigen Blick zuwarf, kurz überlegte und ihn als fremden Gönner akzeptierte.

Es gab ein Gesetz auf der Welt, dass jeder Mann bei einem Bier, das einer spendierte, schwach werden musste; so war es auch diesmal.

„Was ist?"

„Was weißt du über die Hippies im Stadtpark?", begann Steinmetz langsam, um nicht zu abrupt zu wirken.

„Wer will das denn wissen?" Betonung auf Das.

„Ich."

„Und warum? Nur weil du Hans-Jürgen Steinmetz heißt?"

„Ja. Nein. Das ist ganz einfach. Es gibt da in der Hippieszene einen Typen, mit dem ich ein paar Takte reden will. Ich weiß nicht, wo er steckt und wie es ihm jetzt geht, aber der ist ein alter Kumpel eines meiner, meines besten Freundes."

„Ein paar Takte reden? Worüber, und sonst nichts?"

„Doch", erwiderte er, „ich hab 'nen Job für ihn! Nichts Schlimmes oder was der nicht machen könnte. Du, der liegt meinem Freund am Herzen."

„Ist der schwul?"

„Nein, nur ein guter Freund."

„Und was springt dabei für mich raus?"

Steinmetz deutete auf das mittlerweile nur noch halbgefüllte Glas in der nervigen Hand des Mannes in der Jacke mit den Fransen aus dem letzten Jahrhundert und nickte.

„Ein, zwei Kästen Bier, gutes Bier, Dumpf Bier. Schon mal gehört?"

Jordi hob seine Nase. Sie war nicht dicker oder roter als die jedes anderen, aber in diesem Moment warf der Wirt drüben am Tresen gerade seine neue Elektroanlage an, und sie erschien Steinmetz durch die flackernden Glühbirnen wie die eines gierigen Säufers, der für den täglichen Schuss Alkohol im Blut alles tun würde.

„Dumpf-Bier kennt jeder!", grunzte er laut, „also drei Kästen? Sagen wir lieber zehn. Ich war seit Jahren nicht mehr in der Hippieszene, ich muß mich da erst wieder rein arbeiten."

„Ach so", meinte Steinmetz ernüchtert, „ich hatte gedacht, du wärst selbst einer."

„Das war einmal, das war einmal! Krieg ich noch ein Bier?"

Steinmetz schnippte mit dem Finger. Der Wirt begann im Hintergrund zwei Gläser einzuschenken.

„Man hatte mir was anderes gesagt."

„Das war einmal, das war einmal. Jetzt arbeite ich halbtags in einer Toto-Lotto-Annahmestelle", antwortete Jordi. „Tut mir leid, wenn ich da nicht mehr tun kann. Kann ich danach noch ein Bier haben?"

Sie schwiegen.

„Ey, Alter, aber echt", sagte Steinmetz dann leise

und schob Jordi auch noch das frisch gekommene Bier hin, so dass vor dem nun drei volle Gläser standen, „du könntest mir irre gut helfen. Reale Sache. Der Typ, von dem ich erzählt habe, den muß ich heute treffen. Du kennst die Hippieszene?"

„Wie meine Westerntasche", grinste Jordi, ohne eine Miene zu verziehen. Als die Nase aus des Bierkrugs kühlem Grund auftauchte, wanderten die Augen langsam über sein Gesicht. „Und was ist mir Bargeld? Umsonst mach ich nämlich nichts, oder seh ich so blöd aus?"

Steinmetz nickte.

„Zweihundert am Tag."

„Boah!"

„Aber du musst mir eine Rechnung über grafische Hilfsarbeiten schreiben. Kannst du das?"

Man nickte.

„Jordi übernimmt die Sache. Wann geht's los?"

„Jetzt", antwortete Steinmetz und zog seine schwere Brieftasche, „du kannst aber noch fertig essen."

* * *

Steinmetz hätte ihn nie angesprochen, wenn ihn nicht die äußeren Umstände gezwungen hätten. Er war jemand, der nur dann auf andere zuschritt, wenn man es explizit verlangte, und der das Leben als weitaus komplizierter ansah, als er es vorgefunden hatte. Dazu kam, dass er bei solchen Gelegenheiten stets rote Ohren bekam und mit seiner geringen Körpergröße, dem Dreitagebart und der bereits ziemlich ernsthaften Glatzenbildung genau so nervös wirkte, wie er tatsächlich war. Es gab Leute, die diese Nervosität falsch auslegen konnten, vermutlich gab es sie, wahrscheinlich waren sie wirklich da, er hatte sie nie gesehen, aber fürchtete sie.

Um ein Beispiel zu nennen: Wenn Steinmetz in einer Gruppe von Männern das Wort ergriff, wurde er rot und hatte den Eindruck, die Nervosität in Person zu sein. Im heutigen Fall hatte er morgens in einem Team eingesperrt da gesessen, vom Chef bewacht, dem gewaltigen Hartwig E. Rössner, wobei E für Erich stand und Rössner für jemanden, der fürstlich im obersten Stockwerk thronte und satt und zufrieden aussah.

An diesem Morgen war er gar nicht zufrieden gewesen. Gerade hatte ihm Steinmetz einen Text vorgelesen, der wieder mal typisch war: Rosiges Geschmuse wuchs in lieblicher Gestalt, wo Rössner Wirsing und Fakten erwartet hatte, und überhaupt war er, nach all den Jahren, noch immer nicht so recht mit ihm warm geworden.

Schmusewolle, das macht Perwoll aus Wolle, summte Rössner in Gedanken vor sich hin, Schmusewolle, das macht Perwoll! Fruchtbonbons, Campino, das sind Fruchtbonbons! Köstliche Meisterwerke waren das einstmals gewesen, Evergreens der Fernsehwerbung, und ganz was anderes als das, was der unselige Steinmetz –

Er blickte mit weichen Augen dorthin, wo der Texter stand.

„Ich glaube, Sie können das noch besser", nickte er ihm zu, „machen Sie mir bitte einen neuen Text. Sie wissen schon, so einen richtigen Klassiker, was richtig

Tolles. Ich weiß, dass Sie das können und mehr drauf haben, als Sie uns zeigen, hm?"

„Ja, wenn das so ist!", freute sich der Texter und zog ein weiteres Blatt heraus, das er dem Chef herüberreichte, wobei er geschäftsmännisch hinzufügte: „Das ist der Text, den ich persönlich für das Beste halte!"

Rössners Augen überflogen die Zeilen und glänzten. „Schon besser!"

Super, der Mai ist da! Und jetzt beginnt der Frühling auch in Ihrer Waschmaschine. Denn der steckt im neuen Swean. Swean – Wäsche, so weiß wie der Schwan. Von Henkel.

„Toll! Ach, der Mai ist so ein schöner Wonnemonat! Das kommt eins a rüber!", befand der Führer des Geschäftes, „nicht schlecht, mein lieber Steinwetz! So, den Text haben wir, fehlt nur jemand, der uns einen prima Film dazu dreht. So richtig mit Herz!"

Man bräuchte einen, der lachende Kinder und urkomische Situationen einfangen und einem die Seele in ihrem Kämmerchen aufjauchzen lassen könne durch Situationen, die Rössner in Ermangelung ausreichender Kenntnisse seiner Muttersprache „magic moments" nannte; ein Begriff, den Steinmetz in den letzten Jahren oft gehört hatte.

Magic moments waren ikonenhafte Schnappschüsse anderer Menschen, die einen am Zipfel packen und durchschütteln sollten, und damit meinte man Männer, die mit Hosenträgern vor Computern im Siegesrausch die Hände aneinander schlugen, Babies herzende Muskelfritzen, Eiswürfel auf Brustwarzen, Wimpern saubere Wäsche wünschender Kinder und andere steinzeitliche Bilder.

„Eigentlich gibt es nur einen, der magic moments richtig kann", fügte Rössner hinzu, „Karl-Heinz Dangelmaier! Schon mal gehört? Vor Jahren war der der angesagte Regisseur und hatte sein Studio in einem umgebauten Hotelpool beim Sheraton. Jesses, die Weiber standen auf ihn!"

„Er hatte eine Menge Preise gewonnen und lief stets in weißen Klamotten herum. Wirklich ein schöner Mann!", sollte die Sekretärin später hinzufügen.

Der plötzlich den Menschen enthoben und in eine Quelle verwandelt wurde, eine Quelle erstaunlicher Gerüchte und wilder Fakten.

* * *

„Als Karl-Heinz Dangelmaier vor vier Jahren verschwand, führte sein Partner noch ein halbes Jahr die Filmproduktion weiter. Aber da fehlte natürlich der Regisseur", sagte eine Dame, die in der Agentur für den Einkauf der freien Mitarbeiter zuständig war, „sechs Monate darauf war er pleite."

„Knapp'n Jahr später stieg 'ne Party inne olle Schnapsfabrik im Stadtzentrum", erinnerte sich ein schnoddriger Kundenberater, „bah, da trugen eklige Kerle Karl-Heinz seine Maßanzüge mit Ärmeln bis zum Ellenbogen und Hosen auf Hochwasser, und dazu qualmten die Zigarren wie Ganoven inne altem Dickens-Film! Hab die angeredet, die sprachen vonne gewissem Charlie, der früher ein großes Tier inne Werbung war. Und Charlie, det war niemand anderes wie unser Karl-Heinz Dangelmaier!"

„Ich war dabei, als Nina Hagen einen Videopreis bekam! Sie war klein und zugänglich, aber sie berlinerte ganz schrecklich! An ihrer Seite lief ein Inder, der sie mit langem Bart, gewaltigem Turban und einer Videokamera filmte! Ich dachte schon, der kommt aus Kalkutta oder Goa!", berichtete eine Texterin [die dralle Petra] weltanklagend, „weißt du, die Nina kümmert sich wahnsinnig viel um indische Voll- und Halbwaisen, aber das kommt nie an die Öffentlichkeit!"

Er sei aus Köln, hatte ihr der Inder damals erzählt, als sei sein Aufzug normal, so wie alle Kölner ihr Dasein mit Höhen und Tiefen für das Normalste der Welt halten. Nina Hagen wollte er ansprechen und von seiner ominösen Sache überzeugen: „Jau, und de Kamera hier, dat is die vonnet Charlie! Jau, der Charlie is volle Kanne an et Meditieren op unsere Berghütte!"

„Schade. Tja", hatte Rössner schließlich bemerkt, „das ist leider alles, was man weiß. Dangelmaiers Geld ist weg, die Exfrau sitzt mit drei Kindern auf dem Schuldenberg, der Meister selber lebt als weißer Mann unter flötenspielenden Verrückten und halbnackten Kindern im Stadtpark. Wird sicher schwierig, ihn zu finden."

Er schmunzelte, was Steinmetzens Erinnerung als Lachen registrierte.

„Aber was tut man nicht alles, wenn man muss?"

* * *

„Gute Nachrichten, Kumpel!", meinte Jordi, nachdem er aus Fett, Talg und einigen Haaren einen Ohrabdruck auf Steinmetzens Handy hinterlassen hatte, „Charlie ist gesehen worden! In einem Wohnwagen bei Nürnberg. Anscheinend ist er auf dem Weg hierher."

Steinmetz rollte ihm auf der Autobahn entgegen, weite Strecken mit 100, 80 oder 120 Stundenkilometern, derweil an seinem Rücken blinken- und aufblendende Limousinen hingen. Die Geschwindigkeitsbegrenzungen erschienen ihm willkürlich festgelegt; längst hatte sich die Polizei verselbständigt, war Herr über die Straße und kassierte ab, wo's ging, in Kurven oder auf geraden Strecken, in gefährlichen Situationen und sogar bei schönstem Sonnenschein auf leerer Piste. Es war, als hätte man Volksschüler die Straßenverkehrsordnung erfinden lassen, und zugleich schämte er sich der Ungerechtigkeit gegenüber wackeren Polizisten.

Aber weit und breit war kein Wohnwagen zu sehen.

Jordi war währenddessen, wie er es nannte, „in die Szene abgetaucht", hing aber in Wirklichkeit mit einer Frau herum, die drei große Hunde hatte und, wenn sie sie frei laufen ließ, von einem Gewirr von Lederleinen umgeben war, was sie sportlich aussehen ließ.

Gemeinsam schlenderten sie am Stadtpark vorbei, vom Schatten zur Sonne, ohne daß Jordi in seinem Ansinnen weiter gekommen wäre. Die Zeit drängte so sehr, dass Steinmetz bereits überlegte, einfach selbst in die Szene einzutauchen, sich das Hemd aus der Hose zu hängen, damit wie ein Inder auszusehen, wie Nehru, Indiens erster Staatschef, oder auch Gandhi in seinem Unterhosenschurz; überhaupt machte es die Inder sympathisch, daß sie sich zwar demonstrativ Zeichen auf die Stirn malten und knatschbunten Elefantengöttern

Blumen opferten, aber ansonsten demonstrativ das Hemd heraushängten, um groovy oder cool auszusehen.

Aber er war nicht in der Werbung, um zu sich selbst, sondern um eine Lösung zu finden. Also wurde Jordi gegen Abend mit einem frischen Kasten Bier ausgestattet, vom Haus der Hundefrau zum Stadtpark gefahren und schwärmte los.

Aus der Ferne, auf einer Parkbank sitzend, beobachtete Steinmetz, wie er auf eine Gruppe trommelnder Schwarzafrikaner zuging, von grillenden Türken mit Lammfleisch verköstigt wurde, dann auf einer Anhöhe in der Sonne saß und die erste Flasche aufhebelte. Nicht lang, und Jordi hatte Freunde gefunden, die mit Trommeln, einer Gitarre, zehn Kindern und schließlich der ganzen abgestürzten Familie anrückten und bei ihm zutraulich ruhten. Er schien durch die Kraft des Bierbaggers Gespräche auszuheben und sich darin zu vertiefen. Steinmetz spürte einen bitteren Geschmack im Mund und spuckte ihn aus. Von Karl-Heinz Dangelmaier war keine Spur zu sehen, aber er war sicher, daß er ihn gleich erkannt hätte, nämlich am Charisma:

„Und ein Charisma hat der, einfach unglaublich!", hatte Rössner geschwärmt, „das muss er immer noch haben, trotz der vielen Drogen."

„Nein, eine Hirnhautentzündung", meinte hingegen die Chefsekretärin, „steckte dahinter."

* * *

Der Stadtpark ließ die Zeit an sich vorüber gleiten, und Jordi war Star der Homunculi, solang der Kasten

Bier an seiner Seite voll war. Hätte er ein Handy dabei gehabt, hätte Steinmetz ihn anrufen und, wie einen Bombenentschärfer, aus sicherer Entfernung nach dem Stand der Dinge befragen können; so aber blieb ihm nur das Warten.

Wische den Staub aus deinen Augen, dachte er. Viele gibt es hier, deren Augen nicht zu sehr von Staub bedeckt sind, die fähig sind, mehr zu erkennen und zu sehen. Laß diese Chance nicht an ihnen vorübergehen. Kurz ist das Leben, zack ist man tot. Wofür die Mühe. Und so weiter.

Gegen 18 Uhr tauchte eine seltsame Erscheinung auf und bewegte sich über die Wiese zielstrebig auf Swami Jordi Biertrinkpuras und seine Anhänger zu. Sie war eine Mischung aus Teppich, Drahtgestell und Mensch, der in einem langen Mantel aus Kamelhaar steckte, der um die Taille herum von einem Gürtel gehalten wurde. Es war ein Mann mit langem Haar und schwarzem Vollbart, an seinen Füßen hingen Jesuslatschen; hingen, da er, statt zu Fuß zu gehen, langsam auf einem Fahrrad fuhr, das von einem Baldachin gekrönt war.

„Jesus kommt!", sagten die Hippies.

Er ließ sein Rad gebremst ins Gras sinken, trat in ihre Mitte und verbreitete gute Laune. Unübersehbar reichte ihm Jordi eine Flasche, blickte bedeutungsvoll zu Steinmetz herüber und machte die Geste des Geldzählens. Er stand auf und schließlich der lebenden Legende gegenüber.

Dangelmaiers Haar war noch immer recht lang, die Nase gerade, die Augen wasserblau, und auch ein prachtvoller, eigener Bart, der einem Hohepriester Ehre gemacht hätte, schmückte Charlie, der jetzt Jesus hieß. Er war in eine Decke gehüllt, wahrscheinlich aus dem Kaufhof, hatte krumme Perlen in sein Haar geflochten und war an den Füßen herum allorten von spielenden Kindern umgeben.

„Halleluja, Bruder!", meinte er zur Begrüßung.

„Hallo, ich bin der Hans-Jürgen! Karl-Heinz Dangelmaier, nehme ich an? Wie geht's? Und sag mal, erinnerst du dich an jemand namens Rössner?"

Jesus lächelte. Seine Stimme war so freundlich, dass es ganz natürlich schien, dass er damit im Notfall Millionen bewegen können würde, wobei ausnahmsweise Menschen gemeint waren, beispielsweise bei Massenszenen wie Ansturm schnurrbärtiger Hifi-Fans auf Sonderangebote im MediaMarkt.

„Der große, mächtige Hartwig Rössner", erwiderte er ruhig. „Klar, so ein lieber Mensch! Was macht der denn den ganzen Tag lang?"

„Ach, immer noch Werbung", sagte Steinmetz, als ob er zwischen uralten Freunden oder Feinden vermitteln würde, „für dies und das, auch für deinen alten Kunden Dumpf Bier!" Cool, dachte er und kam sich vor wie ein Sozialarbeiter in New York.

Da lachte Jesus.

„Ja, Werbung kann man immer machen! Aber nur für wirklich wichtige Dinge wie Wasser, Wind und Luft und Sonnenschein! Halleluja, Bruder!"

„Sag mal, würdest du auch selber Hand anlegen?", klagte Steinmetz bang.

„Ja sicher, Bruder, für Wasser, Wind, Luft und Sonnenschein!"

Nun kannte Steinmetz aber niemanden, der einen Sonnenschein-Etat zu verwalten oder etwa die Luft als Kunden hatte, täglich mit todernsten Luftgeistern telefonierte und vor dem lieben Gott persönlich seine Kampagnen präsentierte.

Und aber Swean? War es nicht auch der achtsame Umgang mit dem flüssigen Element, der Waschmittel am Laufen hielt und dafür sorgte, daß auch noch künftige Generationen genug Wasser hatten, um Swean zu benutzen? Wer außer Swean konnte ein Interesse daran haben, den Wind natürlich wehen zu lassen, auf daß die nasse, frische Wäsche trocken würde? In Sachen Luft war zu beachten, daß Swean angenehm roch, und Sonnenschein…

„Übrigens!“, fuhr Jesus in diesem Moment mit ruhiger Stimme fort, „sieh mal, ich sorg ja dafür, dass es hier auf der Wiese jeden Abend ein tolles Büffet gibt, mit Früchten, Wein, Baguette und so! Wie wär's? Wenn du willst, kannst du dich mit zwanzig Euro dran beteiligen! Oder sag lieber gleich fünfzig, du arbeitest doch in der Werbung, das kannst du dir doch sicher leisten!“

Auf dem Heimweg rief Steinmetz Rössner an und schilderte seinem Chef mit knappen Worten.

„Ich hätte das wissen müssen“, antwortete der. „Merken Sie sich eines, Steinwetz: Es ist selten gut, die Kämpen der Vergangenheit wieder zu sehen. Na ja, vielen Dank.“

Das war's.

* * *

16. DER KÖNIG DER WELT

Worum Steinmetz den Dalai Lama beneidete, war, dass der stets „Eure Heiligkeit" genannt wurde. Was ihn an Türken langweilte, war, dass sie für ihn geheimnisvolle Erben muselmanischen Wissens und Lebensstils waren, ohne dass sie ihm in Sachen kulturellen Beitrags über Döner Kebab hinaus entgegen gekommen wären. Und was ihn ausnahmslos an allen anderen nervte, war ihre egozentrische Rechthaberei.

Was Steinmetz an Thorsten Latour störte, war komplizierter und nicht nur, dass Rössner ihn befördert hatte, um nicht mehr allzusehr die Füße ins trübe, niedere Alltagsgeschäft hängen lassen zu müssen. Im Grunde wollte Rössner mit Latours Beförderung eine weitere Hierarchie-Ebene in seine Werbeagentur einziehen, so wie auch der Tapezierer, wenn die Wand schief ist, einfach 'ne weitere Lage Rauhfaser darauf klatscht. Thorsten Latour war ein Mensch, an dem Steinmetz verabscheute, dass er sein Haar stets unter Pomade trug; er musste also jeden Morgen, was Steinmetz als zutiefst unmännlich empfand, mehrere Minuten im Bad mit der Zubereitung seiner Frisur verbringen, etwa wie Frauen mit dem Anlegen der Riemchen und Strippen ihrer Unterwäsche. Und wenn er im Leben etwas gelernt hatte, dann war es vor allem, Männern mit Schmiere im Haar zu misstrauen; aus gutem Grund, wie sich bald herausstellen sollte.

Sie hatten sie sich kaum aneinander gewöhnt, als Steinmetz das Rechenzentrum von Rössner Werbung besuchte und dem System-Administrator, der dort wirkte, die Hand gab. Systemadministrator von Österreich-Ungarn, so nannte er für sich den schmächtigen, haarlosen Mann mit einem Bärtchen wie Lenin, der zwischen grauen Transistoren lebte und auf einer Tastatur Klavier spielte. Grau und blinkend grün, rot summten die Geräte:

„Und noch was! Wir brauchen einen neuen Server! Die Rechenleistung unserer Computer ist viel zu klein!"

„Ich werde es Herrn Rössner sagen", antwortete Steinmetz und sah sich um, „ganz schön kompliziert haben Sie's hier!"

„Ach was, es ist kinderleicht, wenn man das System einmal durchschaut hat."

Alles wurde anders, als eines Tages ein blondes Gift erschien, Winnie Speusers Freundin Gundi, denn um den Kunden DonMeckes zu halten, hatte Rössner sie letzte Woche als Trainee eingestellt und in der Abteilung für Beratung eingesetzt. Steinmetz legte sich gleich mit ihr an; schuld war ein etwa zwei Millimeter großer, schwarzer Strich zwischen zwei Wörtern, der sie in seiner Tür auftreten ließ wie Michaela Kohlhaas oder Cher Guevara:

„Duhu, Hans-Jürgen?"

„Bei der Arbeit", sagte er freundlich, „was gibt's?"

„Ich hab einen Fehler entdeckt", meinte sie stolz, „sieh mal, du schreibst hier: Entdeck mal die Ferne - das Glück ist ganz nah."

„Na und?"

„Das Das nach einem Gedankenstrich, das schreibt man groß.“

„Nö“, erwiderte er, „klein. Grammatikalisch gesehen darf man nach einem Gedankenstrich groß oder klein weiterschreiben, wie man will.“

„Und warum schreibst du nicht groß weiter?“

„Weil es so schöner ist.“

„Und warum ist das schöner? Nur weil du Hans-Jürgen Steinmetz heißt?“

„Ja.“

„Ehrlich?“

Nur weil du Hans-Jürgen Steinmetz heißt, schien Gundi kein ausreichender Grund zu sein, und bei genauerem Hinsehen war es ja auch wirklich keiner, sondern nur ein grotesker Kürbis, der noch dazu auf ihrem Mist gewachsen war. Verwirrt fuhr sie durch ihre blonde Föhnfrisur und ging.

„Frauen sind wie Autos“, grinste ihr Thorsten hinterher, der die Szene mitbekommen hatte, „erst mussten sie schön sein, dann mussten sie sparsam sein, und jetzt müssen sie auch noch intelligent sein.“

Das Ereignis schlug Wellen, wurde aber klein gehalten. Unter 4 Augen äußerte Herr Rössner Verständnis, unter 6 Augen hielt er Steinmetz eine kleine Gardinenpredigt, und unter 20 Augen konnte er Gundi in die Media hinein komplimentieren, jene sagenumwobene Abteilung, in der nicht nur Werbeflächen, leere Anzeigenseiten und die Sendezeit im Fernsehen gebucht wurden, sondern auch stets eine reichhaltige Auswahl frischer Zeitschriften und Kreuzworträtsel vorrätig war, in denen sie nun den Rest ihres Lebens über blättern können würde.

Am nächsten Morgen erschien Thorsten Latour in einem Glencheckanzug im Büro, der aufgerastert aussah, hellgrau und verwischt. Als dynamischer Macher versuchte er, an jedem Ort Lärm zu machen, sich laut über jedes Fitzelchen zu beömmeln, wenn er einen ins Herz geschlossen, und hartnäckig die Stellung zu halten, wenn er einen draus verbannt hatte.

Wie es die Art vieler Kollegen war, die man Kontakter nannte und deren Funktion Steinmetz nie begriffen hatte, spielte sich Thorsten zum Richter auf, zum Gutachter über Kreativität. „Das gefällt mir, prima, weiter so!" Oder: „Da musst du noch mal ran, da ist der Markenkern ja falschrum eingebaut!" Und dann schickte sich Thorsten immerzu an, dieses tief in ihm verankerte Bild [vom schlauen Mann im grauen Anzug] in die weite Welt hinauszutragen.

* * *

Was soll's, dachte Steinmetz, ein jeder ist der König seiner Welt, ein jeder ist ihr wichtigster Bewohner. Doch manchen ist das noch nicht groß genug, sie wollen auch die Welt der anderen zu ihrer machen.

So jemand war Thorsten der Eroberer, von dem man sagte, daß er gnadenlos sein Ding durchzog, auf einem Ledersessel thronte und als stolzes Streitross einen schwarzlackierten Range Rover der schwersten und aufgemotztesten Sorte ritt. Doch die blöde Menschheit tat sich schwer, Thorstens Welt zu begreifen, hatte der jedenfalls den Eindruck, und so legte er immer dann, wenn es um greifbare, vorbildliche Werte wie Arbeit, Geld und Geschäfte ging, einen geradezu missionarischen Ehrgeiz an den Tag.

Nun betrat er das Atelier, sah sich herrisch um und forderte befremdet:

„Ich will, dass die Kampagne hier noch mal gemacht wird!"

„Wieso denn das? Ist ein Fettfleck auf den Anzeigen, oder haben die Plakate ein Eselsohr?"

„Nein, aber die Kampagne hat keine Idee! Jedenfalls keine, die mich überzeugt oder vom Hocker haut."

„Sprudel dich frisch. Wenn das keine Idee ist!", entgegnete Steinmetz bitter, „dir gefällt sie nur nicht!"

„Unsinn, das hat nichts mit Geschmack und Vorlieben zu tun. Ich weiß, was eine Idee ist! Euch gefällt sie ja gut, aber ich sehe da einfach keine Kampagne drin! Die Leute, die hier auf dem Bild an einer Flasche Königssprudel trinken, die sind doch alle viel zu ernst!"

Steinmetz breitete die Arme aus wie ein verschmitzter Pußta-Zigeuner, dem am Lagerfeuer ein entlaufenes Schaf gebracht wird.

„Das ist es ja gerade! Lustige Typen, die lachen und das Leben genießen, kann jeder abbilden. Davon gibt es in der Werbung schon genug! Wir machen das anders und zeigen lieber schlechtgelaunte Kerle und ebensolche Tussis, mit der Wackelkamera geknipst, wie es gerade modern ist, also genau das Gegenteil von Frische. Und dann dieser herrliche Satz…"

„Wo?"

„Hier unten, die Bildunterschrift!"

„Les ich nicht. Kein Mensch liest Anzeigen!"

„Solltest du aber, denn da steht: Sprudel dich frisch! Königssprudel kann deinen Gesichtsausdruck nicht verbessern, aber deine Laune! Genial!"

Thorsten zog geringschätzig eine Schnute und begann, im Zimmer auf und ab zu stolzieren, wobei er den Kiefer zusammengepresst hatte und mit kleinen, mißtrauischen Knopfaugen seine Umgebung betrachtete.

„Genau diese Headline finde ich, ehrlich gesagt, ziemlich schlapp."

Komisch, wie die hier hausen, dachte er. Was für einen unnützen Krempel Grafiker und Texter mit sich rum schleppen! Und immerzu läuft Musik, wie soll man da auf Ideen kommen? Aber er hatte begonnen, Steinmetz zu provozieren, das mußte fortgesetzt werden.

„Hast du mal 'ne Zigarette?", fragte der in diesem Moment.

Thorsten reichte ihm lachend seine bereits ziemlich angebrochene Packung. „Nimm nur!", meinte er kollegial.

„Der Text ist nicht schlapp, sondern gut", erwiderte Steinmetz, doch da hatte er den Kampf bereits verloren, „es macht Spaß, ihn zu lesen! Sag mal, kannst du dir nicht vorstellen, dass man den auch wunderbar in allen Formen der Werbung, in Handelsanzeigen, im Funk und so weiter, einsetzen kann?"

„Vorstellen kann ich mir alles!", meinte der König, ohne daß man feststellen konnte, ob es milde oder hartherzig geklungen hatte.

Steinmetz begriff es verständlicherweise als eine

ziemliche Gemeinheit, fuhr auf und fort:

„Hör mal, führen wir hier ein ernsthaftes Gespräch?"

„Nun werd doch nicht gleich aggressiv!", amüsierte sich Thorsten Latour, der Streiten für Kultur hielt, sehr laut, damit es viele hören konnten.

„Wie soll denn deiner Meinung nach eine andere Kampagne aussehen?", sagte Steinmetz weiter und gab ihm alle Häfen und Städtchen des Steinmetz-Landes schutzlos preis, damit er sich daran weidete.

„Nun", begann Thorsten und fing an, mit seinen Händen in den Hosentaschen auf und ab zu schreiten, „überleg dir doch mal, wie die Konkurrenz Rössner Werbung sieht! Als Global Player mit höchsten Ansprüchen. Und als Spezialisten für regionale Werbung. Das ist unsere Herausforderung, also mach was draus! Vielleicht eine Testimonialkampagne, in der irgendein Prominenter auftritt! Ein Sportler zum Beispiel, Manuel Neuer! Hält die Nase in die Kamera und sagt: Ich haltealles, weil ich Königssprudel trinke. Ha, das wär echt ein Hammer, das wär wirklich kreativ!"

„Aber auch viel zu teuer", befand Steinmetz, „Manuel Neuer kostet mindestens eine Million -"

„Na und? Geld spielt keine Rolle."

Steinmetz freute sich; das einzige, das ihm noch geblieben war, und gab zu:

„Stimmt, in dieser Richtung haben wir noch gar nicht gedacht."

„Und Ihr habt noch genug Zeit dafür", sagte Thorsten liebevoll. „Du, ich arbeit gleich mal ein neues Briefing aus, und heute nachmittag -"

„Heut nachmittag geht nicht!"

„Dann eben heute abend setzen wir uns alle zusammen. Sag bitte deinem ganzen Team Bescheid. Acht Uhr, geht das? Oder, noch besser, halb neun?"

„Es muss gehen", antwortete Steinmetz.

Wie gesagt, es war kinderleicht, wenn man das System einmal durchschaut hatte.

* * *

17. BITTE KEIN VORSPIEL

Wohl zu keiner Gelegenheit ist der Mensch weiter von seinem Ursprung entfernt, als beim Besuch eines öffentlichen Freibads. In Badehos wird jeder einfach, der mit weißem Brusthaar seinen Bauch ins Becken stülpt. Dazu brüllen Kinder, braten Weibchen nah dem bonbonblauen Wasser; so wird wohl auch der Garten Eden sein. „Noch heute abend wirst du mit mir im Paradies sein und Bockwürstchen essen", hatte ja schon Jesus zu seinem Nachbarn am Kreuz gesagt, der wie er ein Mensch und nicht gerad ein schönes Tier war, sondern ebenfalls nach einiger Zeit des Lebens auf der Erde zu Schiefheit, Haarwuchs und dem Bilden von allerlei Fettbeulen geneigt hatte.

* * *

Behutsam, als würde sie sich im Wasser auflösen, kletterte eine Frau vor Steinmetz ins Becken, und die Sonne knallte auf die Welt, die ihm wie ein unaufgeräumtes Kinderzimmer voll Spielzeug vorkam. Ein Hubschrauber kreiste über der Stadt, wahrscheinlich voller Polizisten. Auf dem Bürgersteig ruderten Mädchen auf ihren Skateboards auf ihn zu und vorbei. Kann denn ein Sonntag schöner sein? Nein, dachte Steinmetz. Wie in einem Sack steckt doch die ganze Welt von Kopf bis Fuß in einem heißen Sommertag. Eine tropische Hitzewelle, von der man noch Jahre später erzählen wird, meinte Steinmetz, und ich bin dabei gewesen.

So muß es wohl auch zur Zeit der Dinosaurier gewesen sein, überlegte er, als er durch die Straßen schlich und Automatenzigaretten holte, vor ein paar Millionen Jahren. In der Konditorei Zwiebel goß er dann gegen seine Gewohnheit Milch in den schwarzen Kaffee und sah der eigentlich recht hübschen, aber leider vom Essen in einen tonnenschweren Ofen verwandelten Bedienung zu, mit ihrem schwarzen Pottschnitt, roten Lippen und dem unmerkbaren Gesichtsausdruck.

„Warst du schwimmen?", fragte sie.

„Ja", erwiderte er, „wieso?"

Deuten aufs Handtuch: „Seh ich deine Sachen!"

Schmunzeln.

„Willst noch ein Kaffee?"

„Gerne."

„Bitte, mach ich ein Tasse!"

Rumpeldibumpel, die Kasse.

„Zwei Euro zehn. Hast du nicht klein? Hast du nur groß? Muß ich sehen, Moment!"

Sie rief ihren Bruder, der sich teigig durch den Raum bewegte, und sich als neuste Errungenschaft den Filzstiftflaum eines krackligen Bartes zugelegt hatte.

„Kannst du nicht rausgeben?", fuhr er Steinmetz zur Begrüßung an, „hast du zwei Euro klein?"

Tat ihm leid.

„Dann tut es mir leid, mein Herr, musst warten, bis ich rausgeben kann! Oder du nimmst noch ein Kaffee. Fatime?"

„Gutt!", antwortete seine Schwester, die anscheinend so hieß.

„Ist richtig heiß heut, ja?"

„Sehr heiß!", sagte er, trank; „was bin ich jetzt schuldig?", fragte er dann.

„Schuldigung?"

„Zahlen möchte ich."

„Moment", meinte der Bruder, „muss ich rechnen!" Das dauerte.

„Hast du gehabt… Zwei Kaffee?"

„Ja", erwiderte er brav wie ein Schaf.

„Sonst nichts, kein Kuchen, Gebäck?"

„Nein."

„Vier zwanzig!"

„Fünf."

„Da nicht für. Warst du schwimmen?"

„Ja", erwiderte Steinmetz, „war ich schwimmen."

„Ah, gutt, seh ich an deine Sachen!"

Er rückte noch einen Schnaps raus und verzog sich. Nun waren nur noch Steinmetz und Fatime, die Bedienung, im Café.

„Wo kommt Ihr eigentlich her?", fragte er.

„Her?"

„Welche Heimat?"

* * *

Leicht benommen vom Schnaps torkelte er danach auf die Straße und sah nicht mehr zur Konditorei Zwiebel zurück. Dominikanische Republik, das stimmte doch nie im Leben! Die kannte er aus dem Fernsehen und vermutete sie von Menschen der dunkelhäutigen Sorte bewohnt, die unsere Vorfahren, die einander noch mit der Keule auf die Pickelhaube gehauen hatten, Neger genannt hatten. Statt dessen kamen Fatime und ihr Bruder vermutlich aus einem Gurken-, Zwiebel- oder Paprikaland, das sich in den letzten Jahren nur durch bäuerliche Produkte hervorgetan hatte; wahrscheinlich war „Fatime" in jenem Land ein ganz normaler Name in ihrer schwarzmeerischen Heimat, in der sich die Frauen in Ostblockmanier mit Schminke vollkleisterten und mit kaum noch hebbaren Augenlidern tagaus, tagein hinter Kinderwagen standen.

* * *

An diesem Sommertag trug jeder wenig. Auf der Straße hatten manche Kleidungsstücke an, die man sonst nur auf dem Balkon sah, verborgen hinter der Verblendung einen Kasten Bier herein holend, Hemden und Unterhosen. Eine Vielzahl Fahrräder bewegten sich durch den Stadtpark; einige so langsam, daß die darauf Sitzenden fast umfielen.

Steinmetz breitete seine Decke auf einer grünen Wiese aus und ließ sich von der Sonne beleuchten. Im fernen Dschungelcamp, in Asien, überall war der Werber stets hilfsbereit und willkommen. Mit seinem schütteren Kopf, die Miene freundlich und gerecht, nahm er sich brachliegender Volkswirtschaften an und machte Bananenplantagen durch simple Ideen (geschält und in Dosen) und großartige Schlagzeilen (Das gelbe Wunder) zu florierenden Unternehmen. Sogar aus dem Schwimmbad, war er sich sicher, konnte man mehr machen: Ein Erlebnisbad mit Pinkelbecken für Kinder,

Tauchsportwettbewerben, täglichen Demonstrationen tollkühner Stunts, Reanimierungen und Fernglasverleih für die Nacktbadewiese, um nur mal ein paar Ansätze aus dem Ärmel zu schütteln.

Er musste eingeschlafen sein, denn plötzlich war es sieben Uhr abends.

* * *

Was er noch tat: Rops und Daniela anrufen, die glücklichen Verheirateten, die kein Auto hatten, sondern es sich, vermutlich als asketische Übung, aufgelegt hatten, alle Wege mit dem Fahrrad oder dem Bus zurückzulegen. Anscheinend war man wieder unterwegs, besuchend fremde Freunde [Rolf und Dorle, Patricia, Huschka und die Steinbiss-Schwestern]; in ihrem Häusel schwieg der Telefon.

Steinmetz stieg in sein Bett, aber starrte lang an die Decke. Vielleicht war es auch noch zu früh am Abend, gerade mal neun, da denkt im Kopf noch keiner ans Aufhören. Jedenfalls kam plötzlich ein Einfall, dann noch einer. Von der Fülle überwältigt richtete er sich auf und warf mit lapidarer Knopfbewegung den Computer an.

Tick-Tack: 22 Uhr. Steinmetz begann, seine Idee aufzublasen, um sie größer erscheinen zu lassen, denn in der Werbung war es üblich, daß man am Anfang einer Präsentation die Situation des Kunden, die Aufgabenstellung, die bekannten Zahlen und Ergebnisse emsiger Marktforschung immer wieder rekapitulierte und erzählte; weniger um dem Kunden zu gefallen oder ihm gar einen Spiegel vorzuhalten, sondern mehr, um die seit der Antike in Werbeagenturen eingerichtete Tradition fortzusetzen und Sicherheit daraus zu ziehen. In dieser Welt klang der Satz „Die Katze fängt die Maus" dann wie „Wir haben mit effektiven Marktforschungstools das Segment gescreent und im Relevant Set der Katzen Mäuse gefunden."

Wie irre fuhr er in seinem Tun fort, obwohl ihn Rössner eindringlich gewarnt hatte:

„Und übrigens, mein Lieber, nicht immer vorher diesen Sermon. Der Kunde weiß das alles doch schon längst; der ist schon in Stimmung und braucht nicht noch animiert zu werden."

Ruft nicht die Schwalbe: Hör mir zu?, dachte Hans-Jürgen, miau, mio, will nicht der Sand, daß man auch zu ihm eine Haltung entwickelt?

„Viel zuviel Prosa!", war Rössner fortgefahren, „sagen Sie lieber gleich, was Sie wollen. Machen Sie es wie ein richtiger Mann, ein Endverbraucher, beim Sex, bloß kein Vorspiel! Her mit dem Angebot, das muß ich haben! Rasch aus dem Weg, mich treibt die Gier! Ah, Steinwetz, ah!"

So ist das im Leben; stets stößt man auf Erkenntnisse, die belehrend wirken, selbst wenn man nur sich selber lauscht. Man hält das Leben kaum aus, ohne sich abzulenken.

* * *

23 Uhr: Im Werbefernsehen, das Bier in Greifweite und den Mund voll Chips, lief Rudi; es war sein eigener

Film, den Steinmetz dort sah. Rudi, der im Jogginganzug durch den Park hetzte und an einem Automaten hielt, das Kleingeld sortierte und schließlich, als der Apparat Pommes Frites ausgespuckt hatte, auch einen zufällig durchreisenden Penner dazu einlud. Ja, Don-Meckes, trallala, immer sind die für mich da. „Und auch für mich", fügte der Penner hinzu; und siehe da, es war niemand Geringeres als ein amerikanischer Filmstar, den Steinmetz schon oft gesehen hatte, nämlich im Privatfernsehen, wo es nichts kostete.

Die Fernsehbilder, Moskitos des 21. Jahrhunderts, kreisten über den modernen Köpfen. Wie Zoovieh prägten sie der Menschheit Niemalsselbsterlebtes und künstliche Erinnerungen ein, an Schießer- und Raumfahrereien, coolem Auftreten diverser gutgekleideter Revolverhelden und an Spukhäuser, in denen die Steckdosen aus der Wand platzten. Oder hatte jemals jemand sich von selbst durch PSI bewegende Kaffeetassen, den angeblichen Schmutz auf den Gesichtern der Menschen im Mittelalter, Drusus, den Germanenführer und britische Majors mit zackigem Gruß woanders als auf Bildschirmen gesehen?

Das Mädchen Fatime fiel ihm ein, und dass er sie zunächst bedauern wollte, weil sie, wie manche Frau, ein wenig dick geraten war. Aber war es nicht bewundernswert, daß sie ein eigenes Leben führte, vielleicht sogar zufriedener war als er, mit einem Schrank voll Wurst und Glück in Tüten, wenn es Kartoffelchips waren? Einmal mit ihr tauschen und er wüsste mehr.

* * *

Mitternacht. Kurz bevor er in Schlaf fiel, durchzuckten Steinmetz folgende weitere Gedanken: Ich möchte nicht Hans-Jürgen Steinmetz sein. Ich möchte lieber in der Masse untertauchen, ein Teil ihrer werden und verschmelzen; hochgeachtet und zufrieden mit begrenztem Leben und dem Schicksal meines Fußballvereins, täglich im Stau oder der U-Bahn stehend und mir aus der Bildzeitung die eigene Universität falten. Ich möchte jemand anderes sein, ein Anstreicher in Baden-Württemberg, der täglich eine Wand beweißelt und dann weiß, was er den Tag über getan hat, befriedigt seinen Pinsel in die Scheide steckt und abends in der Kneipe von echten Freunden verabschiedet wird. Ich möchte wie das Telefonbuch sein, von A bis Z ein anderes Leben haben und alles glauben, was im Fernsehen kommt.

Für diese Leute schreiben wir, arbeiten, denken wir. Die Endverbraucher, die Konsumenten, die harmlosen Jockels und die treuen Monikas mit Dauerwelle, die uns aus der Hand fressen, sich wegen Benzinpreisen aufregen, ihre Nasen am Sonderangebot plattdrücken, mit Lottoscheinen wedeln und arglos verschlingen, was man ihnen vorsetzt. Was sind das nur für Typen?

Tat tvam asi, dachte Steinmetz auf Sanskrit, das bist Du. Das hatten die Brahmanen im alten Indien vermutlich immer dann geantwortet, wenn einer wissen wollte, wenn die Seele ein Teil des Urgrundes sei, aus dem alles kommt, was dann eigentlich der Urgrund selber sei. Oder was eigentlich das sei, was alles ausmacht oder so; die Inder neigten ja zum einen Eiertanz ums Unkonkrete: Das bist Du.

Tat tvam asi. Woher er das nur hatte? Wahrscheinlich aus einem billigen Reclamheftchen, das er als Kind gelesen hatte; für richtige Bücher war ja stets zu wenig Geld da, die Eltern bauten gerade.

* * *

18. SIEGER UNTER SICH

Hier spricht die Anrufbeantworterfunktion des Teilnehmers…

„Hans-Jürgen Steinmetz."

„Taag, hier ist Werner Modenpiper, Königssprudel AG! Herr Steinmetz, Sie haben letzte Woche Vorschläge für unseren Sprudel präsentiert. Ich will es kurz machen, Sie haben den Etat."

Herz, mach einen Freudensprung! Auch Rössner hüpfte durch die Bude, bemühte sich aber um alltägliche Wirkung. Sie hatten vor drei Wochen Königssprudel und seine Wassermänner besucht, die Fließbänder mit rotierenden Flaschen besichtigt, den Auftrag in Empfang genommen und in hartem Wettbewerb gegen ebensolche Wettbewerber ihre Köpfe angebrochen.

Königssprudel war der Gewinn, auf den Rössner gewartet hatte. Mittags hielt er eine Ansprache im Bistro; so nannten sie den Durchgang zwischen den Büros, den sich eine Espressomaschine und vier Stehtische teilten: „Ich bin total begeistert, es macht wirklich Spaß, mit Euch zu arbeiten, besonders Dank an Steinwetz und sein ganzes Team, sprudel dich frisch, das war goldrichtig!"

Einen Tag später parkte Werner Modenpiper von der Königssprudel AG seinen rundlichen Audi im Hof.

Er war ein väterlicher, mit dickem Schnauzbart und Augenringen versehener Kunde, der wie ein kleiner Junge verschmitzt lachte und zeigte, daß er seinen Stall im Zaum hatte. Ausdrücklich verlangte er Steinmetz zu sehen, herzte und kitzelte ihn ein bißchen, bevor er sich mit Rössner zu versprochenermaßen langweiligen Vertragsverhandlungen in Chefi's Stüberle einschloß.

Mit blendender Laune kehrten beide daraus zurück und Steinmetz erfuhr, daß Modenpiper alles akzeptiert und den Etat sogar erhöht hatte. Wie Verliebte versprachen sich beide, in Sachen Geschäft stets füreinander da zu sein, über alles offen zu reden und mindestens zwei Jahre lang mit keinem anderen zu schmusen. Bevor er verschwand, sah Modenpiper noch in sein Steinmetzens Büro hinein, staunte über die reichhaltige, meist aus Duden bestehende Bücherauswahl und ließ sich den Computer erklären, als wäre er Steinmetzens alter Bekannter, der auf Fortbildungskursen noch mehr gelernt und jetzt alles unter Kontrolle hatte.

„Also, wir sehen uns dann beim Dreh!", schmunzelte er verabschiedend, „sprudel dich frisch!"

„Danke gleichfalls!", sagte Steinmetz froh, bevor der neue Kunde, in seinen Wagen verklemmt, wieder auf der Autobahn Platz nahm und nach Hause rollte.

Rössner starrte Steinmetz sprachlos an.

Auch bei DonMeckes hatte sich was Neues ergeben. Der Marketingleiter Pascal Korschner war auf der Karriereleiter ausgeglitten und disqualifiziert worden; nun rührte Winnie Speuser, El Señor Vice Presidente, wieder selber im Topf. Der Zufall wollte es, daß Steinmetz ihn und seine Traute Gundi in einem öffentlichen abendlichen Hause traf, wo sie gemeinsam speisten, Nudeln mit Miesmuscheln, vom krümligen Tuch tüchtigen Parmesans bedeckt, als hätte es Käse geschneit.

„Sieh mal an, Hans-Jürgen Steinmetz!", zwitscherte Gundis Begrüßung mit verzogenem Mund, „sag mal, was machst du denn hier?"

„Essen", erwiderte er nicht sonderlich schlau, „und Ihr?"

Winnie Speuser nickte ihm mit seiner halben Chefbrille verbissen zu; ein Ausdruck, der Freude und gefälliges Wohlbefinden vermitteln, aber gleichzeitig auch klarstellen sollte, dass er sich weitere Störungen verbat.

* * *

Gundi war eine Mischung aus Mopp und Friseuse; „setz dich, wir beißen nicht!"

Sekundenlang dachte er an Weihnachten 19hundertsoundso, als Steinmetzens Haar noch lang und er mit dem Fahrrad stundenlang geradelt war, um die verzauberte Marion zu besuchen, die bei weit entfernten Eltern wohnte. Ihre Mutter, zottliges Gespenst mit guten Manieren, hatte die Tür geöffnet: Marion sei nicht da, just mittagäßen sie, ob er nicht mittun woll? Mein schlimmstes Ferienerlebnis, hatte er die folgende Zeit im Beisein des wortkargen Vaters, der etikettierten Dame und dampfenden Entenbratens genannt.

„Ein ander mal gern, ich werde erwartet."

Speuser nickte erleichtert.

„Ein Gläschen wirst du doch mit uns trinken!", hub Gundi wieder an.

„Ach, let him go, wir sind sowieso fast fertig, Spatz.

Say, boy, haben Sie schon mal ein Cinema-Commercial gemacht?"

Steinmetz schüttelte den Kopf:

„Okay, let's start", fuhr Speuser fort, „think about it! Im nächsten Jahr wollen wir mit DonMeckes im Kino die ultimative Marketing-Offensive starten. It's your job, sehen wir uns nächste Woche beim Jour fixe?"

Nicken.

„Okay, vielleicht haben Sie dann schon was? Mit viel Action, gell? Make my day!"

Tatsächlich warteten zwei Tische weiter bereits Rops und Daniela auf ihn, die im Vorort wohnten. Sie waren erst vor kurzem dahin gezogen, nachdem eine Erbschaft Rops zwar nicht von seinen Sorgen und Nöten befreit, aber ihm eine Eigentumswohnung beschert hatte, die, man hatte es eilig gehabt, in verkehrsgünstiger Lage am Rande der S-Bahn lag, nämlich direkt daneben.

Tatsächlich fiel Steinmetz an diesem Wochenende ein gewagter Film ein, mit Mörsern und Haubitzen, einem bayerischen Nachbau amerikanischem Rambos, in Bikinis gefangenen Blondinen und Happy End vor einem DonMeckes-Automaten. Winnie Speuser tanzte freudig vor dem Tisch und ließ aus seinem Panzerschrank Zigarren kommen:

„Steini, you bring it!"

Rössner starrte Steinmetz sprachlos an.

Zu guter Letzt war es dann Carsten Dumpf, der Millionen schwere Erbe der Dumpf Bierbrauerei, der auch ein Stück am Rädchen der Geschichte drehte und seinen Geschäftspartner auf dem Golfplatz, als der wieder mal den Ball zu weit geschlagen hatte und sie gemeinsam zwischen Dornen und Büschen suchten, auf Steinmetz ansprach:

„Wo ist eigentlich der Steinmann, wo immer die guten Ideen hat?"

Rössner starrte Dumpf sprachlos an.

„Kommen Sie doch mal in mein Büro. Setzen Sie sich bitte mal, mein Lieber. Zarette? Bitte. Tja, nun, wissen Sie wissen, als ich Sie damals einstellte, da hab ich das alles ernst gemeint, wissen Sie das?"

„Nein", erwiderte er stumm.

„Wie soll ich anfangen? Also, die Sache ist die, für mich ist Rössner Werbung eine Firma, die ist immer nur so gut wie ihre Mitarbeiter. Und ich glaube, Sie stehen jetzt direkt am Anfang eines großen Schrittes in Ihrer Karriere, so wie auch ich vor vielen Jahren. Können Sie sich vorstellen, in New York zu arbeiten?"

„Äh", antwortete Steinmetz, mehr nicht.

„Ich jedenfalls nicht. Schon rein von der Sprache her, und dann erst die Mentalität! Die Amerikaner sind ganz anders als wir. Aber wissen Sie, New York, Berlin, Hamburg, Heidelberg, München, so ein großer Unterschied ist da gar nicht", fuhr Rössner fort, „ich will nur, daß Sie sich bei uns wohlfühlen. Gibt es irgendwas, das ich verbessern kann, ein neuer Wagen, vielleicht wär das was?"

Schulterzucken.

„Na gut, was ich jetzt sagen werde, das bleibt unter uns", vergewisserte sich der Chef und sah sich um. Die Topfpflanzen gaben keinen Ton von sich und hatten keine Ohren, die sich aufzusperren lohnten.

„Wissen Sie, ich sehe mit einiger Freude, daß unsere Firma größer und größer wird. Seit Wochen bin ich damit beschäftigt, den Laden zusammen zu halten, damit wir nicht zu schnell wachsen. Schon bald, Herr Steinwetz, möchte ich mich aus dem Tagesgeschäft zurückziehen. Ich brauche dringend jemanden, der für alles zuständig sein wird, als… Nun, nennen wir es Mini-Geschäftsführer oder Creative Grouphead Director."

„Statt, mit oder unter Thorsten Latour?", fragte Steinmetz hoffnungsvoll.

„Mit, das ist eine Grundbedingung. Ich habe an jemanden gedacht, der unsere Firma länger kennt. Haben Sie heut abend Zeit?"

Der Chef privat, das war harte Arbeit; einen mannshohen Kaktus umtopfen konnte nicht schlimmer sein.

Abends war das Rössner-Haus von Kerzenschein erhellt; alles für mich, dachte Steinmetz. Lange hatte er darüber nachgesonnen, was zu solch einem Besuch mitgebracht wurde, und sich für nichts entschieden. Man würde doch nur sagen „War nicht nötig!"; die Blumen würden rasch verwelken und Getränke zwar goutiert, aber als minderwertig erachtet und zum Kochen benutzt werden, wenn sie nicht der Hausmarke entsprachen; der Rest war Geschmackssache.

Niemand nahm ihm den Mantel ab, das musste er selbst tun.

„Die Männer sind im Kaminzimmer", erklärte Frau Rössner, die walkürenhaft vor ihm durchs Haus ritt und als niedrigste Haremssklavin hinzufügte: „Darf ich Ihnen einen kleinen Kaffee bringen?"

„Ach, da ist er ja!", erhob sich ein privater Rössner

aus dem Sessel und legte den Bildband beiseite, in dem er geblättert hatte. „Na, gut hierher gefunden?"

„Sicher, ich war ja schon mal da", entgegnete Steinmetz, „damals, zu Weihnachten, mit der Gitarre."

„Ach ja, nach meiner Weihnachtsfeier! Das war doch, wann, zweitausend… Ist egal."

„Willst du was trinken?", ergänzte eine Stimme von der Seite. Thorsten Latour stand dort, in einen Anzug mit Weste und kunstvoll gebundener Krawatte gekleidet, und wippte in seinen handgemachten Schuhen, daß ihm die Pomade vom Kopf staubte. „Hartwig hat einen wunderbaren Rotwein!"

„In der Tat", meinte Rössner augenrollend, „einen 97er Sauvignon aus Chile, oder möchten Sie lieber einen australischen Chablis?"

Genau so gut hätte man Steinmetz fragen können, ob Ranathunga oder Virasingha der bessere Kricketspieler aus der Nationalmannschaft Sri Lankas war.

„Den Sauvignon", antwortete er.

„Also den Sauvignon", sagte Rössner, „dann können wir den Chablis nachher zum Essen nehmen."

Wenig später reichte Irene Rössner Häppchen; mit Liebe gemacht, vermutete Steinmetz; „ham wa vom Italiena komm lassan", erklärte Rössner mit vollem Mund. Das Essen war der schwierigste Teil des Abends, danach wurden Steinmetz und Latour, die ihre Umgebung bereits tüchtig bewundert hatten, in die Geheimnisse der Inneneinrichtung eingeweiht.

„Hm, besonders interessant finde ich ja dieses Schwimmbecken mit Fischen drin. Und sehen Sie die Steine, Steinwetz?"

„Wo? Da unter dem Moos?"

„Richtig, genau, ist alles Feng Shui, die fernöstliche Weisheit vom Wohnen. Seit meine Frau das eingeführt hat, fühl ich mich richtig wohl. Wir wollen das auch im Büro durchziehen, was meint Ihr denn dazu?"

„Warum nicht?", grinste Latour. „Wir werden ja sehen, ob in den Feng Shui-Räumen besser gearbeitet wird und die kreativeren Ideen entstehen."

Als ob es darum ginge, dachte Steinmetz, der durch die bislang unbekannte, aber mit einem leichten, doch hartnäckigen bacillus esotericus infizierte Daniela bereits Einblick in die tieferen Mysterien des Ying, Yang und meistens verschwiegenen, aus Peinlichkeit in China fast nie erwähnten, Yong erhalten hatte.

Wohl jede Zeit hat ihre Torheit, und alles dreht sich im Kreis.

Das tat es auch beim anschließenden Gespräch vor knisterndem Kamin, zu dem Zigarren gereicht wurden.

„Übrigens verzögert eine gute Havanna den Abbau von Alkohol", erklärte Rösser lächelnd und betrachtete wohlwollend den an einem Ende brennenden, langen braunen Finger in seiner Hand, bevor er wieder daran sog und umnebelt wurde, nahm dann den bereits erwähnten Bildband, zeigte eine ausgeblichene, grottenschlechte Seite für Dujardin, die vor langer Zeit entstanden sein mußte; fehlte nur noch, daß sie Frakturschrift trug, „sehen Sie mal, Steinwetz, das war meine erste Anzeige. Nicht schlecht, was?"

Steinmetz nickte ergriffen.

„Seitdem sind viele Jahre vergangen. Bis die ersten Kunden angebissen haben, mußten wir durch eine lange Durststrecke. Nun ja, lang her. Hab ich eigentlich schon mal erzählt, wie ich Rainer-Werner Fassbinder kennengelernt habe?"

Sie schüttelten die Köpfe.

„Ich habe nämlich einmal Rainer-Werner Fassbinder kennengelernt", erklärte Rössner. „Er saß im Flugzeug neben mir und las in der Zeitung. Gerade war Lili Marleen in den Kinos, mit Hanna Schygulla in der Hauptrolle. Ich hab ihm meine ehrliche Meinung zu dem Film gesagt."

„Toll", ergänzte Latour eine Spur zu früh.

„Kein Problem", erwiderte Rössner.

„Möchten die Herren noch etwas zu trinken?"

„Ja gern, für mich einen Whisky, Liebling. Und Sie ebenfalls was, Steinwetz?"

„Whisky wär gut."

„Für mich bitte auch einen", fügte sich Thorsten Latour in die muntere Runde ein, „klasse, daß wir uns mal so richtig die Kante geben!"

Steinmetz zuckte befremdet zusammen. Es gab Menschen, die Engel durch den Raum gehen sahen; er hatte gerade den Platzwart eines billigen Fußballclubs gesehen.

Rössner starrte in den Whisky, als hätte er nichts gehört, aber wäre ein Hellseher und die goldbraune Flüssigkeit seine Kugel.

„Leute, ich seh eine große Zeit vor uns", meinte er schließlich, „der Kinofilm für DonMeckes, die Königssprudel AG, Effele, vielleicht sogar Treets, das alles läßt mich hoffen, nein glauben, daß wir auf der sicheren Seite sind, vielleicht sogar schon über der Ziellinie. Wir sind schon echt klasse; wir haben Erfolg um Erfolg", fügte er hinzu, als ob er ein Liedlein sänge: Wir sind Winner. Wir sind Macher. Wir sind Spitze. Wir sind gut.

„Andere mögen das feiern, ich halte nichts davon. Für mich sind Erfolge nur Anstöße für noch bessere Arbeit", stieß Thorsten Latour eine Spur zu abfällig hervor. „Worauf es ankommt, ist, was raus kommt!"

„Tatsächlich? Nein, nicht immer. Manchmal kann man noch so fleißig sein, ob eine Agentur gewinnt oder verliert, steht oft auf einem anderen Blatt", sprach Rössner weise. „Und wir waren ja auch nicht immer erfolgreich. Es gab Verluste, Colgate zum Beispiel. Eine geniale Idee; schade, daß der Kunde sie hat Scheitan lassen."

„Selbstverständlich", antwortete Steinmetz, „aber wissen Sie, was Werbung ist? Falsche Perlen vor echte Säue!"

Herr Rössner umklammerte seinen Bauch, Thorsten Latours Gesicht warf Falten, die ihn beinahe nett erscheinen ließen, und dazu dröhnte ein Lachen, daß die Kerzenständer wippten.

„Eins zu Null für Sie!", rief Rössner, „der Spruch war mir neu, ist der von Ihnen?"

Steinmetz nickte bescheiden.

„Ah, danke, der Whisky, Irene. Feiern wir also die großen Erfolge von Rössner Werbung, die ohne uns niemals zustande gekommen wären!"

Und gehen wir dann in den Puff?, fragte sich Steinmetz, der früher mal gehört hatte, dass dies üblich sei. Endlich war er zu Hause, da angekommen, wo er, wie er immer schon vermutet hatte, hingehörte. Sicherlich, er hatte sich schon oft mit Vermutungen vertan, war weder von seinen Eltern adoptiert worden noch ein Prinz aus einem fernen Land, stammte nicht von Außerirdischen ab und wurde auch nie von Mädchen angesprochen; außer um den Weg zu sagen, den er dann rasch und verbindlich erklären konnte.

Aber Rössner fuhr fort zu erzählen, und der Eindruck entstand, daß Thorsten Latour, der nach und nach die Haltung eines sprungbereiten Dobermanns annahm, noch nicht in die Pläne mit Steinmetz eingeweiht worden war: Dazu war dieser Abend gut, um zwischen James Joyce und Konsalik, zwischen Gandhi und Charles Manson, zwischen Einstein und Aldi Frieden zu stiften. Latour ließ dazu ein mit einiger schauspielerischer Fähigkeit über seine Mundwinkel huschen; nach einiger Zeit saß er nur noch kerzengerade da, als würde er Befehle entgegen nehmen, und grinste nickend oder nickte grinsend.

„Also, Steinwetz, was haben Sie unter sich? Einen Juniortexter", sagte Rössner, „wie macht sich Stefan?"

„Ganz gut, wenn man von der Rechtschreibung absieht."

„Nun ja, in unserer Zeit kann das ja keiner so richtig", schmunzelte sein Chef, „und die Grafik?"

„Eine Art Directorin, ein halber Junior-Art Director und zwei Reinzeichner", führte Steinmetz aus, „bei Bedarf arbeiten wir mit freien Mitarbeitern zusammen."

„Hm, ungern, das geht ins Geld. Versuchen Sie bitte, die Arbeit immer mit festangestellten Bordmitteln zu bewältigen. Ihr Schwerpunkt liegt ab jetzt bei DonMeckes, Dumpf Bier, Treets und Neugeschäft. Mein Lieber, und wie kommen Sie morgens eigentlich zur Arbeit, was fahren Sie für eine Marke?"

„Peugeot!", erwiderte Steinmetz kläglich.

„Ein kleiner Volvo wäre angemessener", urteilte der Herr. „Sie können aber auch einen Alfa haben."

„Alfa", sagte er rasch.

„Fein, dann also einen Italiener, gute Fahrt."

Das Telefon klingelte und trat mit Irene klingelnd in den Raum:

„Telefon, Hartwig, Tom Fuchs!"

Rössner sprang auf und schloss sich im Nebenraum ein.

Thorsten und Steinmetz musterten einander feindselig.

„Von mir stammt die blöde Idee nicht, dich zu befördern", bemerkte der andere, „aber was soll's, geschehen ist geschehen. Die Zeit und gute Leistung werden alle Wunden heilen."

Versöhnliche Blicke verhallten echolos.

* * *

Auftritt Rössner mit ernstem Gesicht: „Die Bombe ist geplatzt. Ich bin nächste Woche in Paris. Wenn alles klappt, will Fuchs unseren Laden übernehmen. Fuchs Werbung International Rössner, wie klingt das?"

„Wie eine Mischung aus Schreinerei und Spedition", fand seine Frau, die lautlos in den Raum getreten war, „warum nennt Ihr das nicht einfallsreicher? Zum Beispiel Partnerteam oder Ideentornado?"

Latours spöttisches Wiehern versiegte, als ihn Rössners strafende Augenbrauen trafen.

„Nein, da ist Tom Fuchs ganz eigen! FWI Worldwide muß das heißen, und denkt nur mal an all die Möglichkeiten, die wir dann haben werden! Marktforschung! Zielgruppenanalysen! Ein Imperium tut sich auf! Und wisst Ihr was? Ich hab eine schöne Idee, wir machen eine Party! Winnie Speuser, Carsten Dumpf, Bert Effele, alle wichtigen Kunden müssen eingeladen werden. Steinwetz, können Sie sich darum kümmern? Sie gehören ja jetzt zum Board of Directors, das ist ein Posten mit vielen Verpflichtungen."

„Ich geb dir einen guten Rat. Sei nie nett zu deinen Leuten. Du musst der Erste sein, der kommt, und der letzte, der geht", sagte Thorsten Latour und log, daß sich die Balken bogen; spielte er doch auch nur den größten Teil seiner Zeit im Internet herum.

„Jedenfalls, Disziplin ist das, was ich erwarte", sagte Rössner, „die Latte steht ziemlich hoch."

Soweit Steinmetz sah, war an Rössner jedoch nichts zu erkennen.

„Ja, Steinwetz, wir erhoffen uns eine Menge von Ihnen", fuhr er mit angeblich hochstehender Latte fort, „bedenken Sie, dass es für die gesamte Belegschaft ein gutes Zeichen ist, dass einer aus ihren Reihen es geschafft hat. Bei uns wird ein Kreativer Chef, ist das etwa nichts?"

„Leistung lohnt sich", ergänzte Thorsten Latour wieder, der an diesem Abend überhaupt fast nur ergänzte und ansonsten auf die schützende Wirkung der Chefschultern vertraute.

So hätte man Steinmetz fotografieren müssen, strahlend und mit Glück in den Augen.

halt fest wie du bist mach ein bild von dir
schnappschuss von deinem dasein
du wirst dich ändern müssen

es kracht die welle an die hafenmauer
es kracht der snowboardfahrer in die tanne
wir sterben täglich tausend kleine tode
vor letztem bammelt's uns
wahrscheinlich weil es weh tut

die meisten ziehen ihre sache durch
das ist das einzige auf das man sich verlassen kann
schalt in den nächsten gedankengang
reg dich zum nachdenken auf

der leib der frau gleicht einem käfer
mit beinchen raus und armen fühlern
langen haaren und käfergesten, die aus kleidern
rascheln und mit den drüsen wippen

stets sex denk an was anderes
fällt männern nicht mehr ein als dieses thema
bei dem augen rollen das ist etwas besonderes
seit hunderttausend jahren

mach ein bild von dir so seh ich aus
das bin ich nicht das will ich nicht sein

„Richtig", antwortete Rössner. „Leistung lohnt sich."

* * *

19. VOM BUTTERBROT, DAS AUF DIE TROCKENE SEITE FIEL

Und Rössners luden zum Ball. Auf hellrotem Bütten mit goldenen Buchstaben: „Hartwig Rössner von Rössner Werbung und Gattin bitten zur Galaparty." Nebst einem Mädchen, das hinterher telefonierte, wer kommen wollte.

Frau Rössner bemühte sich, zu einer Mischung aus Senta Berger und Iris Berben zu werden, auf Iris Berben-Art zu lachen und sich ansonsten darauf zu freuen, daß sie sich einen Abend lang auf einer Party ohne Handtasche bewegen konnte, auf ihrer eigenen Party.

Rex, ihr Jane-Rusell-Terrier, hatte sich zu einem ordentlichen Hund entwickelt und das Haus drei Jahre lang durchschnüffelt; nun tippelte er vor ihr durch den langen, lichtüberfluteten Flur mit den Topfpflanzen, die man heraus räumen müsste, vorbei am ehemaligen Zimmer der Tochter, in dem nun eine schwarze, martialisch aussehende Fitnessbank aus Leder nebst einem Gestell voller Hanteln stand, die ihr ihr Mann, der Nikolaus, im letzten Jahr zu Weihnachten geschenkt hatte. Hier würde eine Bar gut passen oder ein Café zum Ausspannen, wenn das Fest in vollem Gange war.

Der Termin der Party rückte immer näher, als Carsten Dumpf von einer Skihütte aus anrief und als erstes einen saftigen Jodler losließ. Irene Rössner schrak im Pool zusammen, so dass ihr Badeanzug zu weit wurde, und fragte atemlos: „Carsten, sind Sie das?"

Am anderen Ende wieherte der Inhaber der Dumpf Bier-Brauerei, a gestandenes Mannsbild Mitte dreißig mit deutlichem Bauchansatz, in sich hinein.

„Ja, grüß Gott, Frau Rössner! Ist denn der Mann schon daheim?"

„Hartwig, Telefon!", rief sie in die Halle hinüber, in der jener bereits seine beiden Füße vor dem wohlig knisternden Kamin ausgestreckt hatte und leise aufseufzte.

„Ich komm ja schon! Rössner?"

„Ja, Servus, der Hartwig! Du, nächsten Samstag, die Party, ich weiß nicht…"

„Hm, ja?", erwiderte Rössner und dachte mit blassem Mund: Jetzt sagt mir mein ältester Kunde ab.

„Wie ist die denn?"

Herr Rössner, der Herrn Dumpf schon länger kannte, atmete auf. In seinem Geiste sah er ihn vor sich, den Winkearm aus dem Ferrari haltend. Zudem kam Irene aus dem Wasser und schritt mit beleidigtem Gesicht vorüber, weil er sie nicht mit einem Badetuch erwartet hatte:

„Ach, super wird die, Carsten! Also, wirklich ganz außergewöhnlich!"

„Dann komm ich auch. Servus, Rössner-Bauer!"

„Tschüss, Carsten!"

So scherzten sie miteinander, während Steinmetz zwanzig Kilometer nördlich hinter seinem Schreibtisch und zwei fremden Männchen gegenüber saß, die

die „Event-Factory" aus Dortmund leiteten; ein Unternehmen, das Feste veranstaltete, große Konferenzen zu organisieren und sich allemal zutraute, auf einer Arschbacke sitzend eine Händlertagung professionell abzuwickeln.

Ein wenig fühlte Steinmetz, dass die beiden Taugenichtse waren, aber er traute diesem Eindruck nicht. Der eine hatte eine Brille und ein langes Gesicht; er trug einen Anzug, während sein Compagnon irgendwo in einem viel zu weiten, aber modischen Freizeitlook zu finden war und mehr in die Breite ging; beide rauchten eine Zigarette nach der anderen, wobei Steinmetz ihnen half, so gut er konnte.

Der Dickere von beiden hatte die Augen unter einer Baseballkappe; „wie, Versicherung?", meinte er gerade. „Rössner braucht das nicht."

In seinem Hydraulikwerk bei Sindelfingen sah Herr Effele kurz auf, als seine Sekretärin mit dem Hintern und den Briefen hereingewackelt kam.

„Post von Rössner, Herr Direktor!"

„Was will die Agentur?"

„Die wollen –"

„Zur Sache, Gabi. Lesen Sie's vor."

„Sehr geehrter Herr Effele, das Jahr ist noch nicht ganz vorbei, da gibt es schon was richtig Schönes zu Feiern. Weil es immer einen guten Grund gibt, lädt Hartwig Rössner Sie mit Begleitung ein. Wohin? In den Fasanenweg 40. Um Zusage wird gebeten. Handschriftlich darunter: Freue mich sehr, Ihr H. Rässner."

Herr Effele ließ das neueste Exemplar des „Hydrauliker", einer abonnierten Fachzeitschrift, sinken.

„Gabi, sehen Sie nach, was uns die Agentur kostet. Im Monat."

„Das weiß ich auch so. Zehntausend Euro mit!"

„Mit was?"

„Mehrwertsteuer."

„Viel zu teuer. Aber wer weiß, dieser Rössner... trinkt sicher. Sagen Sie in meinem Namen zu. Ein, zwei Flaschen schwäbischen Wein, und wir drücken ihn um mindestens dreißig Prozent runter. Außerdem nehm ich meine Frau mit."

„Schade."

„Tja."

„Gute Neuigkeiten! Effele kommt auch!", freute sich Rössner, als er in Steinmetzens Büro trat. „Nanu, schon im Mantel? Fahren Sie weg?"

* * *

Gleich darauf flog Steinmetz zu einem Treffen, bei dem sich die Kreativen der großen, weltumspannenden Agenturkette Fuchs Werbung International besser kennen lernen sollten. Sie saßen bei Brötchen und Cola munter beisammen, ein jeder stellte mit großem Selbstverständnis und dem Recht auf Arglosigkeit seine Arbeiten vor. Im Fall von Steinmetz war es Dumpf Bier; danach präsentierte eine Werberin aus München ihre Kampagne für Fressi, ein Katzenfutter, das angeblich prima schmecken sollte. „Woher weißt du denn, wie das schmeckt?", meinte er scheinbar arglos; aber da der Hintersinn seiner Frage klar war, erntete er missfällige Blicke, als würde er selbst mit dem Mund voller Katzenfutter da sitzen.

Ansonsten beschäftigte er sich jeden Tag mit seinem Juniortexter St. Efan und mühte sich mit ihm ab wie mit einem Automatic-Wagen, den man nicht anschieben konnte. Steinmetz hatte seine Abteilung neu organisiert, die dralle Petra zur Gruppenführerin ernannt und es war das erste Mal in der Geschichte der Menschheit, dass eine Frau einen solchen Posten bekam, jedenfalls von ihm.

* * *

An jedem Morgen gab's ein kurzes Arbeitsmeeting mit der Grafik, und jeden Morgen gaben deren Mitarbeiter vor, nichts von dem zu verstehen, was er sagte, da Steinmetz nicht in klaren Bildern zu ihnen sprach, sondern versuchte, höflich und mitmenschlich, kurzum das zu sein, was Thorsten Latour ein Weichei nannte. Dazu kam, dass der an jedem Morgen Steinmetzens Prunkwagen zuparkte und ihr gemeinsame Videobeamer nie da war, wenn man ihn brauchte.

Außerdem nahm Steinmetz an einer Reihe von Präsentationsgesprächen teil: Bei einem Radiosender, der die Charts rauf- und runter spielte, ungern unterbrochen vom Verkehrsfunk – wir brauchen als Kampagne eine eierlegende Wollmilchsau, hatte dessen Geschäftsführer gesagt - Vollmilchsau hatte ein Kontakter mitgeschrieben und daran auf dem Weg zurück zur Agentur bereits eine Argumentationskette aufhängt, die er dann stumm und verbittert wieder abmontieren mußte, als sein Schreibfehler bekannt wurde – in Ermangelung einer Idee ließ Steinmetz ein Gehirn malen, als weiteres Motiv einen Steigbügel im Ohr, auch die Ultraschallaufnahme eines Herzens wurde rangenommen – bis hierher kommt Antenne Berlin, schrieb die dralle Petra, und der greise Herr Flachsbinder dichtete dazu den Slogan - Antenne Berlin. Kommt weiter.

St. Efan, der die ganze Zeit über Sprüche wie Hören Sie Meer! oder Pizza für die Ohren geschrieben und die übliche Ablehnung erhalten hatte, verfluchte Steinmetz und die Welt ob dieser Fakten.

„Mach dir nichts draus", sagte er ihm in einer ruhigen Minute, „das ist am Anfang immer so. Ich hab zuerst auch lang für den Papierkorb gearbeitet, und dass sogar heute noch nur jeder fünfte Text von mir genommen wird, das ist des Werbetexters Los. Du weißt ja, der Kunde entscheidet, und der ist oft eigen und sperrig; wenn's nicht so wäre, dann könnte er ja alles selber machen, und dann würde ja keine Agentur wie uns brauchen, St. Efan."

„Schon gut, St. Einmetz", antwortete der, und dieses Wortspiel war das einzige Gute, das er bei Rössner Werbung jemals zustande brachte, „aber ist schon klar, ja, ich bin hier der Arsch, ja?"

Er biß knirschend die Zähne zusammen und fing wieder an, mit dem Knie zu wippen.

„Stimmt", meinte Steinmetz mit Herzklopfen, doch gütig, „aber einer muss ja der Arsch sein."

Antenne Berlin wurde der neue Kunde der Agentur und nebst Marketingleiter, Geschäftsführer und Begleitung zum Rössner-Fest eingeladen.

Steinmetz telefonierte mit der Lichtgestalt, dem

Rudi aus dem Fernsehen, beziehungsweise ihrem Manager, dem alles leid tat: „Hah, ausgerechnet an dem Abend ist Rudi schon versprochen! Seine Mutter feiert Geburtstag!"

„Schade."

„Tja."

* * *

„Hartwig, trink nicht zuviel!", mahnte die Gattin, bevor die ersten Gäste kamen und warf fortan immer, wenn sie konnte, stets eins ihrer Augen auf ihn; und so begann sie, die Nacht der leitenden Reichen.

Der Erste war natürlich Carsten Dumpf, der Freund der Familie, er würde auch der Letzte sein. Er hatte Handwerker dabei, Eingeborene aus seiner Brauerei, die ihm ein Fass voll dunklen Biers aufbauten, und Carsten zapfte es persönlich an, woraufhin ihm Rössner das Bad zeigte und einen seiner Anzüge lieh. Leer gähnte das Haus, in dem dann allerorts Leute in Schürzen warteten, vermutlich lauter Studierende, die etwas dazu verdienten.

Schlag acht erschien die Festgemeinde, wurde johlend begrüßt und mit den Räumlichkeiten vertraut gemacht; später, als sich die Zimmer gefüllt hatten, unterließ man das Herumführen und zeigte nur noch knapp in Richtung der Bar.

Zu den wenigen Ankömmlingen, die von Rössner tatsächlich wahrgenommen wurden, zählten auch Winnie Speuser, Don Signore Vice Presidente von DonMeckes, nebst der wie eine Zirkusprinzessin herausgeputzten Gundi.

„Was haben Sie denn bloß mit Ihrem Haar gemacht?", fragte Rössner die Blonde, der die Mähne meterweit vom Kopf stand, „ach, das sieht aber Spitze aus!"

„Gefällt's Ihnen? Eine milde Pflegeserie, eine Kurpackung und Spray!"

Nun geschah etwas Seltsames, Weibisches, das Steinmetz noch nie an seinem Chef beobachtet hatte: „Haarspray? Unter uns gesagt, ich verwende auch manchmal Taft", schmatzte Rössner mit den Fingern durch seine Frisur, „es gibt jeder Kreation Fülle und Halt!"

Thorsten Latour, der das Gespräch mitverfolgt hatte, wandte sich grinsend ab und nippte an seinem Drink.

Ein grauhaariger Herr mit Vollbart entpuppte sich als Redakteur vom manager-magazin, sog an seiner Pfeife und forderte Steinmetz, den frischgebackenen Creative Director, auf, mal was für ihn zu schreiben, über die Werbung, ein Insider packt aus. Steinmetz lehnte ab.

„Warum?"

Er zuckte mit den Schultern.

„Nur weil ich Hans-Jürgen Steinmetz heiße."

„Wirklich? Schade."

„Tja."

Die Firma Königssprudel kam, reich bepackt in einem hupenden Lieferwagen, auf dem ein kleiner, auf vier Euro-Paletten gepackter Teil der Millionen unverkauften Flaschen stand, und wurde mit einem „Sprudel dich frisch!" willkommen geheißen. Fremd und die Snacks mümmelnd, ab und zu tuschelnd, standen die Leute von Antenne Berlin am Rande; Steinmetz gesellte sich zu ihnen, fachsimpelte ein bißchen müde vor sich hin und wurde von St. Efan abgelenkt, der, einen älteren Herrn mit Schnurrbart im Schlepptau, vorbei kam und seinen Vater vorstellte, einen von Rössners Golfkumpanen, an dem Steinmetz, trotz genauem Hinsehens, kein wackelndes Knie feststellen konnte.

Später kam er mit einem Mann ins Gespräch, der sich mit gestricktem Schlips artig vor einem Teller aufgebaut hatte, von dem er mit einer Gabel munter ein paar Häppchen aß; Sushi-Häppchen zu 5 Euro das Stück. Eine kleine, gefährlich gemütlich aussehende Frau gehörte dazu und stand gerade am Büffet an, durch Blicke wie mit einer Nabelschnur mit ihm verbunden.

„Wir sind von Sindelfingen her gekommen. Sechs Stunden im Stau."

„Und wo wohnen Sie denn?"

„Im Hilton natürlich, tja. Arbeiten Sie für Rössner Werbung?"

Steinmetz nickte.

„Ich darf mich vorstellen. Hans-Jürgen Steinmetz, Creative Director", und beugte sich förmlich vor.

„Effele. Meine Frau. Angenehm. Tja."

Der Beruf verlangte es, daß er sich um die beiden kümmerte, aber seine Gemahlin kam abrupt zur Sache:

„Können Sie uns gleich mal den Herrn Rössner vorbeischicken? Wir haben ein Geschenk dabei."

„Eine Flasche guten Weißwein", schmunzelte ihr Mann verkniffen hinzu, „frisch aus dem schönen Schwabenland. Tja, lecker."

Hartwig Rössner wurde in seinem besten Anzug eiligst herbeigewunken. Strahlen und große, feierliche

Kundenbegrüßung. Vorstellen der wichtigsten Würdenträger. Rituelle Show der beiden Damen.

* * *

Steinmetz ging in den Nebenraum. Hier stand Carsten Dumpf, neben zwei Mädchen des Catering Service, die er gerade angebaggert hatte und von denen er den ganzen Abend über nicht lassen wollte. Winnie Speuser und Gundi saßen in einem weiteren Zimmer, in dem nach Mitternacht ein Pianist auftreten sollte; das Klavier stand bereits dort und zeigte der Gesellschaft seine unbewegten Zähne.

Er setzte sich zu den beiden und lobte ein bißchen Gundis Frisur und Winnies Armbanduhr. Speuser war gutgelaunt, mit einem Drink in der Hand auf dem Leder ausgestreckt, und ließ seine andere Hand über ihren Rücken streichen.

Im Flur traf er auf Tom Fuchs, der gerade eingelaufen war. Fuchs war braungebrannt wie immer, steckte aber mit wachen Knopfäuglein in einem dunklen Anzug, zu dem er einen modischen Pullover trug. An seiner Seite lächelte ein rothaariges Boxenluder, 17.

„Ist denn der Hartwig auch da?", begrüßte er Steinmetz, „einen schönen, guten Abend wünsche ich!"

Steinmetz drückte seine Hand ein wenig länger, als er erwartet hatte. Gemeinsam gingen sie an den munter plaudernden Gästen vorbei, von denen Tom Fuchs keinen kannte; er wirkte ein wenig, als würde er von einem unbekannten mexikanischen Major zur Erschießung geleitet. Auch Hartwig Rössners Gesicht war ihm längst entfallen.

„Wie sieht dieser Rössner eigentlich aus?", fragte seine Begleitung.

„Ist was?", antwortete Steinmetz.

„Meiner Frau gefällt die Einrichtung", erklärte Fuchs, „ach, ich freue mich ja schon, meinen Freund Hartwig zu sehen. Geht es ihm gut?"

„Vorhin ging's noch", erwiderte Steinmetz; aber als sie in den Salon traten, bot sich ihnen ein ganz anderes Bild.

Das Ehepaar Effele hatte seinem Gastgeber die Flasche Wein überreicht, und Herr Effele hatte, um seinen perfiden Plan unnachgiebig zu verfolgen, zügig damit begonnen, Herrn Rössner betrunken zu machen. Sie kamen im richtigen Moment, als der gerade ein randvoll gefülltes Weinglas heben und mit Effeles blinkenden Augen aufs Leben anstoßen wollte.

„Hartwig!", rief Tom Fuchs lauter, aber herzlich, „ich bin hocherfreut, dich wieder zu sehen!"

Eine brüderliche, warme Umarmung folgte. Da standen zwei Männer, die genau wußten, was sie wollten.

„Tom, darf ich dir Herrn und Frau Effele vorstellen?", meinte Rössner, „lauter liebe Menschen, und seit vielen Jahren zählen sie zu unseren treuesten Kunden."

„Ah, und? Sind Sie zufrieden mit dem, was Herr Rössner für Sie tut?", meinte Tom Fuchs mit einer Ruhe, aus der man Freundlichkeit und Geist herauszuklingen glaubte.

Aber kaum daß Effele den Mund aufmachte, ergriff seine Frau das Wort.

„Na ja, wir könnten zufriedener sein. Tja, manchmal ist die Werbung doch ein ziemlich teures Vergnügen."

Tom Fuchs dachte nach, bis sich sein Gesicht aufhellte.

„Ja, wissen Sie denn, was ein weiser Mann einmal gesagt hat? Ich weiß, daß die Hälfte meines Geldes, das ich für Werbung ausgebe, zum Fenster rausgeschmissen ist. Leider weiß ich bloß nicht, welche davon Hälfte das ist."

Doch der Fisch blieb stumm, biß nicht an. Anscheinend hatten Herr und Frau Effele die Anspielung nicht verstanden, also wiederholte Tom sie noch einmal und schmückte sie weiter aus.

Wieder nichts.

„Tja", sagte Herr Effele statt dessen, „ist das so?"

„Ich sehe da eine leckere Flasche Wein in Ihrer Hand. Die wird sicher warm. Soll ich die nicht besser kaltstellen lassen?", bot Steinmetz in die Stille hinein an.

„Was? Wein, die Flasche… Tja."

Ich sehe eine große Unzufriedenheit mit Rössner Werbung, dachte wiederum Fuchs. Aber sie bringen gutes Geld, die beiden Effeles; ich will doch mal dafür sorgen, dass das so weiter geht.

„Sagen Sie einmal, können Sie sich nicht vorstellen, von einer größeren Agentur betreut zu werden?", fragte er daher. „Eine mit weltweiten Filialen, wenn Sie auch im Ausland mehr verkaufen wollen? Sie machen Maschinen?"

„Hydraulikmaschinen, ja. Wir sind Marktführer bei Kleinbaggern."

„Ah!", rief Fuchs befriedigt, aber mehr darüber, daß

er den Gegner nun am Schlawickel hatte, „dann habe ich an diesem Abend sicher noch eine angenehme Überraschung für Sie!"

„Es ist nämlich so!", platzte Hartwig Rössner heraus, „Rössner Werbung geht mit Fuchs Werbung International zusammen und wird richtig groß!"

„Aber Hartwig, wir hatten doch beide vereinbart, dass wir das den Leuten erst um Mitternacht sagen!", rief Fuchs mit gespielter Empörung, ein mit den Armen rudernder Mann mit gütigem Gesichtsausdruck, und dieses Spielchen setzten sie den ganzen Abend lang fort; während Herr und Frau Effele, gespannt auf das für 24 Uhr angekündigte Schauspiel, das neue Geheimnis für sich behielten und tüchtig dem Wein zusprachen, denn sie hatten in ihren Taschen genügend Geld, um jederzeit mit dem Taxi ins Hotel gefahren zu werden.

* * *

Gemeinsam inspizierten sie alle Räume und waren voll Staunen darüber, wie sich Rössners eingerichtet hatten. Da war der Empfangsbereich mit Blumenkübeln, die auch im Leben im Normalbetrieb dort standen. Ein kurzberocktes Mädchen vom Servicepersonal, wahrscheinlich eine Studentin, hatte ihnen dort die Mäntel abgenommen und sie in den breiten Flur geschickt. Leis erklang Musik, gepflegter Jazz von einer Dreimannkapelle, die aus einem Saxophonisten, einem Schlagzeuger und einem am Piano bestand, wahrscheinlich alles Studenten. Und das, was bei anderen Leuten ein Wohnzimmer war, war bei Rössners irrsinnigerweise eine große Halle mit rausgeschmissenem Geld, offenem Kamin, Wintergarten und Ausblick auf einen festlich beleuchteten Pool, draußen in der Welt. Hier war eine kleine Bühne aufgebaut, mit einem Mikrofon, vor dem dann sicher einer stehen, sicher dieser Fuchs, und verkünden würde, was sie nun gemeinsam wussten, und weshalb sie sich die Hand drückten, an ihr verschlafenes Sindelfingen dachten und stolz waren, dort zu sein, wo der Bär tobte.

Der tobte allerdings am meisten im ersten Stock, den Steinmetz betrat, um hier alle Fäden der Logistik, der Organisation des Ereignisses, zusammenlaufen zu sehen. Dort kochten die Köche, dort rannten die Renner, dort scheuchten die Scheucher und wieselten die Sekretärinnen und junge, bullige Burschen mit Funkgeräten umeinander; „alles im grünen Bereich!", rief ihm einer der beiden Geschäftsführer der Event-Factory zu.

Er sah aus dem Fenster.

Draußen vor der Tür fuhr ein schwerer Schlitten vor, löschte das Licht und fummelte sich in eine Lücke zwischen den anderen Limousinen ein. Eine Blondine stieg aus und spazierte mit langen Schritten auf die Tür der Villa zu.

Mit einem Satz war Steinmetz unten und riß sie auf.

Dort stand Elisabeth Christkind, wie er sie einmal vor Jahren auf der Weihnachtsfeier hier im Hause Rössner kennengelernt hatte, und sah hinreißender denn je aus. Er hatte sie seit einstmals, als er mit ihr und Dumpf durch die Weihnachtsnacht geeilt war, nicht mehr gesehen, nun trug sie schon wieder ein weißes Kleid, darüber einen blauen Mantel, und für eine Sekunde fuhren die Sterne am Himmel zusammen und küssten sich.

„Hans-Jürgen!", meinte sie ruhig, „schön, dich zu sehen!"

Sie hat den Führerschein gemacht und duzt mich. Wie aus einem Brunnen tauchten die Erinnerungen auf.

„Elisabeth", flüsterte er und griff nach ihrem Mantel, „ich hatte dich nicht erwartet, wieso bist du, seit wann…"

„Ist Carsten da?"

Carsten, Carsten, und sie ist auch so ernst! Bestimmt hat sie ein Kind, dachte Steinmetz. Obwohl, wer passteddann jetzt darauf auf? Vielleicht war sie nur Dumpfs Schwester, und für Sekunden sah er sich mit der Familie verheiratet, zuerst als argloser Bräutigam, dann in ein paar Jahren selbst eine Marke propagierend, zum Beispiel Colt Beer; wo die Idee herkam, wuchsen ja noch andere.

„Carsten steht im Zigarrenzimmer und flirtet", sagte er und beobachtete ihre Reaktion. Keine Reaktion.

Elisabeth legte ihre Mantel ab, unterhakend:

„Zeig mir die Party."

* * *

Mit Herzklopfen trat er in die Halle und erwartete Blicke, die Bände sprachen; doch was er sah, waren nur vom Leben getretene Gestalten, die das Beste draus machten. Da war Hartwig Rössner, der als Kind die Idee gehabt hatte, später einmal Dinosaurier zu werden, und seine Frau Irene, die wegen schlechter Leistungen in Mathematik dreimal sitzen geblieben war. Da war Herr Effele, der ein schwaches Aktiendepot hatte, und seine Frau, die ihm deswegen keine Ruhe ließ; da war Winnie Speuser, der ein Magengeschwür züchtete, die grau werdende Gundi und Jane, die Werbefilmproduzentin, die jeden Zulieferer im Preis herunter handelte und deswegen keinen Mann fand; die dralle Petra, die alles dafür geben würde, weniger zu wiegen, der kahlrasierte Hans, der einer bebrillten Versicherungssachberabeiterin verfallen war, und Herr Flachsbinder, der älteste Werbetexter der Welt, für den es keine weitere Erklärung gab.

Für alle fand er ein gutes Wort, bis auf Thorsten Latour, der sich am Rande der Feier mit Mühe, Not und grünem Gesicht an einem Servierwagen festhielt. Von Senator Haase, dem Chef von Treets, war keine Spur zu sehen; er hoffte nur, dass er nicht bockig und unpassend gekleidet in Hausschuhen und seiner Strickjacke dem Türsteher zum Opfer gefallen war, das wäre unverzeihlich gewesen.

Elisabeth zog ihn zur Tanzfläche. Was ich dir schon immer sagen wollte, dachte er, entschied sich aber für einen anderen Anfang: Hast du Lust, morgen mit mir zu frühstücken? Dann wieder: Erzähl mir mehr von dir, oder vielleicht wäre Ich würde dich gern wiedersehen besser?

„Schön, dass du hier bist", sagte er leise.

„Ich freue mich auch."

Das Christkind umflorte etwas Geheimnisvolles, und er bedauerte sehr, es lassen zu müssen; „ich muss mich um die Rede kümmern", erklärte er ihr, „wenn ich jetzt gehe, bleibst du dann da?"

„Kann sein", erwiderte Elisabeth, was auch wieder keine vernünftige Antwort war. Aber es war kurz vor zwölf und Tom Fuchs stand bereits, geduckt wie ein Gorillamännchen, in seinem Pullover bereit.

Steinmetz nickte Herrn Seifert von der Event-Factory zu. Ein Bier fiel um. Die Light Show flammte auf und wirkte für jemanden, der ihren Preis kannte, recht mickrig.

„Hab ich Ihnen eigentlich schon mal erzählt, wie ich Rainer-Werner Faßbinder getroffen habe?", fragte in diesem Moment ein paar Menschen weiter Rössner leise den Herrn Effele.

Der konnte mit dem Namen nichts anfangen, ging im Geist die Liste seiner Hydraulikmaschinenvertreter durch, wurde nicht fündig und schüttelte den Kopf.

„Ich hab nämlich mal Rainer-Werner Faßbinder kennengelernt", antwortete Rössner, nun etwas lauter in die kleine, gerade größer gewordene Runde aus drei Männern hinein; Thorsten Latour hatte sich dazu gedrängt. „Ich saß im Flugzeug neben ihm, er wirkte übernächtigt. Gerade hatte er mit Hanna Schygulla gedreht, ein paar Jahre darauf war er tot. Wir haben wenig miteinander geredet, er mußte gleich nach dem Start auf Toilette. Weiß nicht, was er da gemacht hat."

„Gibt es eigentlich Schwulenflüge?" meinte Latour heiter, „dann wär das ja klar gewesen!"

Pikiert sahen die anderen ihn an, der heiser lachte und sich einer Dame zuwandte. Die Bemerkung hatte Latour einen Minuspunkt eingebracht, den Rössner nicht vergessen sollte.

Tom Fuchs hatte unhörbar zu reden begonnen, ergriff aber dann das Mikrofon und schlenkerte professionell mit dem Kabel herum.

„Guten Abend! In den meisten Ländern ist Fuchs
Werbung International auf Platz 55 der kreativsten
Agenturen!", klang seine Stimme durch die Halle, „mein
Name ist Tom Fuchs! Vor einem Monat haben wir in
Shanghai unsere mittlerweile achtzigste Filiale eröffnet!
Heute eröffnen wir die 81. Oder ist das anders? Oder
eröffnet sie in Wirklichkeit uns?"

Thorsten Latour, der damit rechnete, dass sein Ar-
beitsvertrag trotz einiger versteckter Fallen wie bezahl-
tem Sonderurlaub auch unter neuen Umständen über-
nommen würde, lachte bedeutungsvoll.

* * *

„Hartwig, komm doch einmal auf die Bühne!"

Schweres Stapfen durch den Raum. Rössner näher-
te sich sichtlich nervös, aber lächelnd Tom Fuchs, dem
Werbepapst.

„Glaub mir, wir suchen uns unsere Partner immer
genau vorher aus! In Rössner Werbung sind wir sicher,
den Richtigen gefunden zu haben! Stoßen Sie jetzt mit
uns an! Ich danke Ihnen!"

Im Hintergrund entfaltete ein Rollo den Schriftzug
„FWI, Rössner Werbung". Hartwig Rössner bahnte
sich einen Weg durch die Menge, mit weiten Armen
begrüßten sich die Männer, vertieften sich ineinander
und stellten sich dann triumphierend ins Blitzlicht;
Steinmetz hatte dafür gesorgt, dass manche Kameras

sogar mit Filmen ausgerüstet waren.

Pünktlich zu diesem Zeitpunkt erschütterte eine Explosion das Haus. Im Garten erhob sich eine Rakete, zischte mit brennendem Schweif hoch und wurde eine Perücke aus rasch verglimmenden Sternen. Die Gesellschaft drängte heraus auf die kalte Veranda, wobei sich die Weibchen eng an ihre massigen Männchen lehnten und 30.000 Euro sahen, die in der Welt des Feuerwerks eine Menge jaulender Diamanten waren.

„Ah!" und „Oh!" rief Thorsten Latour spöttisch, was ihm den zweiten Minuspunkt einbrachte, der von der halben Flasche Johnny Walker kam, die er vor dem Fest getrunken hatte, um seinem Dasein mehr Lebensqualität zu verleihen; der Blick, den Rössner ihm zuwarf, ließ ihn schweigen.

Zur selben Zeit schwärmten die Lakaien aus, wahrscheinlich lauter Studenten, und drückten jedermann ein volles Glas Champagner in die Hand. Wie ein Kaiser, dem vom Papst die Krone aufgesetzt ward, wandelte Rössner durch die Menge, stieß an, handdrückte, und im Gefolge füllte eine schokoladenbraune Studentin fröhlich die Gläser aus dem Füllhorn einer Riesenflasche allen nach, sogar Herrn Effele nebst verkniffener Gattin, die beide auf dem Fest isoliert waren, dass es einen erbarmte, man aber schon nach wenigen Sätzen sogleich verstand, warum:

„Die Knallerle haben sicher mehrere tausend Euro gekostet", sagte Effele.

„Ganz sicher", fügte seine Frau hinzu, „vielleicht sogar Millionen."

„Schade."

„Tja."

„Siehst du die Häppchen?", meinte er weiter. „Die schätze ich auf fünf Euro pro Stück."

Frau Effele stieß ihren Mann an:

„Guck mal, Iris Berben!"

Tatsächlich stand Irene Rössner nur wenige Meter von den beiden entfernt, voll und ganz in ein enges Kleid eingenäht, und ließ sich von einer Reihe sizilianisch aussehender Männer umschwärmen, die zum Catering-Personal der Eventagentur gehörten und sich sicher erst seit kurzem rasieren konnten. Mit einem von ihnen tanzte sie engumschlungen, bis ihr Mann erschien, den frechen Lakaien brutal wegkommandierte und pflichtgemäß auf seine Frau einwackelte.

* * *

Steinmetz fand Elisabeth später in einem Seitenraum der Villa, mit Frau Effele sitzredend und gelangweilt von Porsches Erzählungen, den Schwierigkeiten der Hydraulikbranche und Tips, wo man sich auf Mallorca ansiedeln durfte und wo nicht.

Sie wanderten zusammen durch den Rest des Festes, mal locker miteinander eingehakten Fingerspiels verbunden, dann wieder meterweit entfernt und distanziert.

„Was gibt es eigentlich bei dir zum Frühstück?", meinte sie schließlich.

„Brötchen, Kaffee, Wurst und Marmelade", antwortete er, da ihm nichts Besseres einfiel, „warum fragst du?"

„Weil ich ein Ei will", antwortete Elisabeth, als wäre sie ein Vögelchen, das seine Zukunft plant.

Steinmetz schloß die Augen und ward jubelnd explodiert.

Ab zwei Uhr früh wurde Hartwig Rössners Tochter Silvia mit der Musik unzufrieden und legte eine CD ihrer Lieblingsband auf. Heftiges Gitarrengejaule erschütterte den Raum nebst einer Tochter, die dazu ihr fettiges Haar schüttelte und sang: „Yeah, yeah, touch me all night long, baby…"

Für viele war dies das Zeichen zum Aufbruch; nach und nach ließen die Limousinen vor der Villa ihren Auspuff röhren, und Steinmetz wanderte allein über das Schlachtfeld, wies die ratlosen Servicekräfte an, Thorsten Latour in die stabile Seitenlage zu bringen, öffnete mit einem Steckschlüssel die Tür zum in der Badewanne eingeschlafenen Carsten Dumpf, fütterte Rex, den man den ganzen Abend über vernachlässigt hatte, und stellte sich, bevor er in sein Appartement zu Elisabeth enteilte, die dort vermutlich bereits im Bett war, zu den beiden Herren, die als einzige Überlebende noch an der Bar ausharrten.

„Hallo, Steinwetz. Sehen Sie, so ist zu guter Letzt noch alles gut geworden. Bleiben Sie hier? Wir haben noch die ganze Bar vor uns!"

Er trank einen Cognac und lauschte ihrem Gespräch. Um Frauen ging es, um Golfplätze, um Urlaubsreisen und den Hass, den beide auf die Lufthansa entwickelt hatten, seit die sie auf dem Weg zu wichtigen Meetings nicht sofort vom Chefpiloten über Verspätungen informiert hatte. Zudem berichtete Tom Fuchs live aus Dubai:

„Ich habe dort dieses teure Hotel gehabt, in dem eine Nacht zehntausend Dollar kostet. Aber, unter uns gesagt, das lohnt sich nicht. Zum Inventar gehören dort vier Diener. Vier Stück! Ha, was soll ich denn mit denen anfangen? Meiner Frau war das auch peinlich."

„Ach, wir müssen unbedingt einmal nach Monte Carlo", antwortete ihm Rössner schwärmend, „dieses einmalige Flair, vor allem während des Grand Prix… Ich weiß was, lass uns im nächsten Jahr mal die Kunden dorthin einladen, dann machen wir uns eine schöne Zeit!"

„Ich muss jetzt gehen", warf Steinmetz ein.

Trunken blickten die Männer hoch und reichten ihm schwielige Hände.

„Danke, dass Sie solange dabei waren", sagte der Mann aus Hannover, „Sie haben das fabelhaft organisiert."

„Ja klar", bemerkte Hartwig Rössner. „Das hat er von mir gelernt."

* * *

20. DER MANN, DER GUT SEIN WOLLTE

„Herr Steinmetz? Der Mann vom Werbefachblatt ist da."

„Hm, ja, ich lasse bitten."

Das Werbefachblatt war eine Zeitung für die Werbebranche, ein beidseitig bedrucktes Heft voll von Köpfen und dazugehörigen Geschichten.

Licht fiel ins Zimmer, das war der Tag in seinem schlicht, aber teuer eingerichteten Büro. Hier herrschte strenge Ordnung. Eckig und niedrig erstreckte sich ein breiter Konferenztisch über den größten Teil des Raumes; Hans-Jürgen selbst hatte seinen Glasschreibtisch in eine Ecke stellen lassen, in der er nun saß und sein Eintreten erwartete. Die direkten Leitungen in den Raum waren abgeschaltet. Gespräche wurden nicht mehr durchgestellt. Sogar sein Handy war aus dem Netz gegangen, das kleine Laptop vor ihm im Ruhezustand.

Dieser Schreibtisch hatte eine besondere Eigenart. Er spiegelte das Gesicht des Mannes, der an ihm arbeitete, wieder und warf das Spiegelbild an die Wand, an der zufällig und hinter Glas ein großes, breites Bild hing [abstrakt], das das Spiegelbild wiederum auffing und weiter leitete, direkt in seine Augen hinein, die groß und aufmerksam in ein Gesicht starrten, das ihm gehören mußte. Er seufzte. Was für ein Tag!

Sein Schreibtisch war weit genug entfernt, um in der

Ecke nun eine Tür aufgehen zu sehen. Ein Unbekann-
ter hatte den Raum betreten; ein Mann, der gut rasiert
wirkte, ihm aber den Arm aus einem viel zu großen Ja-
kett entgegenstreckte.

„Tag, Herr Steinmetz, wir kennen uns ja schon."

„Ach, guten Tag, Herr Gerhards", antwortete er. „Ich
hab wie immer viel zu wenig Zeit."

„Ich weiß", darum kam sein Gegenüber gleich zur
Sache: „Können wir, ich meine, sollen wir loslegen?"

„Hm ja, bitte. Kaffee?"

„Gern, danke."

„Edith, sei so nett, zwei Tassen Kaffee."

„Kommt sofort!"

„Sie müssen entschuldigen, mein lieber Herr Gerhards, aber es geht mir nicht gut. Sicher kennen Sie das
auch, dieses Gefühl, wenn man merkt, dass eine Grippe
im Anzug ist."

„Sicher."

„Hm, sehen Sie, genauso fühl ich mich zur Zeit."

Knirsch ging die Tür auf, stolzierte die Chefsekretärin herein, zwei Tassen Kaffee wie eine Kellnerin ser-
vierend:

„So, ich geh dann jetzt, Herr Steinmetz, tschühüss!"

„Die Gute! Sie hat heute ihren letzten Tag", antwortete er leise, als Edith verschwunden war. „Sie geht nach
Andalusien. Aber wie gesagt, ich habe wenig Zeit. Fangen Sie an."

Hans-Jürgen saß feist in seinem Zimmer, aber er
war angespannt. Wahrscheinlich hatte er schon als
Kind den Eindruck gewonnen, daß Journalisten eine
Art Männer mit Röntgenblick wären, unverwundbar

und ambitioniert, hartnäckig der Wahrheit auf der Spur und bereit, für eine gute Story das eigene Weib zu verkaufen; der Nimbus ihres Berufes hatte ihm stets Angst eingejagt, er fürchtete sich vor ihnen.

„Wie geht es Ihnen?", fragte der Kerl dann prompt wie aus der Pistole geschossen.

„Hm, hervorragend! Wir stehen nach all den Fusionen und Kooperationen jetzt sehr nah dran am Point of view of return of investement", entgegnete er, ohne bei der Aussprache auch nur den kleinsten Fehler zu machen, „und mir persönlich geht es ausgesprochen gut. Ich brauche Ihnen wohl nicht zu erzählen, dass wir in Sachen Media mit den größten und besten Dienstleistern Europas zusammenarbeiten. Und die weltweite Vernetzung der Agentur, die hat dafür gesorgt, daß wir zu international und regional gefragten Fachleuten geworden sind."

Ihm fiel nun auf, daß der Journalist keinen einzigen seiner Sätze mitzuschreiben, geschweige denn ein Diktiergerät oder Ähnliches bedeutsam aus dem Köfferchen zu ziehen begonnen hatte.

Zeit für den guten, alten Pressetest, dachte Hans-Jürgen und fuhr fort:

„Hm, ja, was soll ich noch sagen? Andere sollen ja Probleme haben, aber unsere Geschäfte laufen hervorragend, mein Lieber. Das Jahresziel haben wir seit Monaten übertroffen und liegen jetzt 23 Komma fünf Prozent über den Erwartungen, die wir bei Billings in Höhe von 120 Millionen Euro angesetzt hatten."

Noch immer schrieb er nicht mit. Da stimmte doch was nicht.

„Ach, schreiben Sie nicht mit? Sagen Sie bloß, Sie können sich alles merken?"

Ein Lachen flog über das Anlitz des Mannes vom Werbefachblatt.

„Stimmt, mein Diktiergerät!", antwortete er aufgeregt, aber das konnte auch nur geschauspielert sein, „Moment!"

Während er es auf dem Tisch aufbaute, begann in Hans-Jürgens Kopf laut und deutlich eine Alarmglocke zu schellen. Auweia, das konnte ein heikles Gespräch werden! Unauffällig trommelte er mit den Fingern und schaltete wie aus Versehen die Gegensprechanlage ein, damit Edith oder ein anderer Zeuge im Notfall alles mithören und später abstreiten konnte.

„Sie müssen das entschuldigen!", klang die Stimme von Herrn Gerhards nun auch im Nebenzimmer, das allerdings leer war, da Edith ja schon weg, vielleicht bereits beim Kofferpacken war, und in das die neue Chefsekretärin erst in einer halben Stunde treten würde, ein wirklich keckes Ding aus Ingolstadt, das einen kurzgeschnittenen Blondschopf und ordentlich Holz vor der Hütten trug; sie war der eigentliche Grund, warum Steinmetz daran interessiert war, die Begegnung mit der Presse möglichst kurz zu halten.

„Ich hab heute morgen im Hotel alles Mögliche vergessen; mir geht's nämlich auch nicht gut, gesundheitlich, Asthma."

Herzliches Beileid, dachte Steinmetz und an die Neue, Astrid.

„So, das Band läuft jetzt. Bitte noch vielmals um Entschuldigung, Herr Steinmetz!"

„Ach was, papperlapapp, ist doch nichts geschehen."

„Herr Steinmetz, warum sind Sie kreativ?" Und das war ganz genau die Frage, vor der er sich immer gefürchtet hatte.

Ja, also. Er sah Schmetterlinge vor sich, Kinder auf Schaukeln, Seifenblasen und dazu dudelnde Musik wie bei Benjamin Blümchen. War das Fantasie? Dumme Frage, schalt er sich. Aber was ist Kreativität? Noch dümmere Frage, dachte er. Rasch antworten, die Zeit läuft. Wer weiß, was einem die Halunken daraus für 'nen Strick drehen. Kreativ, das hatte doch etwas mit Schöpfen zu tun, schöpferisch sein, tätig sein. Die Welt verändern und seine Künstlerischseinheit ausdrücken. Oder sich doch auf die Krankheit raus retten? Erschrecklich das Husten anfangen und darauf bauen, daß der Fressepitze dann aus Mitleid diese Frage hinten anstellt? Auch keine gute Idee.

„Hm, ja, weil… weil ich es hasse, mittelmäßig zu sein", gab er schließlich bescheiden zur Antwort.

„Ein guter Satz!", meinte der Journalist nach einer Zehntelsekunde, die ihm vorkam wie ein voller Fernsehabend mit Volksmusik und Millionen von Werbeblöcken.

Er schöpfte neuen Mut.

„Und wie kamen Sie in die Werbung?"

„Herr Gerhards, ich bitte Sie", schmunzelte Hans-Jürgen, „das haben Sie doch sicher alles längst in Ihrem Archiv. Sehen Sie mal!"

Er schlug sein Notizbuch auf und hielt es ihm hin.

„Ich habe mit einer anderen wichtigen Zeitung, der Horizont, in den letzten Wochen zweimal gesprochen, und einmal mit dem interessanten Magazin werben und verkaufen. Ich kann kaum verstehen, warum es immer noch Fragen geben sollte. Hab ich denn nicht alles gesagt? Gehen Sie doch einfach ins Internet und sehen Sie nach."

„Benutzen Sie keinen Kaleder im iPhone?", sagte sein Besucher und deutete auf das Buch, das der Geschäftsführer hielt, „haben Sie prinzipiell was dagegen?"

„Hm ja, nein, ich bin wohl ein bisschen ein altmodischer Mensch." Er ließ sich schmunzeln und fuhr fort: „Und wie gesagt, ich habe leider nur sehr wenig Zeit, und meine Gesundheit, Sie wissen ja!"

* * *

Wobei dies teilweise sogar stimmte. Er war erst vorgestern im Lauf seiner zweihundertsten Golfstunde vom Regen überrascht worden, einem Regen, der nicht wusste, dass er es mit einem steinharten Kerl zu tun hatte, der verdammt stur sein konnte. Erst als Hans-Jürgen triefnass und mit Ball im Loch im Clubhaus eingetroffen war, war klar, dass er dieses Ereignis locker zum Anlaß einer einwöchigen Grippe hätte nehmen können, der Chef hat eine schwere Lungenentzündung, hätte man dann in der Agentur verbreiten lassen, aber er unternahm nichts Derartiges.

Am Abend hatte er Elisabeth getroffen, Elisabeth Christkind, mit der er ein gemeinsames Beziehungsfloß gezimmert, das sich aber in den letzten Monaten als halsbrecherische Konstruktion zu erweisen gedroht hatte. Sie waren, wie man so oder auch nicht sagt, in eine seltsame Ecke des Gefühlsumpfs getrieben worden; man sah sich sicher, zwei-, dreimal im Monat, wenn man die Zeit fand, stets war es ein herzliches Kuscheln.

Den Rest der Zeit aber über machte Elisabeth, was sie wollte, und hatte ihn nicht mal zum letzten Betriebsfest von Treets begleitet, obwohl Hans-Jürgen ansonsten wie ein Dackel war, der sich freute, wenn sie kam, sie ablecken und verwöhnen wollte; hingegen sie machte deutlich, dass sie nicht soviel Nähe abkonnte. Um es ihr recht zu machen, war sein Verhältnis zur ihr ein dauerndes Lavieren, Sich treiben lassen und Schippern, Rangieren und Taktieren, Abpassen und Verpassen geworden. Zuviel Nähe ist nicht gut, dachte er. Aber was ist gut?

Im Herzen sah er Fatime, die dicke und dennoch in allen Fasern existenzberechtigte Bedienung aus der Konditorei Zwiebel, vor sich. Die war auch gut. Sicher machte sie sich die meiste Zeit ihres Lebens über die schlimmsten Gedanken, dachte an Pest, Cholera, Autounfälle, Inflation, Ablaufen der Aufenthaltsgenehmigung, Torten und Fernsehabende voll dumpf daherkrachender Videos.

Mußt Dir keine Sorgen machen, kleines Mädel. Weil ja jeder Mensch es gerne hat, wenn er sich nicht sorgen muss, gibt es doch die Arbeitgeber. Die kümmern sich darum, dass immer genug Arbeit da ist. Und dafür, dass sie sich stellvertretend für andere Sorgen machen, verdienen sie auch mehr. Aber weil das viele Sorgenmachen zu viel für einen Einzelnen ist, haben sie die Sorgen unter ihren Untergebenen aufgeteilt. In

Druckereien gibt es Leute, die machen sich den ganzen lieben Tag entlang nur Sorgen um das Papier. Ist
genug da, reicht es für morgen und weiter? In Fabri-
ken kümmern sich Menschen Tag und Nacht um die
Versorgung mit Strom, welcher von weither durch die
Überlandleitungen geschoben wird und alles Mögliche
zufrieden brummend antreibt. Weitere kochen, organisieren, verwalten oder rechnen ab.

* * *

„Hm, ich bitte Sie also, machen Sie's kurz, ich hab
noch zu tun."

„Wie groß sind Sie jetzt eigentlich?"

„Groß", erwiderte er. „Schätzen Sie mal."

„Hundert, zweihundert Leute?"

„Nicht ganz. Ja, es sind eine ganze Menge Menschen,
die auf Rössner angewiesen sind, über achtzig. Bei uns
hängt also an jedem Job eine ganze Existenz dran."

„Woran arbeiten Sie zur Zeit?", fragte sein Gegenüber, „darf man Näheres erfahren?"

„Wir arbeiten an vielen Sachen", wich Hans-Jürgen
aus, „unter anderem… Nein, darf ich nicht sagen."

Zum Beispiel an Astrid, die ihn noch nicht kannte,
und seine berüchtigte Art, um Frauen herum zu wedeln.

„Sagen Sie's doch, unsere Leser interessiert alles! Ist
es was Staatliches? Eine Kampagne gegen Neonazis?"

„Nein, nein."

Und spätestens bei seinem neuen Wagen, dem un-
bändigen Porsche, würde sie schwach werden.

„Oder was zum Trinken, oder eine neue Zigarette?"

Seine Ohren hatten zu leuchten begonnen, so fühlte er zumindest. Eine neue Zigarette, in der Werbung schrieb man das mit einem eleganten Caesar vorne, Cigarette, nahm er und steckte sie in seinem Mund an.

„Na gut, Herr Steinmetz, ich will nicht weiter in Sie dringen. Sagen Sie mir nur Bescheid, wenn es was darüber zu berichten gibt, ja? Übrigens, haben Sie gehört, was aus Ihrem ehemaligem Juniortexter geworden ist, dem, wie hieß der…"

„Stefan", antwortete er freundlich. „Nein, Stefan ist leider schon vor Jahren von uns gegangen. Wir machen keine Gefangenen."

Man sagte, daß er eine Stelle als Grouphead Text, also Gruppenführer werbliches Schrifttum, gefunden hatte, und nun bei Schampert und Partner, einem ehemaligen Konkurrenten, sein klägliches, aufgemotztes Zepter schwang und mit dem Bein wackelte.

„Aber eines ist klar: Wer einmal hier gearbeitet hat, hat auf dem Arbeitsmarkt die besten Chancen. Unsere Leute sind gesucht."

Was nicht ganz stimmte, da Herr Flachsbinder, der älteste Werbetexter der Welt, in einem Anfall von Raserei zwischendurch mal gekündigt und vier Monate lang vergebens einen Job gesucht hatte, bevor er ohne Murren wieder im Atelier anfing. Und Thorsten Latour hatte, nach dem Straflager FWI Cottbus, froh sein müssen, bei einer rasch aus dem Boden schießenden und ebenso rasch vergehenden Dot-Com-Firma anheuern zu können.

„Herr Steinmetz, Sie haben", fuhr der Journalist fort,

„bei Rössner Werbung Hydraulik Effele betreut. Mal unter uns: War die Kampagne eigentlich erfolgreich?"

„Und wie!", flunkerte er. „Nächste Frage!"

* * *

Astrid würde auch ein guter Grund sein, im Herbst das Oktoberfest zu besuchen, schließlich kam sie aus Bayern.

* * *

„Wie kommen Sie als Kreativer auf Ihre Ideen?"

„Woher hab ich die Ideen?", antwortete er nach langem Nachdenken, „ich weiß es nicht; ich glaube, da steckt harte Arbeit dahinter. Wenn man eine Aufgabe hat, dann darf man nie aufgeben, sondern muß immer weitermachen. In jedem Menschen stecken ganze Welten voller Fantasie, die muß man nur herauskitzeln."

Und hatte er sich nicht schon immer gewünscht, einmal ein Mädchen namens Astrid im Arm zu halten?

Später würde im kontakter stehen: Kraft für den Job tankt er im Spiel mit Roy, dem Hund, und bei ausgedehnten Bergwanderungen, bei denen er auch auf Ideen kommt.

„Kann jeder schreiben?", fragte der Journalist provokativ.

„Ja", antwortete Hans-Jürgen, „jedenfalls traue ich mir zu, es jedem beizubringen. Jeder kann gut sein, wenn er nur will."

Und weil der andere gegen diesen Satz nichts einzuwenden hatte, fuhr er, rauchend und mit den Fingern zeigend, fort: „Wissen Sie, gut sein, Qualität beweisen, das ist kein Problem, oder? Schwierig wird es nur, wenn eine Marke in den Augen anderer gut sein will."

* * *

Obwohl er wusste, dass es albern war, drehte und schraubte er an dieser Formulierung weiter herum, nur um Zeit zu schinden, Zeit, bis Astrid in der Tür auftreten würde, sachlich hereinpolternd, Gottchen wie Landeier: Grüß Gott, ich hab mich noch nicht vorgestellt, ich bin die Astrid Mayer, wir kennen uns noch nicht, ich bin die neue rechte Hand von Herrn Steinmetz; gut gemacht, setz dich, erzähl mal und ich glotz dabei zu, Astrid, Astrid, kannst du dir vorstellen, länger zu arbeiten, zum Beispiel, wenn alles dunkel ist und nur meine andere Hand, die linke Hand, noch da ist und ich dir Zuckerli zustecke, küssend wir auf den gläsernen Schreibtisch oder lieber auf die lange Platte des Besprechungstisches fallen, Astrid, Astrid.

***

„Und dann kann man nur eines tun. Dann müssen Spezialisten ran, und die haben wir alle an Board. Wir haben Experten zum Schreiben und Malen, Fachleute zum Rechnen und Autofahren. Bei uns werden die Entscheidungen aus dem Bauch und aus dem Kopf gleichzeitig gefällt, und der Erfolg gibt uns recht."
Er wurde nun etwas lahm.

„Tja, wenn man also so will, ist das ganze Geheimnis einfach nur Hartnäckigkeit, eine Hartnäckigkeit in Sachen Sympathie. Das spüren Sie doch bestimmt auch in allen unseren Filmen heraus, dieses nie zufrieden Sein, oder? Übrigens ist das auch ein wichtiger Teil der Philosophie der DNA unserer Agentur."

Philosophie, Astrid! Mit dir wird eine neue Ära in die grauen Mauern ziehen. Wenn Edith längst in Andalusien ist, hat sich dort eine Farm gekauft und will das ganze Land mit Rucola beliefern, herrscht in meinem Vorzimmer eitel Sonnenschein durch dich, Astrid.

„Hm, sehen Sie mal", fuhr er fort, „wir leben ja alle in einer Welt der Marken. Und Sie wissen, wie das mit der Welt, in der wir leben, ist. Jeder ist für sich selbst gerecht und ein König seiner Welt, und jeder ist danach bestrebt, allen zu zeigen, daß er allein das gültige Weltbild hat."

Ist mir zu hoch, dachte der Journalist, aber er nickte.

„Intellektuell gesehen, müssen wir also mit der Werbung die Gültigkeit des Weltbilds unserer Marke beweisen. Und zwar allen – den Entscheidern in großen Unternehmen und Familien, den Meinungsbildnern, den Consumern oder Endverbrauchern ebenso wie unseren Partnern im Handel. Ich meine, wir müssen die Zielgruppen fesseln, und dass wir dazu allemal in der Lage sind, wissen Sie sicherlich schon."

* * *

Astrid, was weiß man? Hurtig, wie du die Telefonanlage bedienst, jeden fragst, wer er ist was er will. Und stell mir bloß die netten Leute durch, Goldhasi.

* * *

Hans-Jürgen hob bedeutend die Hand; eine Geste, die an einen Indianerfilm erinnerte.

„Ja, darum finden wir ja auch, dass es in der Werbung vor allem auf das Wichtigste im Leben ankommt. Man muß wissen, wo die Basics liegen."

„Ah ja", meinte der Journalist und dachte: Wenn das Band läuft, muss ich mir nicht alles merken.

„Wie ist es, wenn man zu wenig zu essen und zu trinken hat?", fragte ihn dann Steinmetz ziemlich offen ins Gesicht, hoffentlich kommt Astrid gleich.

„Keine Ahnung."

„Keine Ahnung? Ja, so leben die meisten Menschen. Manchmal denke ich, unsere Gesellschaft hat ziemlich viel Glück, dass es uns allen so gut geht. Das sind die Basics!"

Von dort aus schlug er wieder den Bogen zur Werbung.

„Essen und Trinken sind nun mal die Stärken dieser Agentur. Dumpf Bier verkauft in einem Jahr fast eine Flasche Bier an jeden Deutschen, oder jedenfalls an jeden unverheirateten Süddeutschen zwischen 30 und 49 Jahren mit Motorradführerschein, der gern Bier trinkt. Und das, obwohl der Markt schrumpft und insgesamt immer weniger Bier verkauft wird. Und dann auch das Essen!" Hans-Jürgen schlug sich an die Stirn. „Jetzt kann ich's ja sagen, mal unter uns, auch ich hatte in der Anfangszeit Probleme mit DonMeckes. Ich hab einmal am Steinhuder Meer –"

„Das ist doch der große Binnensee bei Hannover?"

Astrid kam gleich. Über die Gegensprechanlage würde man sie aus dem Mantel rascheln, summend die Blumen sortieren und auf dem Bürostuhl hin und her rutschen hören. Hintern.

„Hm, ja, der ist wirklich sehr groß, aber in der Mitte steht man grad mal bis zum Bauchnabel im Wasser", fuhr er erleichtert fort, „jedenfalls war das so: Ich hatte Hunger und plötzlich kam da dieser Automat, der Geldstücke fraß. Was ich dafür erhielt", schloß er, „konnte man aber nur bei richtig großem Hunger essen."

„Heute schmeckt es Ihnen besser. So würde ich gerne ein Foto von Ihnen machen, wie Sie herzhaft in einen Hamburger beißen."

Hans-Jürgen winkte ab.

„Können Sie gleich mitnehmen, mein Lieber, hab ich doch schon alles längst in der Schublade! Wir in der Werbung, wir wissen ja auch, was Journalisten wollen. Jedenfalls, heute schmeckt mir DonMeckes. Das ist ein wunderbarer Kunde, und Winnie Speuser", ist sein Prophet, setzte er den Satz in Gedanken fort, „ist jemand, der eine Idee" - er betonte das e - „eine Idee sofort erkennen kann."

„Anderes Thema. Ich habe gehört, daß sich mit Treets etwas anbahnt. Sie haben vor ein paar Jahren schon einmal für Treets gearbeitet. Kann es sein, dass Sie zur Zeit um den Etat von Treets pitchen?"

* * *

Wo Astrid blieb? Warum meldete sie sich nicht? Pitch... pitch...

Was soviel bedeutete, wie in Konkurrenz zu anderen Werbeagenturen viele bunte Sachen kopf- und handmachen, die man als Einzelstücke durch die Gegend kutschierte... zum Beispiel nach Heilbronn, wo Königssprudel wohnte... Wenn man ein elend Städtchen finden wollte, war man hier richtig. Schön schwamm hier der Neckar im Sommer, aber die Innenstadt war zubetoniert, mit kleinen Häusern, in denen lauter Türken wohnten: Seltsame Welt... Sie hatten extra viele Anzeigen gestalten lassen, um Königssprudel schöne Augen zu machen oder, wie Rössner sich ausdrückte, im Notfall mit Masse statt Klasse zu überzeugen, vor allem Herrn Modenpiper... Marketingleiter, Herr über schätzungsweise 109 Millionen unverkaufter Flaschen Königssprudel, aus denen nach und nach die Kohlensäure entwich... hallo, Astrid... drei dünne Produktmanager unter ihm, die Zahlen sortierten, sowie eine Handvoll durchaus nicht hässlicher Sekretärinnen aus der näheren Umgebung... Nach einer Woche hatten die ganze Agentur nur noch Königssprudel getrunken... Seufzend ja: Es stimmte, erst zwei Wochen zurück hatte dör Teleffon jeklingölt und ein Mann am anderen Ende gehangen, der klang, als ob er den Mund voller Kartoffeln gehabt hätte: Tach Härr Steinmetz, isch möschte, dat Se de Werbung för Treets maachen... der Leibhaftige, Senator Horst Haase, millionendampfend, daß die Jüngeren unter ihnen vor Freude durch die Agentur gehüpft waren... wat saagen Se dazu?

Er beugte sich vor.

„Ich habe eine Meldung für sie, die ziemlich brand-
heiß ist. Wenn Sie die ganz groß rausbringen, kriegen
Sie sie!"

Wo bist Du?

„Exklusiv?", beugte sich sein Besuch ebenfalls vor.

„Ja, wenn Sie sie auf die Titelseite bringen."

Der Journalist stellte sein Diktiergerät ab.

„Abgemacht, lassen Sie hören."

„Hm, ja, Riesenauftrag für die Agentur", begann
Hans-Jürgen, „Treets ist wieder da. Wir feiern nächsten Monat das Comeback der gerösteten Erdnuss in
Schokolade. Es gibt eine Riesen-Gala, wir haben schon
Prominente unter Vertrag. Til Schweiger ist da, wenn er
dann noch lebt, und aus den USA kommt kein Gerin-
gerer als Eddie Murphy. Genial, oder?"

„Klingt interessant", fand der Journalist.

„Und nicht nur das. Wir sind besonders schlau vor-
gegangen und haben einen Vertrag mit der Pro 7-Grup-
pe abgeschlossen. Durch den Abend führt einer dieser
jungen Moderatoren, und wir haben sämtliche Darstel-
ler da, die mal in Filmen für Treets mitgespielt haben.
Schließlich, das ist der Höhepunkt, wird ein berühm-
ter Star erscheinen, und der Rest des Abends wird ein
grandioses Konzert."

„Wer ist es, wer ist es?"

„Madonna."

„Boah."

„Madonna."

Astrid.

„Gratuliere!"

„Hm, ja, Madonna, wir arbeiten daran. Zuerst wollten wir Bob Dylan, aber der bringt zu wenig junge Leute zum Einschalten. Wenn Sie's eine Zeitlang geheim halten, besorg ich eine Karte für die After Show-Party."

Die After Show-Party. Andächtig schwebte der Begriff über den beiden. Ein Journalistentraum wird wahr... Er wird sie alle nach der Fernsehaufzeichnung ganz entspannt da sitzen haben... Senator Horst Haase, den Aufsichtsratsvorsitzenden... Tom Fuchs, den Chef von FWI Worldwide, und Rössner, seinen Europachef... Til Schweiger und Eddie Murphy seinetwegen auch, aber an Madonna, da war doch vor allem das Marketingkonzept interessant, log er sich vor. Fantastisch, wie die mit ihrem Image umgegangen ist, und musikalisch eine Art Prince; also eine nicht ganz verständliche und für uns gebildete Europäer zugängliche Erscheinung aus den USA, ähnlich wie Michael Jackson oder Mariah Carey, wobei diese mit Abstand die beste Figur von allen hatte, einen dicken Podex ausgenommen...

„Und wer kommt noch?"

„Ja also, der Ministerpräsident von Nordrhein-Westfalen", Astrid, Astrid und Astrid, „eine Hand voll Serienstars aus Soap Operas, eventuell wird noch Placebo Domingo zusagen, Boris Becker -"

„Boah!"

„Nicht wahr? Auf der Gästeliste steht noch Beckenbauer, aber der kommt nur, wenn er gleichzeitig eine Stiftung ins Leben rufen oder einen Scheck für eine gute Sache erhalten kann. Außerdem Fernsehnasen und Busenwunder, es wird also vor allem ein Fest für meinen Freund, Senator Horst Haase."

„Vor zwei Jahren feierte Rössner Werbung den Zusammengang mit FWI", antwortete der Reporter.

„Das ist richtig."

Rudi aus dem Fernsehen, der damals angeblich des lieben Muttileins Burta feierte, hatte in Wirklichkeit die große Gala verschmäht und seinen Kumpel Vettel besucht; er hatte es in der Bunten gelesen.

„Da war Petra Schakoschinski noch bei Ihnen."

Komm.

„Als Grouphead Text", berichtete Hans-Jürgen stolz, der gern an die dralle Petra dachte, die immer einen leicht pferdeartigen Auftritt hatte und auch sonst genügsam an eine Stute gemahnte, eine breitrückige, mit Magendarm gefüllte Haflingerdame, „hm, warum fragen Sie?"

„Nur so", erwiderte der Andere.

In diesem Moment erklangen aus der Gegensprechanlage leise Schritte.

„Astrid?", rief er laut, „Astrid?"

„Bei der Arbeit!"

„Bringen Sie mir bitte einen Kaffee, ja?"

„Klar!"

„Ich möchte Ihnen Astrid vorstellen, meine neue Sekretärin. Sie hat heute ihren ersten Tag. Hallo und willkommen!"

Sagte er zur in der Tür stehenden und sachlich hereinpolternden, etwa zwanzigjährigen Blondine, die mit seltsam großem Kopf ein Tablett vor sich her trug. Der Journalist bemerkte, dass sie auf ihn zukam, einen Meter vor ihm dann langsam den Kurs änderte und schließlich die Tasse vor Hans-Jürgen plazierte, der sie gespannt ansah.

„Grüß Gott, ich hab mich noch nicht vorgestellt, ich bin die Astrid Mayer!"

Mit diesen Worten tauchte vor ihm eine weiche Hand auf, an der modisch bunte Ringe klapperten.

„Wir kennen uns noch nicht, ich bin die rechte Hand von Herrn Steinmetz!"

„Gerhards, kontakter", antwortete er förmlich und erhob sich ein bißchen, „so also sieht Ihre rechte Hand aus, Herr Steinmetz? Kompliment!"

„Da nicht für", erwiderte der an ihrer Stelle. „Setzen Sie sich doch mal hin, Astrid, und erzählen Sie uns ein bißchen von sich."

„Ja also, wo soll ich da anfangen?", begann das Mädchen mit weicher Stimme, in derem hinteren Teil nur der Schatten eines Dialekts mitschwang, „ich komm aus Ingolstadt, da hab ich Abitur gemacht."

Beim letzten Wort saß sie schon, ein wenig schüchtern und die Hände in den Schoß gelegt, auf einem der Stühle am Konferenztisch.

Hans-Jürgen blickte sie lange an und fragte dann:

„Sagen Sie mal, haben Sie eigentlich schon einmal länger gearbeitet, Astrid?"

„Ja, einmal bis elf Uhr", antwortete sie arglos, „aber meistens war in der Agentur, in der ich vorher war, nicht soviel zu tun."

„Wo waren Sie denn vorher?" (Journalist).

„Ich komme von Schampert und Partner."

„Ach, gibt's die immer noch?"

„Es ist nur eine Frage von Wochen", antwortete Hans-Jürgen mit einer wegwerfenden Handbewegung,

„Astrid, ich muss Ihnen was sagen - es kann passieren, dass es hier mal länger wird. Wir haben soviel zu tun. Um es gleich zu sagen, Sie haben heute abend doch hoffentlich noch nichts vor?"

„Nein, hab ich nicht", erwiderte sie brav.

„Sie sind kein Fußballfan, der heute abend fernsehen muß?", flirtete der Journalist, „da spielt doch Bayern gegen Hamburg!"

„Nein, ich mag keinen Fußball. Wir wohnten an einem Hang, da rollte der Ball immer herunter."

„Hm, ja ich brauch Sie heute nämlich etwas länger. Ich lad Sie dann danach noch auf 'ne Pizza ein. Tja, mein Lieber", sagte er, an den Angehörigen der Presse gewandt, „es tut mir ja auch leid, dieses Gespräch bald beenden zu müssen, aber Sie wissen ja."

„In Ordnung, aber wir müssen das unbedingt fortsetzen."

„Kann ich jetzt gehen?", fragte Astrid, und Steinmetz genoß den Moment seiner Macht.

„Ach, bleiben Sie ruhig noch ein bisschen. Na, Sie? Haben Sie noch eine Frage?"

Die Frauen fielen ihm ein, die er einst beim Urlaub in Tunesien gesehen hatte. Wie er waren sie vom Schicksal in den Robinson-Club quartiert worden, fast alles magere und irgendwie bedauernswerte Menschen. Am Strand lag man herum, wie es seit alters her Sitte war, die Männer den kritischen Blick an die Zeitung geklebt, irgendeine, die gleichzeitig die Sonne wegnahm, dahinter das Meer, ständig rauschend.

Um in den Badeanzug hinein-, aber auch um aus ihm herauszuklettern, mussten sich die Weibchen teilweise entblößen. Sie taten es übertrieben routiniert, als wäre das für sie ganz normal; es war nicht schicklich, hin zu sehen. Weit draußen winkten die prustenden Köpfe kleiner Schwimmer, bis zum Saum ihrer Badehose standen Männer im Wasser, reglos wie Statuen, die aufs Meer gafften.

Am Rande dessen gab es Futter; tunesische Männlein hatten alles für das Abendessen vorbereitet, überall brutzelte, qualmte und roch es, danach konnte man aufs Zimmer gehen und Fernsehen gucken, eigentlich konnte man hier sowieso nichts anderes, es war das reinste Paradies und eigentlich gar nicht der Rede wert.

„Ja, was inspiriert Sie eigentlich?"

„Hm… Kunst, Kultur und Sprache", antwortete Hans-Jürgen ausweichend, „wollen Sie das genauer hören?"

„Wer sind Ihre Lieblingsdichter?"

„Stephen King und Stephen Hawkins."

„Hawkins klingt gut."

„Ja, ich weiß", antwortete er und sah den Text schon vor sich: Superhirn St. Hawkins inspiriert ihn bei seiner Arbeit. Er schmunzelte:

„Sie müssen jetzt los, mein Lieber."

„Wie gesagt, wir müssen das später mal unbedingt fortsetzen."

„Machen wir, mein Lieber, auf jeden Fall, ich ruf Sie an."

„Prima. Ja, denn…"

„Tschüss. Und weg isser. So, Astrid, was mach ich denn jetzt nur mit Ihnen? Hm… wie alt sind Sie eigentlich?"

„Zweiundzwanzig, Chef."

„Jetzt lassen Sie mal den Chef beiseite, nennen Sie mich einfach Steinmetz. Sie sehen jünger aus, ich glaube, Sie sind eine ganz, ganz gute Mitarbeiterin. Astrid, darf ich Sie bitten, kurz mal raus zu gehen? Ein Privatgespräch, Sie verstehen?"

„Klar, Chef."

Er griff zum Telefon und rief Thorsten Latour an, denn Feindschaften kommen nicht durch Feindschaft zur Ruhe, sondern nur durch Nichtfeindschaft.

ENDE